Blumenbar

Das Buch

Der invalide Afghanistanheimkehrer Toni lebt mit einer offenen Wunde im ehemaligen Zonenrandgebiet Niedersachsens. Sein Tagesablauf wird bestimmt von Verbandswechseln und schmerzlindernden Opiaten, Webporno, Traumatherapie und psychedelischen Alpträumen. Die Freunde in der Nachbarschaft sind sympathische Messies, und die höchste Erhebung weit und breit ist ein Müllberg.

Tonis Leben ändert sich, als er die neunzehnjährige Helen kennenlernt und sie sich gemeinsam in immer extremeren Sextechniken erproben. Zugleich wird er von einer heidnischen Sekte zum Heilsbringer erklärt.

Die Autoren

ALEXANDER WALLASCH, geboren 1964, arbeitet als Texter, Schriftsteller und Kolumnist. 2006 erschien sein Roman »Hotel Monopol« (als Alexander Wall). Er lebt in Braunschweig.

INGO NIERMANN, geboren 1969, ist u. a. Autor des Romans »Der Effekt«, des Protokollbandes »Minusvisionen« und des Essays »Umbauland«. Mit Christian Kracht veröffentlichte er »Metan«, mit Adriano Sack »Breites Wissen«. Er lebt in Berlin.

Ingo Niermann
Alexander Wallasch

Deutscher Sohn

Roman

Blumenbar Verlag

2. *Dezember* 1956

Heute befinde ich mich dreihundertdreiundfünfzig Kilometer vor Kabul. Ich rechne damit, daß ich, wenn keine Schneestürme auftreten, Mitte Januar in der Hauptstadt von Afghanistan ankommen werde. Ich hoffe zwar, daß ich nicht mehr bis Kalkutta zu laufen brauche, aber das dachte ich vor einem Jahr von Kabul auch.

Albert Speer, Spandauer Tagebücher

Name Harald Heinemann

Ich sitze hier im alten Wohnzimmer meiner Eltern im Haus, in dem ich geboren wurde, in einem verdammten Multifunktionskippsessel. Genauer gesagt, einem Reha-Pflege- und Wellness-Sessel mit wegklappbaren Hemiplegie-Armlehnen aus Buchenholz, speziellen Arthrodese-Sitzflächen, ergonomischen Kopf- und Nackenkissen, elektrischer Sitzhöhenverstellung, höhenverstellbarer Rückenlehne, Pelotten für Bein- und Schulterunterstützung, Rollenbremssystem, Fernbedienung und Notakku bei Stromausfall. Preis: 3567,50 Euro. Das Lehnenholz ist angenehm kühl und dank Armschweiß und Dauerreibung spiegelglatt poliert. Auf die linke Lehne habe ich mal betrunken ein paar Hanuta-Fußballbilder geklebt, die sich nicht mehr abgnibbeln ließen. Auf die Sitzfläche aus Lederimitat habe ich mir ein Lammfell gelegt. Zur Beruhigung, wenn die Schmerzen zu groß werden, lasse ich alle Dreh- und Kippbewegungen nacheinander ablaufen und dann wieder von vorne.

Die übrige Zeit sitze und sitze ich einfach nur so da. Was sollte ich sonst auch tun? Rechts, nur wenige Zentimeter unterhalb der Hüfte, ist mein Oberschenkel offen bis fast auf den Knochen. Nicht erst seit gestern, sondern seit genau 264 Tagen und 17 Stunden. Woher ich das so genau weiß? Einfach weil ich die beschissene Zeit habe, es auszurechnen. Ich heiße Harald Heinemann, Freunde nennen mich Toni. Toni, wie Toni Schumacher.

Die Sekunden, die Minuten, die Stunden, die Tage, die Wochen und auch die Monate vergehen, ohne dass sich etwas ändert. Ich warte und warte und habe längst vergessen, auf was eigentlich. Ziele? Ja, habe ich tatsächlich. Eben gerade lautet mein nächstes, die bohrenden, brennenden, juckenden, ziehenden, reißenden, kneifenden und stechenden Schmerzen im Bein einfach so lange zu missachten, bis der Pfleger noch einmal vorbeischaut und mir die letzte Dosis Schmerzmittel vor der langen Nacht einträufelt, zum Schlucken hinlegt und direkt in die Vene schießt: Novalgin, MST und schließlich Dipidolor. Ich bekomme täglich ein Dreigängemenü serviert. Der Höhepunkt, ohne Zweifel, das Dessert.

Das ist kein Ziel? Einspruch: Ich habe gut und gerne zwei Wochen gebraucht, um mich überhaupt an den Rhythmus meines Pflegedienstes zu gewöhnen, ohne zwischendurch immer wieder verzweifelt die ärztliche Notfallnummer anzurufen. Gerade versuche ich mich länger als fünf Minuten auf die Tageszeitung zu konzentrieren, ohne meine Hand auf den Verband am Oberschenkel zu pressen. »Nicht immer berühren. Lassen Sie der Wunde Zeit zu verheilen.« Die Ärzte haben gut reden. Als Kind musste ich Wollpullover tragen. »Mami, die kratzen!«, jammerte ich. »Dann kratz doch zurück!«, scherzte Mutter.

Von den Medikamenten ist meine Spucke ganz zäh. Ich bekomme sie nicht runter, ohne mich zu verschlucken, also huste ich den zähen Brocken einfach in den Aschenbecher ab. Ach ja, rauchen: »Nicht gut für den Heilungsprozess!«

Aber zwanzig Zigaretten sind eben auch zwanzig mal sechs Minuten, sind zwei Stunden konzentrierter Tätigkeit und intensiver Ablenkung auf dem Weg zum nächsten Dreigängemenü. Das sind keine richtigen Ziele? Wer traut sich, so was zu behaupten?

Natürlich hatte ich früher ganz andere Ziele. Verdammt noch mal, ich bin doch erst 28 Jahre alt. Mein Gewicht liegt immer noch bei ordentlichen 79 bis 80 Kilo. Trotz täglichem Krücken- und gelegentlichem Hanteltraining ein bisschen viel für 1 Meter 78, aber ich kenne meine Tagesration. Wer weiß schon, dass man, um 7500 Kalorien zu verbrennen, drei komplette Marathonläufe absolvieren muss. Ganz ohne Angeberei: Noch 2004 lief ich die 100 Meter in ordentlichen 12,53 Sekunden. Okay, im gleichen Jahr lief der oberschenkelamputierte Wattenscheider Sprinter Wojtek Czyz dieselbe Distanz in 12,51 Sekunden. Damit unterbot er den paralympischen Rekord um eine Zehntelsekunde. Aber, verdammt noch mal, mein verdammtes Bein ist doch noch dran! Und es schmerzt jetzt so, wie es eben schmerzt, wenn das Menü bereits seit zweieinhalb Stunden von einer üblen Wunde verdaut wird. Ich habe schnell herausgefunden, dass es erträglicher wird, wenn ich Bier nachspüle. Meine Hausmarke ist Adelskronen aus der 0,33er-Plastikflasche. Meine Tagesration bis jetzt: ein Sechsergebinde und drei Flaschen, davon eine halb leer.

Auf dem Sportplatz hinter meinem Garten gehen die Flutlichter an. Im Schein der Strahler tummeln sich Insekten. Die akkurat gestutzten Beerenbüsche werfen diffuse Schatten im fahlen Licht. Der Amselhahn meldet lautstark an, dass er den Tag überlebt hat. Er hält sein Revier besetzt.

Ich aber bin 28 Jahre alt und sitze in einem Multifunktionskippsessel. Es müssen mindestens 20 Grad sein, trotzdem ist mir saukalt. Ich ziehe die Decke höher. Meine Füße schauen unten heraus. Ich wackle mit den Zehen in den dunklen Socken.

In einer Ecke der Aluschale auf dem Beistelltisch hing noch ein Stück Rinderroulade. Die Faser des Fleisches ist so weich gekocht, dass sie auf der Zunge zerfällt, aber die Knorpel hätten noch länger kochen müssen. Was ich sonst so esse, außer Essen auf Rädern? Anfangs kam alles aus der Flasche. Nein, nicht mit Nuckel. Wer schon - oder immer noch - alle Zähne hat, bekommt seine Astronautennahrung über einen eigelben Plastikschnabel eingeträufelt. Voller Nährstoffe, Vitamine und Mineralien. Eine Zwangsernährung, die ich gar nicht mehr absetzen wollte. Denn sie enthält keinerlei Ballaststoffe. Das verspricht eine niedrige Stuhlgangfrequenz.

Am schlimmsten aber sind Verstopfungen. Muss ich angestrengt pressen, fühlt sich das an, als würde mir ein glühender Schürhaken in die offene Wunde gebohrt. Darum bin ich überzeugter Fan eines kontrollierten Durchfalls - idealerweise: Weichfalls - geworden und mische mein Essen mit ein paar in einem einfachen Steinmörser zermahlenen Dulcolax-Dragees. Der Saft, den ich anfangs zugoss, wirkte überhaupt nicht, obwohl die gleichen Inhaltsstoffe angegeben sind.

Auf meinen Knien liegt ein Lidl-Laptop Targa Traveller 826 mit 15,4-Zoll-Breitbilddisplay. Kartenspielartig sind dort Dutzende Pop-ups aufgefächert - Ergebnis einer im Laufe des Tages immer wieder unterbrochenen Einsichtnahme in die unterschiedlichen Vorzüge, die diverse Frauen in einem großzügig geschnittenen Haus anzubieten haben.

Ich kann auf geschätzte dreihundert vollendete Geschlechtsverkehre zurückschauen. Davon 293 mit Frauen, bei den restlichen sieben fällt mir die Zuordnung schwer, denn das braun gebrannte Mädchen aus dem Mallorcaurlaub, das fast eine Woche lang mit in meinem Hotelzimmer wohnte, hatte einen sehr kleinen zwar, aber dennoch unzweifelhaft einen Penis.

Dreihundertmal klingt nicht viel. Über einen Zeitraum von fünfzehn Jahren verteilt wäre das knapp zweimal im Monat. Von den Nummern gehen mehr als die Hälfte auf das Konto von Bessy. Eigentlich Sabine, aber sie ist vernarrt in die alte Comicheftsammlung meines Vaters: »Ein packendes abgeschlossenes Abenteuer mit Andy und Bessy.« Andy ist ein junger Cowboy und Bessy seine treue Colliehündin. Zwei Pistolen, Bowiemesser, Jeans, rotes Hemd und dichtes blondes Haar genau wie ich. Bessy jault gerne. Ihre Schamhaare riechen nach Vanilleeis. Ihr Mund schmeckt bitter. Ihre Brüste sind riesig, wie ich von Fotos weiß. Ich habe sie ganz sicher oft gesehen, aber ich kann mich beim besten Willen nicht mehr erinnern.

Nach und nach schließe ich die Pop-ups. Klick. Klick. Klick. Der Kartenfächer wird kleiner. Ich verweile einen Moment. Bea hat verdammt lange Beine, die sie in zu kurze Halterlose gestopft hat. In der beistehenden Tabelle bietet sie auch Analverkehr an, einzige Einschränkung: safer. Analverkehr hatte ich ungefähr dreißigmal, also durchschnittlich alle fünf Monate einmal. Aber niemals safer und jedes Mal mit sehr schnellem Samenerguss. Der eingespritzte Samen kommt anal später wieder ans Tageslicht als vaginal. Und auch verdickter. So, als wenn der Darm ihm Feuchtigkeit entzogen hätte. Durchschnittlich alle drei Jahre bekam ich eine Pilzinfektion. Das sind fünf Tuben Canesten. Rein rechnerisch nur vier, aber einmal musste ich noch mal von vorne anfangen mit der Cremerei, weil Bessy wieder zu sehr nach Vanille roch.

Ebenso wenig wie an Bessys Brüste kann ich mich an das letzte Mal mit ihr erinnern. Sicher weil ich damals nicht wissen konnte, dass es das letzte Mal war. Natürlich gibt es davon auch keine Fotos oder Filmaufnahmen. Das einzige Sexvideo, das wir einmal mit Vaters Kamera gemacht haben, wurde von Bessy anschließend zerschnitten. Sie klappte den dunklen Plastikbügel hoch und schnitt das Band einfach durch. Die Kassette konnte ich retten; vielleicht bekomme ich als Rentner mal Lust, sie kleben zu lassen. Technisch geht das dann sicher auch in Heimarbeit. Momentan müsste ich sie noch zum Fachmann bringen.

Das Flutlicht wird ausgeschaltet. Der Garten liegt jetzt im völligen Dunkel. Die Straßenlaternen scheinen schwach durch das Fenster hinter mir. Ihr Licht dringt nicht bis in den Garten vor. Dafür ist das Haus 1936 einfach ein Stockwerk zu hoch gebaut worden.

Meine Eltern sind in den Harz gezogen, in das Haus meiner Großeltern. Meine Mutter arbeitet im Altenheim und pflegt dort auch Großmutter. Großvater ist seit fünfzehn Jahren tot. Die fünfzig Jahre davor litt er an den Spätfolgen einer Kriegsverletzung. Wir sind Deutsche. Kriegsverletzungen sind bei diesem streitbaren Völkchen scheinbar vorprogrammiert. Das ist doch Quatsch nach so vielen Jahren?

Ich fange gerade ein bisschen an zu verstehen, was alles Quatsch ist und was bittere Realität.

Von der Straße her sind Stimmen zu hören. Die Leute müssen stehen geblieben sein. Es ist Wochenende. Man streitet, wo es hingehen soll. Die Diskotheken liegen fast alle im alten Bahnhofsviertel der Stadt. Der Bus Linie 16 fährt halbstündlich. Mit dem Taxi kostete die einfache Fahrt früher unter zehn Euro. Heute müsste es teurer sein. Vor Afghanistan bin ich die Strecke oft gefahren. Denn eigentlich war ich jedes Wochenende zu Hause. Die Kaserne lag nur eine halbe Busfahrtstunde entfernt.

Auf einer Partyhomepage habe ich neulich beim Blättern in mehreren Archiven, nach Hunderten von Fotos und noch mehr Gesichtern, eine Aufnahme so eines Besuches gefunden: Bessy im schulterfreien Top auf der Tanzfläche, lächelnd und mit geschlossenen Augen. Die Kamera direkt auf ihre großen Brüste gerichtet. Mein Kopf ist im Hintergrund zu erkennen, von Bessy abgewandt. Die blonden Haare im Nacken kurz geschoren. Grob. Nackt. Fast ein bisschen brutal.

Mein Dienstgrad seit sieben Jahren: Stabsunteroffizier, kurz StUffz. Feindberührungen heute: null. Feindberührungen insgesamt: eins. Mein Oberschenkel wurde dabei von einem größeren Metallsplitter, den ich in einer einfachen, wieder verschließbaren A4-Polypropylen-Klarsichttüte aufhebe, bis auf den Knochen aufgerissen. Zur antibiotischen Behandlung nehme ich knochengängiges Vancomycin und Metronidazol. Gegen die Schmerzen bekomme ich Novalgin nach Belieben, MST 2 x 60 mg und, wenn es gar nicht mehr auszuhalten ist, Dipidolor, intravenös.

Der magnetische Fruchtkorb

Der erste Zug nach dem Anzünden ist mir der liebste. Die Glut knistert frisch. Ich sauge den lauen Rauch tief ein, behalte ihn fest in der Lunge und atme ihn langsam durch die Nasenlöcher wieder aus.

Auf meinen Knien summt leise der Ventilator des Laptops. Ganz links im leeren Adressfeld des Browsers blinkt auffordernd der fadendünne Cursorstrich. Ich behalte ihn genau im Auge und ertaste mit Zeige- und Mittelfinger der rechten Hand meinen Puls am linken Handgelenk. Der Takt ist nur unmerklich langsamer als der des Cursors.

Ich sauge am Filter der West und denke an Bessy. Vielleicht lag es an einem Bild, das sich für einen kurzen Moment aus meinen Erinnerungen in die Gegenwart verirrte, oder es hat mit einem merkwürdig vertrauten Geruch zu tun, der mir plötzlich in der Nase lag. Ich erinnere mich nicht.

In ihren Halsbeugen duftete Bessy besonders zart. Ich mochte auch den Geruch unter den Armen und zwischen den Beinen. Meine absoluten Favoriten waren allerdings die beiden flachen Täler zwischen dünenförmigen Hüftknochen und getrimmter Scham. Ihnen war ich regelrecht verfallen. Vielleicht lag das ja am Ende doch an der unmittelbaren Nähe zu Bessys Vanillenest, aber ich würde schwören, dass da noch etwas ganz Eigenes war, das sich tief in meinem Unterbewusstsein abgespeichert hat: warm, weich, süßlich, nussig. Wie dampfende Haut nach einem heißen Vollbad. Aber auch wie Räucherlachs und frisch geschlagenes Birkenholz. Rau, zart, dunkel, hell, weiß, schwarz.

Obwohl ich die Seite gerade erst geschlossen habe, tippe ich noch einmal die Adresse ein: gangbang-nordlust.de. Das dort auf türkisfarbenem Hintergrund angepriesene Etablissement liegt nur eine knappe halbe Stunde Autofahrt entfernt in einem dieser unansehnlichen Städtchen zwischen Harz und Heide. Mit dem Link hat mich in meiner härtesten Zeit mal ein Facebook-Kamerad ablenken wollen. Ein kleiner Uffz aus dem Harz. Auch ein Veteran. Der hat Küche gemacht damals. Soll man nicht unterschätzen. Harter Job. Er war Rouladenspezialist. Dicke, saftige Dinger mit Gurke, Bauchspeck und Zwiebelfüllung. Lecker.

Die Fotos der Partyräume sehen gediegen aus. Gemütlich. Am Fußboden sauber verlegte Baumarktterrakottafliesen in mediterraner Anmutung, wahrscheinlich sogar mit Bodenheizung. Die Wände sind mit dunklem Holz verkleidet, und über einer kleinen Kellertheke hängen – ordentlich in Reihe – ausgehämmerte Kupferlampen, wie in einer kleinen Eckkneipe oder einer Gartenkantine. Ein akkurat gemauerter heller Sandsteinkamin ist das Prunkstück des Raumes. Ein weiteres Foto zeigt einen strahlend blau gekachelten Indoor-Swimmingpool mit verschwenderisch heller Unterwasserbeleuchtung.

Die Navigation der Webseite ist angenehm simpel und verständlich: »Gangbang-Termine«, »Unsere Mädels«, »Einzeldateseite«. Die Termine lasse ich ungeklickt und gehe sofort auf die Mädels los. Die Startfotos kleben in verschiedenen Größen untereinander. Einige sind schon deutlich im reiferen Alter, andere kaum über zwanzig. Hinter jedem Foto wartet eine Art Sedcard der jeweiligen Gangbang-Dame mit fünf bis maximal zehn weiteren Fotografien aus verschiedenen Perspektiven. Eine dicke Überschrift fasst die Angebotsbreite zusammen. Larissa zum Beispiel kann man »alle drei Löcher bis zum Anschlag stopfen«, und sie bietet ihren Gästen den »tiefsten Kehlenfick!«.

Darunter folgt ein detaillierterer Text: »Larissa – 21 Jahre 170 cm. Mit 75 kg zwar keine Tanne – aber auch keine Tonne (alles am richtigen Fleck) sehr nett – aber ein schwanzfressendes Monster. Deepthroat bis zum Anschlag und ohne würgen – für unser Ferkelchen kein Problem. Schlucken übrigens auch nicht – wetten, sie saugt euren letzten Tropfen raus!!! Und supergerne AV in ihren prallen Arsch. Wenn ihr zwischendurch auch noch mal richtig draufklatscht, geht sie ab wie eine Rakete. Was sie sonst noch für Schweinekram macht, könnt ihr der Tabelle am Ende dieser Seite entnehmen.«

Will man die Tabelle einsehen, muss man über sieben Fotografien hinwegscrollen. Bild eins zeigt Larissa mit weit gespreizten Beinen. Sie trägt ein kurzes, transparentes schwarzes Hemdchen und ein Stringhöschen aus dem gleichen Material. Im Schritt erkennt man die dunklen Umrisse ihres Geschlechts. Die Haut an ihren Oberschenkeln ist glatt und weiß. Larissa sitzt auf dem Po und drückt dem Betrachter auffordernd ihr Geschlecht entgegen. Ihr Gesicht wird von einer weißen Margeritenblüte verdeckt, aber man erkennt noch schulterlange, mittelgescheitelte blonde Haare.

Ich schaue auf das durchschimmernde Geschlecht und schiebe mir meine rechte Hand in die Hose. In meinem Kopf braut sich zwar ordentlich Lust zusammen, aber mein Schwanz ist noch weit von einer vorzeigbaren Versteifung entfernt. Ich knete ihn auffordernd und schiebe die Vorhaut zurück. Ein paar Schamhaare kleben auf der schrumpeligen Eichel. Als ich meinen Kopf vorbeuge, wird mir leicht schwindelig, und der zähe Spuckefaden, den ich genau platzieren wollte, schlängelt sich jetzt von der Adidashose bis auf die Tastatur.

Auf Bild zwei sieht man Larissa liegend von hinten. Sie stützt sich mit dem rechten Arm auf dem blauen Untergrund ab, sodass der Oberkörper halb erhoben ist. Dank des Strings sind ihre Pobacken ganz nackt. Der schmale Stoffstreifen ist vollständig zwischen ihren wirklich mächtigen schneeweißen Kugeln verschwunden. Ihre dicken, vollen Haare trägt Larissa offen.

Ich vergrößere den Bildausschnitt, bis nur noch ihr Poritzenschatten zu sehen ist. Nicht eine Delle oder Hautunreinheit ist zu erkennen. Perfekt und spiegelglatt. Im Kopf bin ich längst bereit, aber in der Adidas ist weiter tote Hose. Ich lasse meine Augen über die Bilder hin- und herfliegen, versuche jedes Detail aufzunehmen. Larissa ist wirklich drall, aber wie selbstverständlich und einladend sie ihre rolligen weißen Rundungen präsentiert, erregt mich aufs Äußerste.

Leider will die Erregung nicht recht ankommen. Ein Weiterleitungsproblem: einfach zu viel MST. Jetzt verschwimmen auch noch die Bilder. Ersatzweise versuche ich mich auf den Text zu konzentrieren, der noch vor der Tabelle steht:

»Möglich: GV safer, OV natürlich ohne Nahkampfsocken mit Körperbesahnung und Schlucken ohne Ende, AV sehr gerne, möchte auch mal doppelvaginal und Sandwich probieren. Ihre Wünsche an euch: Nette, gepflegte und gut riechende deutsche Männer. Wann? Aktuelle Termine immer auf der Startseite / vorher und nachher Einzeldates möglich.«

Einzeldates. Ich stelle mir vor, wie ich ihre Backen mit beiden Händen teile und von hinten in ihren Riesenpo eindringe. Bilder und obszöne Geräusche rasen durch meinen Kopf, aber Herr Schwanz regt sich nicht. Gerade dachte ich noch, in der geballten Faust eine beginnende Versteifung zu spüren, da fällt schon wieder alles in sich zusammen und die Texte verschwimmen.

Da muss mehr drin sein. Die Erregung klopft mir bis zum Hals, der Puls rast und das Gesicht wird heiß. Aber Pustekuchen. Bin ich vielleicht schon impotent geworden von der ganzen Rumsitzerei und dem Dreigängemenü? Larissa ist mir jetzt fast schon egal, ich wünsche mir einfach nur eine anständige Erektion, wie sie ein 28-Jähriger auch mit einer schrecklichen Beinverletzung mal eben noch hinbekommen sollte.

Jetzt oder nie. Ich lege den Laptop zur Seite und wuchte mich mühevoll aus dem Sessel. Erst einmal muss ich mich beruhigen. Ein kaltes Adelskronen aus dem Kühlschrank auf ex. Wenn es sein muss, auch zwei oder drei, schließlich ist das ganze untere Fach vollgepackt mit dem Bier aus dem Pennymarkt. 22 Flaschen passen da rein, das sind fast vier eingeschweißte Gebinde. Ich schaue aus dem Küchenfenster, drücke mir die kalte Flasche ein paar Sekunden an meine glühende Wange und schraube dann den Deckel ab. Zweidrittel schaffe ich in einem Zug. Na immerhin, alles habe ich noch nicht verlernt.

Mein Blick geht aus dem Fenster. Die Hecken und Sträucher zur Straße hin sind zu kurz geschnitten, um mich vor Vorbeieilenden zu verbergen. Handzeichen. Winken. Lächeln. Mein »Hallo« hört zwar keiner durch die geschlossene Scheibe, aber ich rufe trotzdem, dafür mit ausgeprägten Mundbewegungen. Meine Stimme klingt komisch. Wie von Band abgespielt.

Umständlich beuge ich mich auf meinem gesunden Bein stehend über die breite Arbeitsplatte, greife nach der Doppelschnur und lasse schwungvoll die Blechstreifenjalousie herunterschnellen. Schrrrripp! – Dreiviertel der Strecke bis zum Fensterbrett sind augenblicklich jalousiert. Das ist guter Durchschnitt. Vorletzte Woche hatte ich einmal fast den Dreh raus, das Ding bis ganz nach unten sausen zu lassen.

Ich bin nass am Unterbauch. Beim Vorbeugen hat der Hosenstoff Reste des Abwaschwassers von der Kante der Arbeitsplatte aufgesogen – durch bis auf die Unterhose. Hoseausziehen mit kaputtem Bein klappt nur, wenn ich mich dafür zwischen Kühlschrank und Geschirrspüler klemme. Dort angekommen, spüre ich eine angenehme Enge.

Unter der grauen BW-Socke drückt etwas Gnubbeliges. Ich hebe den Fuß an, aber das Etwas bleibt nicht liegen, sondern klebt jetzt unterm Strumpf. Als die Hose endlich am Boden liegt, stupse ich sie aus meiner Ecke in die Mitte des Raumes. Beim Ausziehen ist mir die Unterhose mit runtergerutscht. Zuerst zucke ich mädchenhaft vor der Kälte zurück, dann aber presse ich mein Becken an das lackierte

Metall des brummenden Kühlschranks. Ja, das ist angenehm. Noch angenehmer, weil ich das besondere Glück habe, einen dieser Plastikfruchtmagneten zu erwischen, die Bessy hier irgendwann mal tütenweise an den Kühlschrank gepappt hat und die immer runterfallen, wenn ich die Siemens-Kühl-Gefrier-Kombi nur ein bisschen zu fest zuschlage. Ich habe den Pfirsich direkt an den Eiern und halte gnadenlos dagegen. Gerade so, als lebender Teil einer Küchenzeile, wünsche ich mir fast, ein kräftiger schweißnasser Möbelpacker würde die Geräte noch enger zusammenschieben.

Hinten zwischen den Backen steigt ein warmes Kribbeln auf und schießt rasch nach vorn bis in die Schwanzspitze. Mit den Händen schiebe ich die Magnet-Apfelsine, die Ananas und das Kirschpärchen in den Schritt neben den Pfirsich. Schön geborgen liegt jetzt alles in meinem magnetischen Fruchtkorb.

Ich drücke fester. Dabei drückt mich was. Ich gebe nach. Der Furz knallt mächtig in dem schmalen Spalt zwischen den Küchengeräten. Hier mit mir allein lasse ich es gerne mal knallen, aber ich bin prinzipiell kein »Vor-anderen-Furzer«. Selbst im Zelt, auf der Pritsche, Reih in Reih mit den Kameraden irgendwo am Ende der Welt und 15 Kilometer vor Mazar-i-Sharif habe ich die Luft immer wieder mühevoll zurückgehalten. Nicht aus Scham vor den anderen, mehr aus Scham vor mir selbst. Jetzt stinkt es, ich kann mich nicht mehr konzentrieren und drohe zu entsteifen.

Okay, solange es braucht, um aufzuklaren, bleibt mir Zeit für eine kleine Inszenierung: Ich lasse mich aus dem Spalt gleiten. Dabei schnellt mein Glied hoch und patscht mir an den kalten Bauch. Das macht mich so froh, dass ich eine Hand um die Hoden lege und zudrücke. Eine sehr intime, männliche Umarmung. Ein Tucken mehr, und ich überschreite die Schmerzgrenze. Aua. Rasch ziehe ich die Vorhaut zurück und lasse einen saftigen Spuckefaden runterstürzen. Treffer versenkt. Ich verteile den Glitsch mit ein paar Rubblern. Einfach nur aufs Klo setzen und schrubbeln, das ist nichts für mich. Das ist langweilig, ordinär und fantasielos.

Ich denke an die festen Schnürbänder meiner Bundeswehrstiefel. Aber um an die heranzukommen, müsste ich auf den Steintreppenstufen fast bis zur Haustür rutschen. Dafür ist es so ohne Klamotten deutlich zu kühl. Ich packe mein schlimmes Bein mit beiden Händen zur Seite und setze mich ersatzweise auf die Küchentischecke. Buchenholz stabverleimt und honiggewachst. Nachdem ich ein wenig hin und her gerutscht bin und das kantige Holz am empfindlichen Ringmuskel kratzt, schießen mir weitere 50 Milliliter Blut in die Schwellkörper. Ich lege den Kopf in den Nacken und bearbeite mich beidhändig. Ein Gedanke an Bessy lenkt mich wieder ab. Ich schaue kurz an mir runter, aber da ist natürlich weit und breit keine Bessy. Ich erinnere mich noch zu gut, sie dort unten und ich hier oben. Weitere 50 Milliliter Blut schießen ein. Aber dann wären auch die Probleme wieder da. Minus 125 Milliliter.

Ich schaue über meine Schulter zur Jalousie. Hoffentlich kann da niemand von der Straße aus durchschauen. Ob ein guter Freund oder Bekannter das beichten würde? »Du, Toni, mein Alter. Nichts für ungut, aber pass auf beim Wichsen. Das kann man echt von draußen sehen. Besonders in der Dämmerung.« Ich glaube, ich würde es sagen, bin mir aber nicht sicher.

Die Mikrowelle sagt 17:45. Keine wirklich gute Zeit für Selbstbefriedigung. Zwischen 18:00 und 18:30 taucht hier regelmäßig der Äthiopier auf. Und der hat einen Zweitschlüssel.

Aber heiße ich nicht zu Recht Toni? Mir fällt wieder die Geschichte ein, als Toni Schumacher sich von seiner Frau Zigaretten auf dem Arm hat ausdrücken lassen und dabei keine Miene verzog. Einfach nur, um zu beweisen, wer Herr im Hause ist. Also, den Pfleger Pfleger sein lassen und munter weitergeschrubbelt.

Ich quetsche mich wieder, so weit es geht, zurück in den schmalen, kühlen Gerätespalt. Ich bin geschätzte 190 Milliliter im Plus. Mit jedem Zentimeter, den ich tiefer vorstoße, rutscht die Jalousie höher. Schripp, schripp, schripp. Daran ist gar nichts Magisches, sondern das hat einen triftigen Grund: Ich habe mir die Jalousie-Doppelschnur mit einem 1a doppelten Palstek fest um die Eier gebunden.

Jetzt wird geschruppt, was das Zeug hält. Die Fruchtmagneten ploppen gegen die Bleche und landen überall im Raum. Mir ist alles egal. Mit dem Hinterkopf bollere ich hart und rhythmisch an die Kühlschrankwand. Bumm, bumm, bumm. Innendrin klappert es munter. Jede Bewegung überträgt sich von meinen Hoden über die Schnüre direkt auf die Jalousie, die jetzt wie verrückt am Fenster rauf und runter rast: SCHRRRIPP, SCHRRRAPP, SCHRRRIPP.

Auf einmal steht der Äthiopier mit zwei Plastiktaschen in der Küchentür und schaut mich erstaunt an. Ich brülle mit verzerrter Stimme und hochrotem Kopf: »MENSCH, verpiss dich! Siehst du nicht, dass ich arbeite?« Aber stattdessen bückt sich Kanell pflichtbewusst nach meiner nassen Hose. Da sehe ich schon Sterne und kann nicht mehr an mich halten. Ich drehe mich ein Stück weit aus der Hüfte und lasse es einfach nur noch laufen – auf die Fliesen, auf die Hose, auf Kanell und darüber hinaus.

Der plötzlich wieder einschießende Schmerz zwingt mich, sofort die Schnüre zu lösen. Bevor die Jalousie mit einem lauten Klatschen herunterrauscht, bin ich fast sicher, draußen auf der Straße den Biersozialisten mit seinem beschissenen Damen-Nostalgie-Fahrrad stehen und glotzen gesehen zu haben. Dann lasse ich mich einfach halb vor Erschöpfung und halb zur Strafe direkt auf den am Boden beschäftigten Äthiopier fallen. Der schreit spitz und anhaltend. Aber Strafe muss sein.

Der Biersozialist

Äthiopier seien ja streng genommen gar keine richtigen Afrikaner, erklärt mir der Biersozialist wikipedisch und ein bisschen so, als würde er mit einem Vierjährigen sprechen. Anthropologisch betrachtet mischten sich da ganze Kontinente.

»Verschiedene Arabervölker und Inder aus Asien, Schwarze aus Afrika und in den Großstädten immer mehr weiße Europäerinnen!«, versichert er mir ungefragt und saugt mit den nikotinzerfaserten Wulstlippen an seiner Selbstgedrehten. »Toni, du musst das so verstehen: Das sind doch Prozesse, die sich im ständigen Wandel befinden, nicht nur hier bei uns oder in Äthiopien, sondern überall auf der Welt!«

Seine straßenköterfarbenen dichten Haare hängen schlaff und kraftlos am Kopf. Die Haarspitzen sehen auf den letzten Zentimetern aus wie angesengt. Erschöpft von der überragenden Denkleistung schaut er durch sein Konfirmandenbrillengestell hoch an die gräulich-weiße Raufaserdecke, legt umständlich seine verdreckten Tennissocken auf die wirklich letzten verfügbaren Quadratzentimeter seines zugemüllten Schreibtisches und sinkt ganz tief in seinen Schreibsessel, ein türkisfarbenes Kunstledermonstrum, das vor sehr vielen Jahren mal Teil einer zeitgeistigen Möbelkombination gewesen sein muss.

»Vom Sperrmüll! Stand da einfach nur so rum«, erklärt er begeistert.

Biersozi ist die meiste Zeit zu Hause. Und wenn er doch mal mit seinem klapprigen Damenfahrrad Richtung Penny auf Biereinkauf bei mir am Fenster vorbeifährt, wirkt er gehetzt, hält nie an und winkt nur notgedrungen, so als wäre er auf der Flucht oder wir hätten minus 20 Grad. Ich kann dieses Unwohlsein außerhalb der eigenen vier Wände nachvollziehen, aber im Gegensatz zum Biersozi auch einwandfrei begründen: Feindfahrt. Konvoi. Einer musste immer hoch ins Loch. Und einer war dann meistens ich. Jeder scheiß afghanische Esel, überhaupt alles, was sich bewegte, und schon blähten sich meine Nasenlöcher in Erwartung einer Feindberührung.

Kanell kommt erst in drei Stunden wieder. Eine ganze Stunde lang habe ich überlegt, ob ich lieber auf ihn warten oder die Krücken schnappen und zum Biersozi rüberschleichen soll. Dann habe ich mir die Adidas-Kombi übergezogen und bin los. 350 Meter in 25 Minuten. Nicht gerade rekordverdächtig. Und das alles nur, weil der Äthiopier vergessen hat, Zigaretten einzukaufen. Biersozi raucht Tabak, aber er dreht so kleine weiße Filterchen mit ein. Der Äthiopier wird mich nicht zum ersten Mal beim Sozi abholen müssen.

Ich will die Blättchen zum Drehen nehmen, die Packung klebt aber am Tisch fest. Was für ein Siff.

»Mensch, räum doch mal auf«, fordere ich Biersozi lachend auf. Er verdreht nur kurz die Augen, grinst mich an, hebt die rechte Arschbacke und furzt. Für einen Augenblick ist mir, als würden von der Erschütterung alle leeren Plastikbierflaschen wackeln, das kann aber auch von seinem Lachen kommen. Biersozi freut sich so über den Furz, dass er sich den Bauch halten muss.

Auf seinen beiden im Neunzig-Grad-Winkel aufgestellten Plastikfurnierschreibtischen und dem Fußboden seiner Zwei-Zimmer-Genossenschaftswohnung stehen Unmengen von ausgetrunkenen PET-Adelskronen. Grob geschätzte 180 Euro Pfand, also eine sichere Bank. Dazwischen lagern fünf randvolle Aschenbecher, drei Teller nicht fertig aufgegessener, angetrockneter Vegetariertiefkühlkost, zwei halb volle Familienpackungen Trockenzwiebeln, eine »Plus 25 % Inhalt«-Dose Nivea mit verschmiertem Rand, etliche leere Pappdosen Pueblo-Ökotabak und diverse Stapel nicht verteilter Flugblätter der Partei DIE LINKE – ein Farbflash in Dunkelrot.

Ich ziehe und zergle weiter an den festklebenden Blättchen rum. So lange, bis die Packung reißt und eine fragile Schlange unglücklich miteinander verklebter Blättchen zum Vorschein kommt. Ich friemel mir eines ab, rupfe etwas Tabak und einen der kleinen weißen Filter aus einer der Pueblo-Dosen und dreh mir eine. Derweil scrollt sich Biersozi mit seiner schmuddeligen Maus durch Youtube.

»*Die Kassierer* aus Wattenscheid, kennste? Hab ich mal auf einem Festival in der Eifel gehört, zusammen mit *Schleimkeim* und *Eisenpimmel*. Boah, ich glaub, ich war vier Tage lang nackt.« Biersozi lacht meckernd wie eine Ziege, schlabbert geräuschvoll was Grünes im Hals hoch und gibt vollen Druck auf seine beiden auf Chromstangen aufgebockten Lautsprecherboxen.

»Der Sozialarbeiter, gar nicht bange, lutscht mir meine

Vögelstange …« Aua, das tut weh. Im BW-Camp gab's jeden Abend pünktlich um 21.55 »Lili Marleen« aus den großen Tütenlautsprechern am Fahnenmast. Das war ein Musikerlebnis – unter freiem Himmel Gänsehaut pur! Symbolträchtig. Aber davon anzufangen, wäre hier Perlen vor die Säue. Netter Kerl, nur totsicher die falsche Baustelle.

Ich ziehe mich mühsam an meinen Krücken hoch und stelze über den Flur zum Klo. Schwer, ans dreckige Becken zu kommen. Drüber hängt ein »Why?«-Poster. Kein Nachdruck, sondern ein vergilbtes Original. Keine Ahnung, wo er das herhat. Sozi ist 27, ein Jahr jünger als ich. Der Toilettenboden ist dicht bedeckt mit den Ausgaben einer dreiwöchigen Probelieferung *Neues Deutschland.* Titelgeschichte ganz oben auf: »Das Weihnachtswunder von Mainhattan«.

Die Krücken lehnen rechts und links an den Wänden, während ich mit aller Gewalt versuche, ein paar Tropfen an meiner seit dem Bäng chronisch entzündeten Prostata vorbeizudrücken. Als so gar nichts kommen will, tröste ich mich mit der Vorstellung, Toni Schumacher hätte vor jedem wichtigen Spiel Probleme mit dem Wasserlassen gehabt: Das UEFA-Cup-Finale Real gegen Köln droht sogar später angepfiffen zu werden, nur weil Schumachers Blase dicht gemacht hat. Aber die Mannschaft kennt das schon; die halten alle zusammen und drehen sofort sämtliche Wasserhähne in den weiträumigen Sanitärbereichen bis zum Anschlag auf und lassen Toni allein.

»Mach locker, Toni« ist heute zu meinem Wahlspruch geworden. Aber gerade als ich mich auf dem schäbigen Klo des Biersozialisten erfolgreich in die Katakomben des Santiago-Bernabéu-Stadions versetzt habe und mir ein angenehmes Rauschen durch die Hirnschale plätschert, schaut plötzlich Kanell über meine Schulter. Hat der hier auch einen Zweitschlüssel? Nein, Sozi hat ihm aufgemacht, ich sehe ihn gerade noch auf seinen 47er-Socken Richtung Adelskronen-Sammlung verschwinden. *Die Kassierer* brüllen ungebremst in Konzertlautstärke, und der Äthiopier schaut wie die reinste Caritas: Wenn ich ihn spontan bitten würde, mir beim Pissen mein Ding zu halten, er würde es tun. Da bin ich ganz sicher.

»Was guckst du so?«, frage ich irritiert, da beugt er sich schon in Höhe meiner schiefen Hüfte einfach an mir vorbei, klappt die Klobrille hoch und schiebt mich, mit beiden Händen die nackte Hüfte umfassend, näher ans Becken. Seine dunkle Haut sieht im Nacken, da, wo sie sich zusammenschiebt, noch düsterer aus. Ein schöner Farbton. Ich kann nicht widerstehen und stütze mich kurz dort ab. Fühlt sich weich an. Ganz zart. Ich schiebe zwei Finger hoch in seine feine, dichte Krause. Ganz warm ist es da, beinahe wie in der flaumgepolsterten Tiefe eines winzigen Vogelnestes. Und wie ein Wunder – oder der Ablenkung gedankt – kann ich es auf einmal richtig laufen lassen.

»Ah …«, grunze ich zufrieden. Und dann schüttle ich den Hahn übermütig in vollem Lauf. Kanell lächelt, als hätten wir zusammen richtig was Tolles erreicht.

Ja, Pissen ist auch als Gemeinschaftserlebnis ein schönes Gefühl: Gangbang-Pissen. Dafür sprechen die vielen unzweifelhaften Angebote im Internet, mit Fotos von Damen, die indoor in runden Kinderswimmingpools sitzen, umgeben von älteren nackten Herren, die es alle gleichzeitig einfach nur laufen lassen. Wozu Viagra, wenn man noch richtig schön pissen kann? Zugegeben, wenn es läuft, ist da zwar spürbar weniger Druck in der Röhre als beim Spermafluss, dafür hält der aber auch wesentlich länger an, und es ist viel weniger anstrengend. Der Äthiopier flüchtet rüber zum Biersozialisten, als ich den vorletzten Strahl ebenso erregt wie übermütig übers *Neue Deutschland* hinweg direkt in seine Richtung feure. Ich glaube, ich muss dankbarer werden und schreie ihm hinterher: »Ey, Haillie, machste uns mal ein Bier auf?«

Katja

Den Zeitungsbericht hatte ich eine ziemliche Weile bei mir rumliegen. Ich wollte ihn einrahmen. Warum ist da eigentlich nichts draus geworden? Dafür hat mir heute eine von Biersozis Kreisparteitagsgenossinnen einen Brief mit Fotos von diesem Abend geschickt. Grobkörnig und in Schwarz-Weiß, richtige Liebhaberfotos. Das mächtig dick geschwollene Kuvert mit Überporto liegt auf dem kleinen Tischchen neben mir. Die Sonne blitzt kalt durch den Spalt zwischen den halb aufgezogenen Vorhängen. Der Briefträger kam heute schon kurz nach halb acht. Das hätte wenig mit Geschwindigkeit, aber viel mit einer neuen Routenplanung zu tun, berichtete er mir nichtssagend. Der Fernseher läuft ohne Ton. Auch das Bild ist kaum zu erkennen.

Im frühen Lichteinfall verschmilzt das *Morgenmagazin* mit einer Spiegelung von mir selbst: bordeauxroter Sweater, Adidashose, wie immer einseitig aufgeknöpft wegen der dicken Binden, Kippsessel auf Halbacht- beziehungsweise Habachtstellung. Mal sehen, was der Tag noch bringt. Ich angele mir eine West aus der Schachtel, zünde sie an und sauge warmen Rauch durch den Filter. Mir fällt auf, wie süßlich er schmeckt. Vielleicht hatte Biersozi doch recht, als er mal behauptete, das würde gemacht, um an den Geschmack des Milchzuckers in der Muttermilch zu erinnern und so das Suchtpotenzial noch zu erhöhen. Allerdings denke ich beim Rauchen eher weniger an Nippel. Obwohl, jetzt schon, das hat aber nichts mit Sucht zu tun, sondern damit, dass ich eben über den Zuckergeschmack nachgedacht habe.

Mann, Mann, wie kann man schon nach dem Aufstehen so wirr sein? Ich grinse in die Mattscheibe des Fernsehers, drehe den Kopf ein wenig und schaue mein Profil an. Das sieht lässig aus. Na gut, der kleine Bauch. Der kommt aber eindeutig vom Rumsitzen, ist noch schön fest und schwabbelt nicht über den Gürtel. Sonst würde ich ganz bestimmt anfangen zu hungern.

Die Blonde im Fernsehen mit dem kantigen Gesicht gefällt mir. Die ist zwar schon in die Jahre gekommen, aber ihre Figur scheint noch top, jedenfalls, wenn man berücksichtigt, dass sie da gerade etwas steif auf dem weißen Sofa sitzt. Die Körperhaltung gibt mir Rätsel auf. Ihr Selbstbewusstsein scheint ein wenig hinter ihren Lebensjahren herzuhasten. Aber das wirkt sehr tapfer. Fast sexy. Sehr hohe Stirn. Dann als optisches Gegengewicht sehr tief ansetzende Brüste. Ich bin sicher, keine Hänger. Die hier scheinen von Natur aus einfach sehr weit unten zu sitzen. An der Brustwurzel, wenn es so etwas gibt. Ich mag das sehr, es erlaubt einen freien Blick direkt auf die Schlüsselbeine. Schöne Schlüsselbeine. Ganz zart geschwungen wie flache, unberührte Dünenkämme. Sandfarben.

Sofas sind zum Rumlümmeln da. Wahrscheinlich hat die Requisite vom ZDF das Polster extra härter gemacht, sonst könnte man in einem knielangen Rock gar nicht drauf sitzen, da würde man morgens um halb neun schon ins Eingemachte gucken. Schade. Mitten in den schönsten Gedanken hinein sehe ich mich durch die Spiegelung mit auf dem Sofa sitzen. Natürlich weiß ich, dass ich nicht der bin, der da sitzt, ich sitze ja hier bequem in meinem Kippsessel. Das da im Fernseher, das ist Tom Cruise in *Geboren am 4. Juli*. Neben Patricia Schäfer (ihr Name wird unten eingeblendet) auf dem Sofa sitzt Ron Kovic, nur wesentlich akkurater rasiert. Da legt Kanell nun mal sehr viel Wert drauf. Anfangs, als er mir, für meinen Geschmack etwas zu hastig, zum ersten Mal dieses Mafiaklappmesser an meine eingeschäumte Kehle setzte, hatte ich deutliche Bedenken. Da gefriert einem das Blut. Instinktsicher schob ich sofort den Ellenbogen vor. Ganz korrekt, wie in der Standardnahkampfausbildung gelernt. Verteidigungsbereit. Aber dann nahm ich es doch als Mutprobe und hielt einfach die Luft an. Gut so! Denn als ich mir anschließend das erste Mal mit der Hand über die Gesichtshaut fuhr: alle Achtung, so glatt ist es mir noch nie gelungen.

Ich greife nach meiner Jumbotasse und nehme einen Schluck. Beim Trinken spüre ich unter den Fingerkuppen den erhabenen Aufdruck. Den Pott habe ich aus dem Bundeswehrzentralkrankenhaus in Koblenz mitgehen lassen. Schönes Format, da braucht man nicht so oft nachgießen, und der Kaffee bleibt dank der größeren Menge trotzdem lange warm. »Schützen. Helfen. Kämpfen. Vermitteln«. steht im Uhrzeigersinn rund um das Logo: Tatzenkreuz und »Bundeswehr. Im Einsatz für den Frieden«. Schöne Tasse. Starkes Zugehörigkeitsgefühl. Wärme. Ach Scheiße, wäre schon cool, jetzt mit den Kameraden einfach mal fünf gerade sein zu lassen. So nach einem richtig anstrengenden Gewaltmarsch. Auf der Bank, vor dem Zelt, unter dem funkelnden Sternenhimmel die beiden erlaubten Pilsdosen knacken und später, drinnen auf den gemütlichen Pritschen, noch etliche ungenehmigte hinterherzischen lassen. Ein Zivilist kann das gar nicht nachvollziehen.

Die sieben Minuten vom Camp bis zum großen Bäng gehen mir heute beinahe problemlos über die Lippen. Was allerdings die Kameradschaft und den Zusammenhalt da unten betrifft, bleibe ich verschlossen. Selbst wenn ich ausschließlich unter Männern wäre. Das gehört nicht in den Schmutz gezogen, schon gar nicht hier in der Heimat. Auch so ein Begriff, den man erst begreifen lernt, wenn es bäng macht. Ich würde hier niemals in Uniform rumlaufen, schon gar nicht im Ausgehzwirn. Zugegeben, in diesem merkwürdigen Freizeit- und Bildungszentrum hätte das sicher mächtig Effekt gehabt, aber die Adidas hat dann auch schon was hergemacht: seitlich offen, mit vollem Blick auf die ganzen Mullkompressen. Kanell hat mir die Desinfektionsschmiere auf meinen Wunsch hin extra richtig satt draufgeklatscht. Nach und nach ist das dann alles durch die Gaze gesifft.

Jetzt hat mir Katja tatsächlich die Bilder geschickt. Ich hatte im Stillen gehofft, sie würde die Sache irgendwie auf sich beruhen lassen. Nicht dass ich mich im Nachhinein schäme oder so. Ehrlich gesagt, sind mir seit dem großen Bäng so ziemlich alle Dinge, die mich früher noch gejuckt hätten, egal. Hier lockte mich anfangs nur das Geld. Biersozi hatte versprochen, wenn ich bereit wäre, auf der nächsten Mitgliederversammlung seiner Partei als Referent aufzutreten, könne er seine Genossen im Gegenzug sicher überzeugen, dass eine Aufwandsentschädigung erforderlich sei. 200 Euro waren abgemacht.

In einem Rundschreiben des Kreisvorstandes klang das dann so: »Liebe Genossinnen und Genossen, unsere politischen Gegner propagieren die Devise: ›Jeder muss sehen, wo er bleibt!‹ Wir fragen, so laut wir können, nach, wo jemand abgeblieben ist. So lange, bis wir Antworten bekommen. Auf ein paar dieser Antworten hoffen wir auf unserer nächsten Mitgliederversammlung. Beginn: Mittwoch 19 Uhr 30. Freizeit- und Bildungszentrum. Als Referenten haben wir einen Mitbürger zu Gast, der uns ausführlich und aus erster Hand über die Lage der deutschen Soldaten in Afghanistan berichten kann. Mit Stabsunteroffizier und Afghanistanveteran Toni Heinemann sprechen wir über seinen Einsatz dort. Anschließend wollen wir gemeinsam über alternative Handlungswege nachdenken, die wir als konsequente Antikriegspartei beschreiten können. Für DIE LINKE gilt: Militärische Einsätze verschärfen weltweit menschliches Leid, hinterlassen soziales Elend, wirtschaftliche Verwüstung und ökologische Zerstörung. Bomben, Raketen und Kriegsmaschinerien treffen immer auch die Zivilbevölkerung und die Infrastrukturen, die Lebensadern der Zukunft. Kommt also zahlreich und hört, was es zu berichten gibt. Mit solidarischen Grüßen, euer Kreisvorstand.«

Bevor ich zum Kuvert greife, stecke ich mir eine weitere Zigarette an. Erst dann nehme ich mir endlich ein paar der Bilder vor. Der Saal des Freizeit- und Bildungszentrums ist bis zur Decke holzverkleidet. Auf dem zweiten Bild sind ein paar von Biersozis Genossen zu erkennen. Einige sitzen, andere stehen an einem provisorischen Buffet. Kuchen, Suppe, Saft, Sprudel obendrauf und Flaschenbier unterm Tisch. Auf dem nächsten Bild sitzt Katja mit übereinandergeschlagenen Beinen auf einem der schlichten, mit weißem Resopal beschichteten Tische und lächelt offen in die Kamera. Der Fotograf ist sicher ein Vertrauter, wenn nicht mehr. Das erkenne ich an ihrem Blick. Später wird mich Katja mitnehmen. Erst in eine Kneipe, die, wie sie sagt, »angenehm ebenerdig liegt«, und anschließend zur Vertiefung des »so tollen Gesprächs« in ihre Wohnung. Günstigerweise ebenfalls ebenerdig, allerdings ein Häuschen im Hinterhof.

Die Holzwände sind scheinbar mit allem beklebt, was die Berliner Parteizentrale in den letzten Monaten an ihre Kreisverbände rausgeschickt hat. Der Biersozi klopft mir beruhigend auf die Schultern: »Toni, alles klar. Das sind nette Leute. Echte Kumpel sogar.« Dann schaut er mir noch ganz kurz in die Augen und lässt mich stehen, seinem Kreisvorsitzenden entgegeneilend. Der schneidet gerade eine Palette Zuckerkuchen und hebt aus der Ferne den Arm zum Gruß. Ich nicke ihm freundlich zu. Der Weißhaarige zeigt fröhlich auf den Kuchen, dann auf mich. Ich schüttle verneinend, aber lächelnd den Kopf, denn ich habe schon die beiden braunen Flaschen entdeckt, die der Biersozi unter dem Tisch rechts vom Podium für uns deponiert hat. Jemand stupst mir an die Schulter: »Hallöchen. Ich bin die Katja. Du bist sicher der Toni. Freut mich, dass du da bist.« Ich schaue in zwei tiefbraune Augen. Katja streckt ihre Arme aus und berührt mich für einen Moment gleichzeitig mit beiden Händen an den Oberarmen. Fast eine Umarmung, aber auf jeden Fall eine sehr verbindliche Umgehung eines Handschlags, den ich ja mit den Krücken gar nicht hätte annehmen können.

Der Saal ist leicht abgedunkelt. Das häufige Alleinsein in den letzten Monaten macht sich jetzt doch bemerkbar. Ich fühle mich unwohl und beginne mich ernsthaft zu fragen, was ich hier eigentlich verloren habe. Vielleicht sollte man ein nettes Lächeln nicht überinterpretieren, aber ich beschließe für mich, dass diese Katja ganz okay ist.

»Sag mal, meinst du, das interessiert hier überhaupt irgendjemanden. Ich komme mir ein bisschen komisch vor bei der Sache.« Sie hakt mich links unter und schiebt mich in Richtung unseres Tisches, hört dabei aber weiter zu. »Die Idee stammt ja von meinem Nachbarn« – ich schaue rüber zum Biersozi –, »von alleine hätte ich mich gar nicht ...« Ich lasse mich ein bisschen nach rechts fallen und atme tief durch die Nase ein. Raucherin, aber auch ein angenehm nostalgischer Duft. Patschuli? Moschus? Aber ohne diese unangenehm seifige Note. Er steigt mir in die Nase wie das Öl aus den braunen Ampullen aus dem Afghan-Laden, die meine Mutter überall rumstehen hatte. Heute heißt die Butze Afghan-Store, aber die Flaschen gibt es dort immer noch. In Afghanistan gibt es sie auch, nur dass sie gar nicht da produziert, sondern von afghanischen Händlern aus China importiert werden. Das sind ja Zahlen, die in den offiziellen Statistiken nie auftauchen. Die Importquote aus China ist heute schon verdammt hoch, aber würde man all die Waren dazurechnen, die wir aus anderen Ländern einführen und die ebenso in China gefertigt wurden, würde uns ein Licht aufgehen. Ein verdammt grelles, fürchte ich.

»Worüber schmunzelst du so?«, fragt mich Katja neugierig über die Schulter des Biersozis hinweg, mit dem sie gerade Brüderküsse austauscht.

»Der Toni hat sonst nichts zum Grinsen«, interveniert Nachbar vorschnell, »der findet unser Engagement wahrscheinlich einfach nur unglaublich komisch.« Katja setzt sich über Eck neben mich, und Biersozi holt ein drittes Bier. Da naht der Kreisvorsitzende. Bei knapp zwanzig Anwesenden ist der Star des Abends nicht zu übersehen.

»Theo Marquardt, hinten mit dt. Darf ich dich im Namen des Kreisverbandes begrüßen?« Der Grauhaarige gefällt mir. Ehrliche Ausstrahlung, erdig, nichts Verschrobenes. Dreißig Jahre Erfahrung hinter Tapeziertischen auf windigen Innenstadtplätzen formen ein Feingefühl. Theo sieht gut genährt aus, aber nicht dick. Das sauber gebügelte rotblau-karierte Flanellhemd steckt in einer dunkelbraunen Cordhose, vorne mit Bügelfalte. Über allem ein legeres senffarbenes Sakko und ums rechte Handgelenk statt einer Uhr so ein mystisches Kupferarmband mit Zeichen drauf, wahrscheinlich zur Abwehr irgendwelcher Krankheiten. Die Haare, die ihm büschelweise aus beiden Ohren wachsen, sind noch nicht grau. Sieht lustig aus. Als hätte er sich da kleine Pinsel reingesteckt – vielleicht, weil ihn was im Gehörgang juckt. Ich nehme einen Schluck aus der Bierflasche.

»Freut mich auch«, erwidere ich dem Kreisvorsitzenden, der es sich neben Katja bequem gemacht hat, und reiche ihm die Hand. Angenehm trockene Innenfläche. Fühlt sich deutlich nach Arbeit an, aber nur wenig rau, wahrscheinlich jahrzehntelang professionell eingecremt.

»Habt ihr denn schon bestimmte Vorstellungen, was ihr von mir hören wollt? Ist ja ein weites Thema. Wäre es okay, wenn ihr Fragen stellt, die ich dann nach und nach beantworte?« Theo und Katja nicken schon beflissen, da habe ich den Satz noch nicht einmal zu Ende gebracht.

»Gibt es Dinge, die wir besser auslassen sollen?«, fragt Katja fürsorglich und schaut dabei auf meine seitlich offenen Adidas, wo schon ordentlich was von Kanells Desinfektionscreme durchgesickert ist.

»Ist mir prinzipiell egal, aber vielleicht nicht so viel politisches Zeug, da bin ich nicht so gut drin.« Katja lacht und zeigt mir ihre schönen Zahnreihen. Nicht mehr die weißesten, aber beeindruckend gesunde, kräftige Hauer.

Biersozi ist schon wieder unter dem Getränketisch am Wühlen, und Theo muss neue Leute empfangen. Beim Aufstehen lächelt er und schaut mich nett und sehr konzentriert an: »Das Politische kommt meist von alleine. Unweigerlich. Wir sind hier angetreten, das politische System in Deutschland grundlegend zu verändern. Nicht mehr und nicht weniger.« Ich schiele mit einem Auge zu Katja rüber, die Theo die Worte vom Mund abzulesen scheint, ihre Hände gefaltet, wie beim Gottesdienst in der katholischen Kirche. Süß, fast keusch.

»Hier an der Basis hat der Erdrutsch doch längst begonnen«, frohlockt der KV. »Und je mehr mitmachen, umso eher sind wir am Ziel. In Berlin!«

Ach herrje, ich gnibble etwas verlegen am Bierflaschenetikett herum. Unterm Tisch spüre ich Katjas Fuß, den sie schon eine Weile wie unabsichtlich an meinem rechten Jack Wolfskin Trail Rider reibt. Die Stiefel mit ihrer speziellen Polsterung gehören zu den einzigen Schuhen, die ich tragen kann, ohne dass mir gleich jeder Schritt bis ins Knochenmark knallt. Ich glaube, ich habe so was wie einen Ständer.

Bekomme ich öfter mal in Situationen, die ich schlecht einschätzen kann. Andere werden rot, ich bekomme ein Rohr. Was soll's?, sieht ja keiner.

»Alles klar!«, antworte ich, drücke Marquardt noch einmal die Hand und hebe ein wenig meinen Oberkörper, um ein höfliches Aufstehen anzudeuten.

»Tja, das war unser Kreisvorsitzender«, erklärt Katja überflüssigerweise, aber sehr freundlich. Eine neue Patschuliwolke weht mich an. »Nett, nä?« Ich trinke den letzten Schluck aus der 33er-Flasche und bestätige nickend. Katja ist schlank, aber kräftig. Ungefähr mein Alter, vielleicht zwei, drei Jährchen drüber. Über ihrer lockeren dunkelbraunen Stoffhose trägt sie einen knielangen Rock in ähnlicher Farbe. Erinnert mich ein bisschen an Hamid Karsai, nur dass der glücklose Afghane ein dunkles Grau bevorzugt.

Ich mag Katjas dunkle Augenbrauen. Die stoßen über der Nase beinahe zusammen. Die kräftigen Kieferknochen machen ihr Gesicht zwar kantig, die warmen dunkelbraunen Augen aber sind der perfekte Gegenpol. Unter der offenen olivfarbenen Kapuzenjacke mit Pelzkragen erkenne ich ein sehr eng anliegendes, sehr buntes Oberteil aus einem bedrucktem Stoff mit indischen Motiven: Tempel und im Lotussitz hockende Gottheiten mit Elefantengesichtern. Zwar ungewöhnlich, aber nicht so, als hätte man Ähnliches nicht schon an dem einen oder anderen Kleiderständer, vor dem einen oder anderen innerstädtischen Geschäft gesehen.

Ist sie meinen Blicken gefolgt? Jedenfalls zieht sie jetzt die Jacke aus und hängt sie über den Stuhl. Die Elefantengötter kleben mit ihrem Arsch an verdammt ausgeprägten Rundungen. Das erkennt sogar der Biersozi, der sich wie auf

Kommando neben mich klemmt und gleich mal eine der Krücken umschmeißt. Katja ist schneller. Als sie sich bückt, rutschen hinten im Rücken die Elefanten weiter nach oben. Zehn Zentimeter Haut. Ein Streifen Niemandsland. Biersozi stupst mich an und zeigt mit dem Finger. Das wäre allerdings gar nicht nötig gewesen. Ich bin körperlich gehandicapt, aber nicht blind.

Brüder zur Sonne zur Freiheit. Brüder zum Lichte empor. Die Schwester ist wieder oben angelangt. Ich bedanke mich artig. Ihre Hand landet genossenschaftlich auf meiner. Nur dass ich diesmal mit der anderen zuschnappe und nicht mehr loslasse. Gefangen genommen. Vielleicht eine zu forsche Attacke, will man ihr abruptes Aufstehen so deuten. Aber sie ist auf dem Weg hoch zum Podium.

»Guten Abend, liebe Genossinnen und Genossen, lieber Theo. Danke, dass ihr so zahlreich erschienen seid.«

Katja bemüht sich, langsam zu gehen. Aber ich falle doch immer wieder einige Schritte zurück, und sie muss einen Moment warten. Meine zwei Bier und ihre drei Glas Wein in der Kneipe gleich bei ihr um die Ecke reichen aus, eine Stimmung zu erzeugen, die den weiteren Gang in ihre Wohnung möglich macht. »Auf einen Kaffee oder zwei.«

Katjas schulterlange Haare wippen beim Gehen. Mit ihren kniehohen Stiefeln und meiner etwas gebückten Körperhaltung sind wir beinahe gleich groß. Auf den letzten Metern zum Hinterhaus hakt sie mich unter. Vor dem Hauseingang, noch vor dem Öffnen der Tür, drückt sie sich dann ganz eng an mich, schiebt ihre Arme unter meine Achseln, als wolle sie mich halten, und presst ihre schmalen Lippen einfach auf meinen Mund. Ihre Zunge wühlt und stößt. Ich schmecke den säuerlichen Rest des billigen Weißweins. Aber nicht unangenehm. »Du bist echt süß«, flüstert sie mir ins Ohr, dreht sich zur Tür und schließt auf. Ich umfasse ihre Hüften, die Krücken unter die Arme geklemmt, und lasse mich in den dunkeln Flur ziehen. Lokomotive und Anhänger. Sozialistische Huschebahn mit Krücken. Ihr Becken ist verdammt gut gepolstert.

Ich muss wieder an ihre Frage denken, die bei den Genossen für eine gewisse Verwirrung gesorgt, bei mir aber eine so bedenkliche Heiterkeit ausgelöst hat, dass ich da vorne auf dem Podium Mühe hatte, mich wieder einigermaßen unter Kontrolle zu bekommen: »Wie bist du im Camp eigentlich mit deinen sexuellen Bedürfnissen umgegangen?«

Der KV hastet in meine Nachdenkpause hinein aufs Podium und setzt zum Schlussplädoyer an: »Genossinnen und Genossen, manche Frage musste heute einfach offen bleiben.« Einige der Anwesenden lachen laut, mit Blick auf Katja, die sich aber nicht aus der Ruhe bringen lässt und mir weiter mit unverhohlener Neugierde direkt in die Augen schaut. Theo legt mir dankend einen Arm um die Schultern. »Ich denke, ich spreche heute nicht nur im Namen aller Anwesenden, sondern auch für die ganze Partei: Mit der Forderung, die internationalen Truppen aus Afghanistan abzuziehen, beenden wir den heutigen Abend. Wir danken unserem Freund Toni Heinemann für seine emotionalen Ausführungen und seine detaillierten Beschreibungen der Lage vor Ort. Für mich ganz besonders bewegend und aufwühlend war die Erkenntnis der völligen Hilflosigkeit. Wochenlanges Liegen im Lazarett, ohne zu wissen, ob man jemals wieder wird laufen können.« Sein Arm auf meiner Schulter wird schwerer, den Handschlag nehme ich dankbar an, weil er mich davon befreit.

Theo lässt meine Hand aber nicht mehr los. Seine Stimme wird lauter: »Dem Frieden eine Chance – Truppen raus aus Afghanistan!« Gemurmelte Zustimmung im Saal. »Über die künftigen Strategien der internationalen Friedensbewegung wird auch die Großdemonstration gegen den Einsatz der Bundeswehr in Afghanistan am kommenden Wochenende in Berlin entscheiden. Dann berät der Bundestag über die Verlängerung des Mandats für die deutsche Beteiligung an der internationalen Afghanistan-Schutztruppe ISAF und über eine Aufstockung des deutschen Truppenkontingents. Ich hoffe, dass ihr alle dabei sein könnt! Wir müssen unser Veto so kämpferisch herausschreien, dass unsere Stimme vor dem Reichstag unüberhörbar wird.« Applaus und nochmaliges Handquetschen.

»Zum Abschluss bitte ich euch aufzustehen und unserem Referenten ein aufmunterndes ›Glück auf!‹ mit auf seinen schweren Weg zu geben.« Von der Seite kommt ein Genosse in verschwitztem roten »DIE LINKE«-T-Shirt mit einer Ziehharmonika vor seinem dicken Bauch. Schon nach den ersten Takten brennen mir die Augen. Zwanzig Gesichter der überwiegend älteren Genossen schauen mich mitleidig an. Ich suche Katjas Augen, doch auch die steht mit gesenktem Kopf da. Aber als sie ganz kurz hochschaut, bin ich sicher, ein freches Grinsen gesehen zu haben. Biersozialist nutzt die Situation und stopft sich unter dem Getränketisch die restlichen braunen Flaschen in die Jackentaschen.

»Glück auf, Glück auf, der Steiger kommt. Und er hat sein helles Licht bei der Nacht, und er hat sein helles Licht bei der Nacht, schon angezü-hü-hünd, scho-hon an-gezünd ...« Ach du Scheiße. Meine Augen fangen hoffnungslos an zu tränen. Theo missdeutet das als emotionale Äußerung und drückt mich tröstend an sich, und es tut höllisch weh, weil er mein Bein gleich mitdrückt. Nach gefühlten einhundertzehn Strophen gehen endlich wieder die Lichter an und meine Schulter wird von den Genossen geklopft wie ein Sonntagskotelett vor dem Panieren.

Katja macht mit dem Ellenbogen das Licht an. Die Wohnung ist sparsam eingerichtet, wirkt aber nicht leer. Sehr aufgeräumt. Viele Neunzig-Grad-Winkel. Ein großer Raum zum Wohnen, Schlafen und Arbeiten. Hinten entlang der ganzen Wand eine Computeranlage mit Drucker, Scanner und Regale voller Ordner. Als ich meine Krücken neben das Bettsofa stelle, dreht mich Katja an den Schultern um, und während sie mir erneut ihre Weißweinzunge zwischen die Zähne schiebt, drückt sie mich tief in die Polster, aber ohne auf mir zum Liegen zu kommen.

»Mach's dir bequem, Toni. Da neben dir im Schrank gibt's noch was zu trinken. Gläser sind auch drin.« Ich lächle sie freundlich an. »Was dagegen, wenn ich kurz dusche?« Sie wartet die Antwort nicht ab und verschwindet durch eine Tür mit Milchglasfenster. Als ich das Wasser rauschen höre, schließe ich die Augen.

»Was Schönes geträumt?« Ich fahr erschrocken hoch, lasse mich aber gleich wieder zurückfallen, um die Bewegung nicht bis zum Schmerz auszureizen: Meine Füße reichen über das Liegesofa hinaus bis auf den Holzfußboden und klemmen jetzt zwischen Katjas Stiefeln – fast kniehoch, aufwendig geschnürt, mit verstecktem Reißverschluss. Die Genossin hat sich turbanartig ein Handtuch ums tropfnasse Haar gewickelt. Details, die mir schon allein deshalb auffallen, weil Katja ansonsten absolut splitternackt vor mir steht. Ihre strammen Arme hat sie frech in die Hüften gestemmt und ihren Körper dabei durchgedrückt, sodass ihr voller Schamhaarberg weit vorsteht. Dennoch wirkt die Szene nicht obszön. Ich schaue auf ihre Brüste, die zwar weit nach vorne wachsen, aber lustig ein bisschen nach den Seiten schielen.

»Wow!« Ich mache ihr mit dem Zeigefinger der rechten Hand ein Zeichen sich umzudrehen. Sie schaut fragend, erfüllt aber prompt meinen Wunsch. Ich muss eine ganze Weile eingenickt gewesen sein, denn mittlerweile brennen ein paar Kerzen auf dem flachen Glastisch und Musik läuft. Angenehm rhythmisch, aber ruhig. Irgendwas Spanisches. Katja dreht sich also, behält mich dabei aber, über ihre Schulter hinweg, neugierig im Auge. Ich halte ihren Blick. Dank der kurzen Schlafphase bin ich sehr ruhig geworden. Nicht wie sonst in so einer Situation, wenn einem die Gedanken schon mal wie wild durcheinanderrasen.

Ich greife mir die linke Außennaht meiner Adidas und reiße so kräftig, dass die Druckknöpfe auch hier bis runter zu den Stiefeln aufspringen. Die Hose ziehe ich einfach zur rechten Seite, und während mir Katja frech und neugierig direkt in den Schritt schaut, sehe ich etwas vor mir, das geeignet ist, mir augenblicklich einen solchen Ständer zu machen, dass ich instinktiv eine Hand auf meinen roten Slip lege. Katja hat Schultern, so kräftig wie ein Kerl. Die durchgedrückte Wirbelsäule wird rechts und links bis runter zum Arsch von zwei fast schwanzdicken, angespannten Muskeln begleitet. Die Backen sind riesig, aber spiegelglatt. Da muss sie nach dem Duschen noch irgendein glänzendes Öl aufgetragen haben. Ich spüre schon, wie meine Prostata fleißig frisches Ejakulat vorbereitet. Der angenehme Schmerz zieht mir bis tief in die Eier. Mir drückt der Schwanz gegen die Hand. Diese gewaltigen Spiegelkugeln sind aber noch nicht alles. Direkt darüber, mitten aus der Wölbung heraus, blicken mich auf ganzer Front Marx, Engels und Lenin an. Gestochen scharf tätowiert und meisterlich gearbeitet.

»Süß, dein Slip«, grinst mich Katja an, den Blick immer noch auf meinem Schritt, als wüsste sie nicht längst genau um den Effekt ihrer außergewöhnlichen Körperverzierung.

»Wahnsinn«, stammele ich ebenfalls grinsend und schiebe auch noch meine Unterhose zur Seite, bis mein Schwanz dankbar an meine nackte Lende ploppt. So ausgefahren kann er sich sehen lassen. Eingefahren macht er auf mich immer einen eher mickrigen Eindruck.

Als Soldat hatte ich ja viele Vergleichsmöglichkeiten, und einige der Kameraden haben da ziemlich gefährliche Waffen am Start. Meiner ist zwar so dick wie die besten Geschütze der Kompanie, allerdings nicht so mörderisch lang. Er hat aber einen entscheidenden Vorteil, den Bessy sehr schätzte: Er ist perfekt geformt. Also, ich meine das Verhältnis Schaft zu Eichel.

Ich zerre auch noch die Eier heraus und schiebe die Unterhose tiefer. Katja pfeift anerkennend durch die Zähne. Vielleicht ein wenig niveaulos, aber ihr angespanntes Lächeln verrät, dass sie ebenfalls überreif ist.

»Streck den Po zu mir runter!«, befehle ich mit heiserer Stimme. Jetzt ist keine Zeit mehr für Höflichkeiten. Das sieht Katja mit dem Riesenpo Gott sei Dank auch so, und als sie macht, was ich sage, rücken nicht nur ihre Backen ganz nah, die strammen Dinger springen auch noch auf wie eine überreife Melone und geben eine breite Furche saftig roten Fleisches frei.

Es tropft ihr schon an den Innenschenkeln runter, dass ich, um nichts zu vergeuden, schnell beide Hände drunter halte, als wäre ich Boy auf einer Kautschukplantage.

»Nicht bewegen!«, warne ich, als ich merke, dass sie sich augenblicklich auf mich niedersenken will. »Das Bein!«, lüge ich frech und warte weiter, bis sich ein feines Rinnsal in meinen hohlen Handinnenflächen angesammelt hat. Dann ziehe ich die Hände zwischen ihren Beinen hervor, forme einen Kelch und strecke sie in Richtung ihres Kopfes vor. Sie versteht sofort. Ihre Wangen glühen mittlerweile so rot wie das feuchte Fleisch ihrer warmen Furche. Ihre Zunge schießt vor und sie leckt und schleckt, so brav wie eine Ziege im Streichelzoo.

Jetzt drehe ich meine Handaußenflächen aneinander und schiebe ihr die Fingerspitzen ohne weiteres Vorspiel tief in die Vagina. Dabei achte ich absichtsvoll nicht auf ihre mit reinrutschenden inneren Schamlippen. Das muss ziepen, aber Katja atmet nur ganz tief aus und dann flacher und schneller weiter. Als ich fast bis zu den Daumen eingedrungen bin, drücke ich die Hände auseinander und öffne ihr Innerstes, soweit es die strammen, blutgeschwollenen Muskeln überhaupt zulassen.

»Du bist wunderschön«, erkläre ich so sachlich, wie es

mir in der Situation noch möglich ist. Als ich meine Hände hart und schneller werdend in sie hineinstoße, verliert sie beinahe den Halt, sackt vorneüber und muss sich mit den Händen auf ihren Oberschenkeln abstützen. Jetzt wende ich alle Kraft auf und ziehe mir diesen Wahnsinnsprachtkörper samt Riesenarsch mit den Fingern in der offenen Vagina ganz nah heran.

»Ich will auf dein Gesicht!«, stöhnt sie.

»Ich will dich ficken!«, retourniere ich.

»Erst lecken, dann ficken.«

Ich grinse, ziehe meine Hände aus ihr raus und schmiere die ganze Suppe mitten in die erstaunten Gesichter von Marx, Engels und Lenin. Mein Schwanz hat jetzt seinen eigenen Puls. Er pocht und stößt in die Luft, dass ich es kaum noch aushalte. Jetzt steigt die schöne Linke aufs Bettsofa und senkt sich auf mein Haupt, als wolle sie im Wald pissen. Wir lächeln uns kurz an, wie man sich zwischen netten Kollegen anlächelt, wenn man kurz mal von der Arbeit aufschaut, und ich strecke die Arme hoch, greife mir schnell noch mit jeder Hand eine Brust, als es über mir dunkel wird.

Ein duftend feuchter Orchideenwald, und ich wünsche mir, ich hätte fünf Zungen, stoße und lecke aber schon mit der einen, die ich habe, so fleißig und gierig, dass Katja denken könnte, ich hätte fünf. Katja ist schnell, das gefällt mir. Mit der linken Hand stützt sie sich auf meiner Brust ab, während die rechte bereits an meinem Schwanz zerrt, als wäre er eine Mohrrübe im Herbst zur Erntezeit. Ihr Arsch senkt sich gefährlich. Der gurgelnde, heiße Luftstrom, der mir jetzt aus ihrem Innern in den Mund zischt, ist nur ein erster zaghafter Vorbote. Ich atme durch die Nase, lasse jetzt alle Raffinesse fahren und arbeite nur noch an dem kleinen Knopf, den sie mir kräftig an die Zähne presst.

Als ich mich schon aufgegeben und traurig von meinem Kiefergelenk verabschiedet habe, macht sie mich zum zweitglücklichsten Menschen in diesem Raum: Sie stöhnt so laut und lang anhaltend, krallt sich dabei in meine Brust und meinen Hodensack, dass ich sie mit aller Kraft, die mir bleibt, an der Hüfte packe und eine Drehbewegung andeute. Sie dreht sich auf mir, bringt meinen Schwanz in Position, fasst sich mit einer Hand in ihre Möse und verteilt anschließend mit schlafwandlerischer Treffsicherheit die ganze nasse Klebe zwischen ihren wundervollen Arschbacken. Dann schaut sie mich lächelnd und mit weit aufgerissen Augen an und schiebt sich meinen Schwanz doch tatsächlich direkt in ihren engen Hintereingang. Okay, das ist zu viel Party. Ich schließe die Augen und stöhne meine ganze Geilheit an ihre Raufaserdecke. Meine Hände liegen kraftlos auf ihren Hüftknochen, während sie mit einer perfekten, sich langsam steigernden Beckenbewegung ihren Schließmuskel an meinem Schaft rauf- und runtermarschieren lässt.

Ich stöhne. Sie lacht vor Freude und wird schneller. Und noch schneller. Als ich nach jemandem rufe, dessen Existenz ungeklärt ist, sinkt sie wie in Zeitlupe rückwärts auf meine Brust und kneift ihre Arschbacken ganz fest zusammen. Ich hebe mit letzter Kraft die Arme und verkralle mich mit den Händen in ihren Brüsten. Die spitzen Nippel zwischen Daumen und Zeigefinger und der folgende kurze Schmerzensschrei werden zum Signal für meine Prostata. Ich schieße aus allen Rohren ins Dunkle und wünsche, das würde nie mehr aufhören. Kein Gefühl mehr von Schmerz. Nichts.

Während der ganzen Zeit hat Katja es geschafft, nicht ein einziges Mal meine Wunde zu berühren. Oder ich habe es einfach nicht gespürt.

»Wo ist die Beitrittserklärung für die Partei, ich bin dabei!« Dann lachen wir und knutschen wie frisch Verliebte.

Der Kaffee ist kalt. Ich habe einen Ständer. Ich denke an Marx, Engels und Lenin. Shit. Ich lege das Foto von Katja auf das Kuvert. Für den beiliegenden Brief fehlt mir die Kraft. Ich warte auf Kanell und darauf, dass er mir die Schmerzen wegzaubert.

Ich könnte Katja mal anrufen und ihr erklären, dass man das nicht mehr steigern kann. Und dass es mir nicht um eine Wiederholung geht, weil man manche Dinge eben einfach nicht wiederholen kann. Klingt vielleicht blöd, aber Michelangelo hat sicher mit voller Absicht nur einen David gemeißelt.

Zitronen aus Kunduz

Zögerlich habe ich am Telefon zugesagt, mich zu weiteren Untersuchungen ins Hamburger Bundeswehrkrankenhaus zu begeben, Abteilung Psychotraumatologie. Die schriftliche Aufforderung lag schon länger auf meinem Tisch, aber den Brief habe ich erst geöffnet, nachdem mich ein Anruf aus der medizinischen Abteilung der Bundeswehrverwaltung darauf hingewiesen hatte.

Es hieß, sie könnten mich zwar nicht zwingen, aber eine Verweigerung medizinisch für notwendig erachteter Maßnahmen hätte möglicherweise nicht nur Auswirkungen auf meine laufenden Versorgungsbezüge, sondern auch auf die Anwendbarkeit des »Weiterverwendungsgesetzes für im Einsatz verwundete Soldaten«. Im Klartext: Wenn ich mich nicht in Hamburg auf posttraumatische Belastungsstörungen untersuchen und je nach Diagnose behandeln lassen würde, dann würde ich mir die Chips für meine Adelskronen wohl in Zukunft bei zivilen Stellen organisieren müssen. Natürlich war diese Androhung übertrieben, und ich hatte dahingehend wenig Befürchtungen. Andererseits, warum eigentlich nicht? Im Zweifel könnte ich ja immer noch abbrechen und wieder nach Hause fahren.

Die Zugfahrt verläuft ohne besondere Vorkommnisse. Die Platzkarte im ICE ab Hannover gebe ich großzügig an eine

Alte ab, die sich mit ihrem jünger wirkenden Mann zum Hochzeitstag einen Besuch in dem Udo-Jürgens-Musical »Ich war noch niemals in New York« geschenkt, aber in der Aufregung die Platzkarten vergessen hat. Ich fahre in Uniform. Im örtlichen Militarialaden habe ich mir auf eigene Rechnung eine um drei Nummern zu große Hose gekauft, die leidlich bequem über dem Verband sitzt. Die Uniform macht gutes Benehmen zur Pflichtübung, aber ich hatte sowieso bereits am Bahnhof den Bistrowagen ausgespäht und schaffe bis Hamburg-Hauptbahnhof vier Flaschen 0,33er-Becks. Eine fünfte war zwar schon bestellt und voreilig abgerechnet, aber der Kellner plötzlich verschwunden.

Das Krankenhaus vermittelt mir ein Gefühl, fast wie nach Hause zu kommen. Uniformen. Rangordnungen. Gelernte Bewegungen. Begrüßungen. Sicherheitsgefühl. Feindbewegungen: null. Die Trauma-Station – so heißt die innere Abteilung hier wirklich; die Bundeswehr hat keine Zeit für Verniedlichungen – ist eingerichtet wie eine Kaserne. Was den Zivilisten sicherlich schockieren würde, ist dem alten Soldaten Balsam für die Seele: ein langer, kahler Gang, von dem akkurat möblierte Vierbettzimmer mit Spinden für die privaten Sachen abgehen. Auf der gegenüberliegenden Seite ein großer, übersichtlicher Innenhof mit kurz geschorenem, aber sattgrünem Rasen und im Abstand von geschätzten zehn Metern einfache Bänke mit Lehnen.

Im Gang in Augenhöhe ein schwarzes Brett. Der Tagesplan für meine Etage. Für die Tests sind zwei Tage veranschlagt. Ich habe meinen Spind im zugewiesenen Zimmer bereits ordnungsgemäß eingeräumt und noch etwas Zeit. Ich lese: 6:30 Wecken. 7:30 Frühstück. Was machen die bloß eine ganze Stunde lang vom Wecken bis zum Essen? Ich lese weiter: 10:30 Qigong. Was ist das? Auf jeden Fall muss es Appetit machen, denn um 11:30 wird bereits Mittag gegessen. 14:00 Kaffeetrinken. Dazwischen eine unendliche Liste von Therapie- und Beratungsangeboten, die ich überfliege, dann um 17:30 Abendessen und ab 22:30 Zimmerlautstärke bis zum Lichtlöschen um 23:00. Klingt nicht nach Urlaub, aber trotzdem, wie mir scheint, ein recht legerer Tagesplan. Allerdings kann ich noch nichts zu diesem Qigong sagen und warte lieber mit einer endgültigen Beurteilung der Lage.

Ich grüße zwei dünne Soldatinnen. Am Ende des Ganges stehen noch drei weitere zusammen. Geschlechtertrennung gibt es nur bei der Belegung der Zimmer. Eines der Mädchen hat den Unterschenkel verloren und geht an Krücken. Ich wende mich ab, lehne mich an die angenehm kühle grau lackierte Wand und schließe für einen Moment die Augen. Als mir augenblicklich Bilder von Bessy erscheinen, fühle ich mich seltsam gesund. Hier werden bei den allermeisten Patienten sicher ganz andere Szenen behandelt als eine Bessy, die vor mir im Bett liegt und ihre langen, kräftigen Beine gegen die Decke streckt. Den dünnen, seidigen Slip habe ich damals im Eifer des Gefechts zerrissen, was nach Vollzug für eine gewisse Missstimmung sorgte, die ich nur mit dem Versprechen eines Shoppingbummels am Wochenende mildern konnte. Bessy shoppte gerne mit mir, und so war ich mehrfach der einzige Mann in der H&M-Dessousabteilung, aber das machte mir nichts aus und, ich glaube, Bessy sogar ein wenig stolz.

Ein Blick auf die Uhr. 11:52. Termin: 12:00. Zeit, den Doc aufzusuchen. Ich hauche mir in die Hand, bilde mir ein, noch einen Rest ICE-Bier zu riechen, und schiebe mir sicherheitshalber ein Kaugummi in den Mund.

Auf dem Gang begegnet mir ein Fernsehteam. Die Zivilisten bewegen sich übertrieben vorsichtig und respektvoll. Ich ziehe mein Bein stärker nach als nötig, fange langsam an, mit dem Kopf zu zucken, und lasse dramatisch die Lippe hängen. Die drei Fernsehleute grüßen ebenso neugierig wie ängstlich, ich antworte mit einem lang haltenden, wirklich lauten »Äääähargh«, das die Soldatinnen am Ende des Ganges aufmerksam werden lässt. Jetzt hat es das Team eilig davonzukommen. Sie bewegen sich eng an der Wand entlang.

Ich zwinkere den Soldatinnen im Vorübergehen kameradschaftlich zu. Die Ranghöchste zeigt mir einen Vogel, dann steckt sie mit den anderen die Köpfe zusammen. Na warte. Ich presse und lasse einen fahren, schließlich bin ich krank, da kann so was schon mal passieren.

»Schwein!« Ich wackle mit dem Po, betätige den Türöffner, der aussieht wie der Buzzer in einer Quizshow, und hinke zum Termin.

Frank C. Breitscheid ist ein auffällig großer und schlanker Mittfünfziger, allerdings mit einem kleinen Kugelbauch. Wenn man vom langen, kargen Gang durch die Tür tritt, macht die Mixtur aus Behandlungszimmer und Büro einen überraschend unmilitärischen Eindruck. Vielleicht sollte ihm mal einer sagen, dass ein Zuviel an Privatheit auf Soldaten eher beunruhigend wirkt.

Ich frage mich zum Beispiel, warum unbedingt ein halbes Dutzend Kindertuschzeichnungen an einer der Wände hängen muss. Wenn er seine Kinder lieb hat, dann sollte er sich überlegen, ob es für die ein schöner Gedanke ist, wenn laufend verstörte Traumafreaks auf ihre Bilder stieren und krankes Zeug damit assoziieren. Das ist doch nicht schön und allenfalls unüberlegte Angeberei eines stolzen Vaters. Wie viele sitzen hier, deren Ehen am Einsatz zerbrochen sind, und der liebe Onkel Doktor zelebriert heile Familie und möchte dafür auch noch abgefeiert werden.

Auf dem linken Drittel von Breitscheids großem, hellem Holzschreibtisch stehen ordentlich sortiert dreißig bis vierzig kleinere Buddhastatuen. Sicher haben Geheilte in Ermangelung einer Alternatividee seine Sammlung nach und nach mit »Dankeschön«-Buddhas vervollständigt. Von mir wird er aber ganz sicher keinen bekommen, selbst wenn er mich zum Goldmedaillengewinner im Stabhochsprung ummodellieren sollte.

Immerhin, Breitscheid trifft den Ton. Kein langes einleitendes Emotionsgefasel. So gelassen, wie seine Körperhaltung wirkt, so unruhig flackern seine graublauen, schon ein bisschen milchigen Augen. Man spürt, dass er möglichst schnell zum Wesentlichen kommen will. Mir nur recht.

Die Schulterklappen weisen ihn als Oberfeldarzt aus, er ist also Sanitätsoffizier im Rang eines Oberstleutnants. Besoldungsgruppe A15, allein das Grundgehalt liegt bei über 5000 Euro – ich kenne die Tabellen gut, weil ich vor einigen Jahren mal ein paar Monate für die Besoldungsaktualisierungen zuständig war. Ich setze mich so aufrecht, wie das mit dem Bein überhaupt möglich ist, und bin froh, dass ich mir im ICE zu den Bieren auch noch eine MST gegönnt habe.

Docs Haare sind dicht, etwas zu lang, graumeliert und nach rechts gescheitelt. Auf der Nase trägt er ein dünnes, eckiges Brillengestell. Er ist schlecht rasiert, und das weiße Hemd ist oben lässig einen Knopf zu weit offen. Aber wer sollte ihn zurechtweisen? Vielleicht ist das sogar als vertrauensbildende Maßnahme gedacht.

»Ich glaube, Sie werden mit mir keine große Freude haben«, erkläre ich ihm, als er in seinem Computer meine Akte durchscrollt, mich dieses und jenes fragt und wie es mir heute so ginge. »Wissen Sie, ich war ja sofort ohnmächtig, als es passierte. Wieder aufgewacht bin ich zum ersten Mal und nur ganz kurz im Flieger.« Er schaut mich wissend an und lächelt sogar kurz.

Auf seinem Tisch stehen verschiedene Bilderrahmen, von denen ich nur die Rückseiten sehe. Sicher Familienaufnahmen. Hinter ihm an der Wand hängen zwei DIN-A4-große Fotos von einem Container in einem Camp, im Hintergrund eine graue Hügelkette.

»Termez?«, frage ich ihn unvermittelt. Er schaut kurz über den feinen Brillenrand, sieht meinen ausgestreckten Finger, dreht sich nicht einmal zum Bild um und nickt nur bestätigend.

Breitscheid bittet mich nun, in dem Sessel Platz zu nehmen, der links von ihm an der Wand steht. Er dreht seinen Stuhl um neunzig Grad und sitzt nun frontal einen halben Meter vor dem Sessel. Ich rieche einen leicht säuerlichen Mundgeruch, aber noch nicht unangenehm genug, um ständig daran zu denken. Ich finde sogar, dass ihn das, ebenso wie sein einfaches Rasierwasser, das ich gleich beim Reinkommen gerochen habe, sympathischer macht.

»Ich möchte trotzdem etwas versuchen, wenn Sie einverstanden sind. Dazu müssen Sie gar nichts anderes tun, als mir zu vertrauen und meinen Anweisungen zu folgen. Einverstanden?« Ich nicke vorsichtig. Der Sessel ist einschläfernd weich gepolstert. Eine Welle MST spült durch mein Hirn.

»Eigentlich würde es mir ja reichen, sie verschrieben mir noch ein paar Wochen lang meine Tabletten, und dann wird das schon.« Er legt mir für eine Sekunde seine Hand aufs Knie.

»Jetzt vergessen Sie mal für den Moment alles und entspannen sich.« Breitscheid erklärt mir, dass er auf eine in den Achtzigerjahren in den USA entwickelte Therapiemethode spezialisiert sei, die sich als sehr erfolgreich erwiesen habe. Die Methode hieße Eye Movement Desensitization and Reprocessing, kurz EMDR.

Für mich klingt das erst einmal nach Gehirnwäsche, aber ich bin zu entspannt, um mir größere Sorgen zu machen. Ich bin unter Kameraden, ich bin zu Hause, was soll mir schon passieren?

Wenn ich es richtig verstanden habe, soll ich entspannt an die Ereignisse kurz vor dem großen Bäng zurückdenken und dabei irgendwelche Augenbewegungen machen. Breitscheid sagt, so könne ich Erinnerungslücken schließen und traumatische Ereignisse ein zweites Mal als etwas Beherrschbares erleben. Ich solle mir keine Sorgen machen, es würde sich nicht um eine Hypnose handeln. Ich würde über alles die Entscheidung behalten.

»Bereit?«

»Wenn Sie es sind«, antworte ich versucht locker, und mir

gelingt ein breites Grinsen, das er aber nicht erwidert. Breitscheid richtet sich auf seinem Stuhl auf und beginnt, Zeige- und Mittelfinger seiner rechten Hand in horizontaler Linie, ganz dicht vor meinem Gesicht, langsam hin und her zu bewegen. Er bittet mich, seinen Fingern mit den Augen zu folgen, aber ich mache es längst automatisch.

Mir wird angenehm schwindelig. Er fordert mich leise auf, ganz tief Luft zu holen.

»Erzählen Sie mir jetzt bitte alles, was Sie gerade bewegt. Lassen Sie nichts aus. Achten Sie nicht auf mich.« Die Finger ruhen für einen Moment, beginnen aber bald wieder, sich hin und her zu bewegen.

Würden wir nicht alle Flecktarn tragen, könnte man glauben, es ginge in gemütlicher Herrenrunde im Direktflug nach Mallorca. Der Komfort des Luftwaffenairbus A-310 entspricht beinahe dem einer normalen Passagiermaschine. Der Oberfeld neben mir hat sich frühzeitig den Fensterplatz ergattert. Kein unangenehmer, aber ein eher schlichter Charakter, mit dem man sicher problemlos die Stube teilen könnte. In Krisenzeiten wächst dieser Soldatentyp sogar über sich hinaus. Ein potenzieller Ordensträger, wenn es knallt. Auf seinem Schoß hat es sich der helle Weichflauschbär seiner Tochter bequem gemacht. Oberfeld ist knapp unter dreißig, mittelgroß, mit hellem Haar. Sein Gesicht ist solariumbraun, von der Knubbelnase bis hinunter zu den fleischigen Ohrläppchen. Schon in wenigen Jahren wird er mit Ohr- und Nasenhaaren zu kämpfen haben. Passt zum Typ. Sympathisch, bubenhaft, geradeheraus und zu keiner übertriebenen Gemeinheit fähig. Seine Familienfotos darf ich schon nach einer knappen Stunde anschauen. Aus der Verlegenheit heraus zeige ich ihm ein Bikinifoto von Bessy. Oberfeld sagt: »Schade.«

Vier Monate können verdammt lang werden. Zum Glück für die Familienfreaks dauert die Post nur eine Woche. Ich wette sogar, dass einige Ladys schon vor Tagen ein paar Zeilen verschickt haben, nur damit ihr Spezi als Erster was in der Feldpost hat. Der Kompaniechef empfahl den Austausch von Videobotschaften, um den Kontakt in die Heimat zu halten. Allerdings mit Einschränkungen: keine Aufnahmen aus dem Camp mit aufklärendem Hintergrund und keine strategisch wichtigen Informationen austauschen. ISAF secret.

Korrekterweise müsste man CD-Botschaften sagen. Oberfeld hat bereits die erste im Laptop. Ich dreh den Kopf ein wenig Richtung Gang, schiele aber aus den Augenwinkeln auf den Monitor. Ein dickes blondes Mädchen in Rosa. Eine blonde Dicke auch in Rosa. Rosa Umgebung. Kusshände fliegen aus dem Lap. Oberfeld lächelt und spitzt spontan die Lippen, lässt aber die Hand unten. Ob die beiden es noch miteinander treiben?

Manche kommen aus der Mühle nie raus. Man kann über die Bundeswehr denken, was man will, ich verdanke dem Haufen hier jedenfalls eine unbezahlbare Erfahrung: Schon nach kurzer Zeit musste ich mein Verhältnis zu Frauen völlig neu definieren. Ich erkannte, dass mein ganzes bisheriges Leben vom emotionalen Befinden wechselnder Frauen abhängig gewesen war. Am intensivsten spürbar bei gemeinsamen Unternehmungen mit Mutter und Freundin. Nach einem Monat Bundeswehr bekam ich regelrechte

Glücksgefühle. Kaum ein Tag unterschied sich von dem vorhergehenden. Keine Höhen und Tiefen. Natürlich: täglich wechselnde Verrichtungen und hier und da ein aufmunterndes Kameradengespräch. Aber nichts wirklich Beunruhigendes. Kurz gesagt: die totale Abwesenheit von Menstruationen und Co. Keine Hormone im ständigen Missklang. Überall nur reinstes Testosteron. Ich konnte mein Glück kaum fassen. Ich glaube, am liebsten hätte ich mir sofort ein Dauerapartment in der Kaserne eingerichtet. Kein lauerndes Nachhausekommen mehr, keine Beruhigungsgeschenke, keine Putzattacken und keine Wut-, Freuden- oder Tränenausbrüche. Aber Oberfeld scheint da völlig ahnungslos zu sein. Vielleicht hat der Gute irgendwann eine natürliche Immunität gegen Östrogene erworben. Könnte es sein, dass ich neben einem glücklichen Mann sitze?

Wir fliegen vom militärischen Teil des Flughafens Köln/Bonn nonstop nach Termez in Usbekistan.

»Mittelgebirge hinten mit z.« Der Kamerad vor mir hält fragend ein Rätselheftchen über seiner Sitzlehne hoch.

»Wie viele Buchstaben?«

»Vier.«

»Harz.«

»Firma dankt.«

Von links: »Streber.« Von mir: »Schnauze.« Dann allgemeine Heiterkeit.

Durchsage des Piloten Oberstleutnant Thorsten Irgendwas. Als er sich vorstellt, kommt es schwäbisch aus den Lautsprechern: »Torschdn.« Gesteigerte Heiterkeit. »Vor uns liegen 4700 Kilomeder bis zum Lufttransportschdützpunkt Termez. Dabei werden wir Tschechien, Polen, die Ukraine, Russland und Kasaschtan überqueren. Unsere Flugzeit beträgt knapp sieben Stunde. Herzlich willkommen noch einmal alle beisammen und guten Flug.«

Hektik eine halbe Stunde vor der Landung. Die heitere Mallorca-Stimmung ist wie verflogen. Oberfeld stopft Tochters Knuddeltier tief in die Begleittasche. Ein Blick aus dem kleinen, trüben Fenster verspricht nichts Aufregendes: Grau in Braun. Hügeliges Gelände. Nur durchzogen von ein paar spärlichen, grünen Lebenslinien. Die Usbeken, was sind das für Menschen? Wie glücklich lebt es sich hier am Rande der Welt auf einem so öden Flecken Erde? Vielleicht haben die keine Frauen. Oder östrogenverdächtiges Rosa ist offiziell verboten.

Die Landung wird wackelig. Ein kleiner Sandsturm tobt über dem trostlosen Flughafengelände. Am Rollfeld sehe ich zwei Transportflugzeuge des Typs Antonow AN-124 und eine Iljuschin IL-76. Die werden wegen ihrer höheren Ladungskapazität sehr geschätzt und von Usbekistan oder der Ukraine zugechartert. Anders als der schwerfällige Airbus können beide Flugzeugtypen sicher auf dem International Airport Kabul landen.

Endlich am Boden, müssen wir uns notdürftig mit hochgeklappten Kragen und tiefgezogenen Kappen vor dem reißenden Wind schützen. Von der Umgebung erkennt man nicht viel. Schemenhaft erscheinen Gebäudegruppen an der Horizontlinie. Der Wind zerrt an Handgepäck und Kleidung. Wüstenstaub wirbelt sofort in jede freie Pore. Zwischen den Zähnen knirscht es schon nach wenigen Metern. Ein gelungener Einstand. Gott sei Dank ist der Weg zu den Kleinbussen nicht weit. Der Sturm weht in flüchtigen Sandfahnen rauf und runter über das Flugfeld. Unsere Busse fahren auf direktem Wege zum PAX-Bereich des Geschwaders. Auch wir sind hier offiziell nur Usbekistan-Durchreisende ohne Visum und müssen bis zum Weiterflug am nächsten Morgen in einer provisorischen Zeltstadt mit 270 Pritschen ausharren. Dann erst fliegt die bestellte Transall weiter zum Zielort.

Das Hauptzelt misst 200 mal 100 Meter. Ausreichend Standardpritschen. Trinken und Essen. Toiletten. Enge, aber saubere Duschkabinen. Eine unruhige Nacht. Wir trollen uns in die Schlafsäcke. Jeder ist mit den Gedanken und seinem MP3-Player bei sich. Was zu erzählen war, hat der Flug aufgebraucht.

Am nächsten Morgen hat sich der Sturm etwas gelegt. Die Sonne steht noch tief, als wir ohne Frühstück in eine Transall C-160 einchecken. Vom Airbus-Mallorca-Feeling ist in diesen soliden Propellermaschinen nichts mehr zu spüren. Innen ein kahles Gerippe, be- und verhängt mit allerlei Konstruktionen für die Befestigung unterschiedlichster Transportgüter. An den gewölbten Wänden auf jeder Seite eine Reihe ungepolsterter, stoffbespannter Klappsitze mit Fußtritt und Sicherheitsgurt. Draußen weit und breit nichts als Sand.

Wir fliegen eine knappe Stunde bis Kunduz. Während dieser kurzen Zeit bin ich froh, zufällig einen Platz in der Mitte der Transall bekommen zu haben, denn weiter vorne herrschen dank der Heizung schon nach wenigen Kilometern tropische Temperaturen, während hinten, wo die Heizluft nicht hinreicht, das kollektive Schlottern begonnen hat.

Die ortskundigen Soldaten – alte Hasen, die schon an Bord waren – sitzen alle im Mittelteil und mustern uns mal gönnerhaft, mal von oben herab. Die Bartträger sind in der Mehrzahl.

Die Temperatur am Boden liegt bei 35 Grad. Vor dem Feldlager halten afghanische Sicherheitsleute Wache. Im Vorfeld war zu erfahren, dass es sich bei den allermeisten um erfahrene Soldaten handeln würde. Diese beiden hier sehen allerdings eher harmlos aus: zivile, schon länger getragene Kleidung. Dafür niegelnagelneue, glänzend gewichste Militärstiefel. Wie gefärbt aussehende, schwarze, gepflegte Vollbärte. Ihre Bewaffnung tragen sie reizvoll lässig, wie Kindersoldaten. Wir werden freundlich durch das eiserne Tor zwischen den übermannshohen Mauern hindurchgewunken. Der allererste Eindruck im Inneren der deutschen Burg: wie auf einem befestigten Campingplatz in Südportugal.

Ein Marketender versorgt die Soldaten mit dem Nötigsten. Als Erstes erfahren wir unsere Dienstzeiten: Beginn 7 Uhr 30, Ende 20 Uhr. Dann werden die Quartiere verteilt: je drei Mann in einem Container. Zwölf Quadratmeter Wohnfläche. Duschen und WC in Gemeinschaftscontainern. Ein afghanischer Zivilist mit angestecktem Ausweis am Revers verteilt Wäschesäcke. Jeder Neuankömmling erhält zwei. Mit Nummern versehen. Zum Abschluss offizielle Begrüßung und Kommandeursansprache zur Lage. »Restzeit zur freien Verfügung. Minenlage checken. Weggetreten.«

Am Abend schwabbert *Creedence Clearwater Revival* durch die Lagergassen. Grillfleisch, Softdrinks und Bier für alle. Wir werden aufgeklärt: Die Kameraden haben am Vortag ein Fußballturnier gegen eine afghanische Heimmannschaft gewonnen. Unser Kommandeur, ein junger Oberleutnant aus Hessen, steht selbst hinter den beiden zwei mal ein Meter breiten Grills. Das Fleisch ist mariniert und in dicke Scheiben geschnitten.

Wir fahren voraus. Der Wolf hat zwar die niedrigste Sicherheitsklasse, dafür ist er aber auch am wendigsten. Die gepanzerten Fuchs und Mungo folgen. Ein Fahrzeug der Sanitätsdienstlichen Bereitschaft fährt ebenso mit im Konvoi wie zwei Fahrzeuge der CIMIC – eine Einheit, die für die Propaganda zuständig ist, also gut Wetter machen soll. Eine Kiste Kugelschreiber haben die immer dabei: bei den afghanischen Kindern begehrte Souvenirs. Zuletzt fährt auch noch ein Fahrzeug des taktischen Info-Trupps mit. Große Besetzung heute.

»Hier ist dein Einsatzradio! Guten Morgen, Afghanistan!« Das bundeswehreigene Radio Andernach ist auch in der Stadt noch leidlich gut zu empfangen. Innerhalb der Stadtgrenzen verringern wir unser Tempo deutlich und rücken dichter zusammen. Rechts und links der Straße stehen einfache einstöckige Häuser. Davor blechwandige Verkaufsbuden und an den Rändern der staubigen Fahrbahn, dicht hintereinander, flache Pritschenholzwagen mit dicken Gummireifen und Eselskarren mit Obst- und Gemüseangebot. In den meisten Fällen nur ein oder zwei Sorten. Die Basarstruktur folgt hier nicht den örtlichen Gegebenheiten eines städtischen Versammlungsplatzes, sondern der Einfachheit halber direkt der Straße. Der durchschnittliche Jahreslohn soll meinem Wochenlohn entsprechen.

Beim Anblick einer Wagenladung importierter Süßigkeitentüten erkenne ich den Sinn der besonders knallig-bunten Umverpackungen: Unter afghanischer Sonne scheint jede Farbe mit doppelter Intensität zu werben. Ich schaue rüber zum Kameraden.

»Wird Zeit fürs JOC.« Mein Kraftfahrerfeldwebel nickt, und ich mache mich daran, eine Verbindung herzustellen, um die stündliche Stellungs- und Lagemeldung an den Gefechtsstand abzusetzen. Kinder winken von der Straße, entdecken den CIMIC-Wagen und betteln nach den obligatorischen Kugelschreibern. Ein afghanischer Bauer hält uns lächelnd ein paar dicke Orangen hin. Wir lächeln freundlich zurück. Ein Fahrradfahrer schiebt sein Rad auf der falschen Straßenseite entlang der Eselskarren. Aber hier gilt die deutsche Straßenverkehrsordnung nicht. Aus seinen großen prall gefüllten Satteltaschen quillen gelbe und grüne Zitrusfrüchte. Durch die Seitenscheibe blicke ich in ein starres dunkles Gesicht mit weit aufgerissenen Augen. Der Mund in dem Gesicht bewegt sich auf einmal ganz schnell, und dann fährt eine Hand tief hinein in die Zitronen.

Flutlicht fällt blutrot auf den leuchtend grünen Rasen. Es sammelt sich in dunklen Kanälen zu reißenden Sturzbächen. Bäche, die geradewegs auf Toni Schumacher zulaufen. Der Keeper steht starr auf seiner Torraumlinie. Ein unheimliches Brausen dröhnt aus seinem weit aufgerissenen Mund. Das tosende Rauschen ist so durchdringend, dass sich das einströmende Flutlicht immer wilder kräuselt.

Ich habe meine Augen ganz dicht an die zentimeterdicke, gewölbte Scheibe gedrückt. Der Raum, der mich umgibt, ist vollständig rund und bis auf das rautenförmige Fenster dunkel. Die Innenwände fühlen sich an wie die warme Haut eines unbekannten felllosen Tieres. Unter den Fingerspitzen ertaste ich ein strömendes Pulsieren. In meiner lebenden Kugel ist es warm und eng.

Ich kann den Blick nicht von Schumacher wenden. Schumacher wird größer und größer. Es beginnt eine immer schnellere Fahrt, unzweifelhaft direkt auf den Keeper der Deutschen zu.

»Toni!«, rufe ich ihm warnend zu, aber so laut ich auch schreie, ich kann meine eigene Stimme nicht hören und bekomme Angst. Mit jedem Angstschub zieht sich die körperwarme Kugel enger zusammen. Ich versuche verzweifelt, mich zu beruhigen, und singe ein ebenfalls unhörbares Kinderlied. Sofort gewinne ich Raum. Das Druckgefühl lässt nach.

Die Scheibe vor meinem Gesicht ist völlig klar, aber auf eine seltsame Weise feucht: von einem wischfesten, mir unbekannten Gel bedeckt. Keine Angst. Ich darf einfach keine Angst haben, sonst werde ich hier drinnen zerquetscht. Ich schaue rüber zu Schumacher. Der wächst gerade auf merkwürdige Weise aus sich heraus. Sein Kopf schwillt rhythmisch zuckend an und ist am Ende so riesig, dass ich mich noch viel enger an die Scheibe pressen muss, um sein ganzes Gesicht zu sehen. Schwarzrote Wellenberge erscheinen. Auf- und abschwellend. Wo bin ich? Was ist mit Schumacher passiert?

Ich will meine Ohren vor dem schrecklichen Brausen schützen, bekomme aber die Hände nicht hoch. Der Raum wird enger und enger. Alles schnürt sich zusammen. Dann dringt eine rote Flüssigkeit durch immer größer werdende Poren ein.

»Schumacher!«, schreie ich. »Warum hat du mir das angetan?« Es wird plötzlich stockdunkel. Alles ist nun ganz ruhig. Und es wird kälter, viel kälter. So als würde auf einmal alles um mich herum sterben. Die Wände werden hart. Das Gel auf dem Fenster erstarrt zu einer rauen Masse. Stille.

»Mir ist so kalt«, spreche ich zittrig zu mir selbst. Und ich kann sogar meine Stimme wieder hören. Zumindest etwas, das entfernt so ähnlich klingt, nur viele Jahre älter. Ich bin eintausend Jahre alt. Und ich werde sterben. Noch nicht gleich, aber mit jedem eisigen Atemzug ein bisschen mehr.

Ich bin überrascht, als Breitscheid mir bedeutet, dass die Sitzung für heute bereits zu Ende ist, aber ein Blick auf die Uhr zeigt, dass ich hier über anderthalb Stunden gesessen habe. Im Handgelenk muss der EMDR-Mann die härtesten Muskeln Deutschlands haben.

Ich nicke ihm kurz zu und schließe dann die Tür hinter mir. Schumacher. Warum zum Henker habe ich so viel Schumacher im Kopf? Morgen soll es weitergehen. Ich kann nicht sagen, dass ich nicht neugierig wäre, was alles noch passiert. Aber jetzt brauche ich dringend eine West, und hier im Gang ist Rauchverbot, also peile ich den Ausgang an.

Die Deutschreligiösen

Die Sterne scheinen durchs Fenster, aber es sind längst nicht so viele wie über dem Camp, und sie flimmern auch weniger stark. Der afghanische Himmel sieht viel lebendiger aus. Ich suche nach den Plejaden. »Siebengestirn«, der Name, den Dad ihnen gab, hat mir sofort gefallen. Großvater nannte sie die »Sieben Schwestern und die Gluckhenne«.

Die Schmerzen sind dank einer MST, die ich kurz vor dem Einschlafen genommen habe, noch erträglich. Ich schalte mit der Fernbedienung den Fernseher ein, um die Uhrzeit abzulesen. Das grelle Licht sticht in die Augen. Es ist kurz nach vier. Ich schalte sofort wieder aus und gewöhne mich langsam wieder an die Dunkelheit.

Wecken 6 Uhr 30, also noch zweieinhalb Stunden Zeit. Ich beschließe, aufzustehen und bis dahin im Park spazieren zu gehen. Die beste Zeit, um nachzudenken und natürlich für die eine oder andere West.

Die Schwester im Rang eines Sanitätsfeldwebels blickt hinter ihrem Monitor hervor und lächelt freundlich aus ihrem hell erleuchteten Glaskasten. Ich lächle zurück und zeige ihr die Zigarette in meiner Hand. Sie nickt und hebt solidarisch ihre Schachtel vom Schreibtisch hoch.

Langsam wird es draußen heller. Als sich das Licht in den Gängen ausschaltet, beschließe ich, wieder hineinzugehen.

Sieben Zigarettenstummel liegen fein säuberlich auf dem Kies im Standaschenbecher. Fein säuberlich allerdings nur für den, der sich mit der Anordnung des Siebengestirns auskennt.

Das Frühstück lasse ich stehen und döse noch ein wenig auf dem akkurat gemachten Bett. Die Schwester, die es machen wollte, nickt nur lächelnd. Ich bin sicher nicht der Erste, der sein Bett automatisch nach dem Aufstehen nach Vorschrift zusammenlegt.

Es klopft. Als ich »Herein« rufe, geht langsam die Tür auf. Zuerst erscheint ein kleiner Schiebewagen, bepackt mit allerlei Büchern. Dann folgt ein älterer Herr in einem grauen Kittel und mit einem gelben Barrett auf dem Kopf, das ich keinem Truppenteil zuordnen kann. Als ich noch über die merkwürdige Zusammenstellung nachdenke, stellt sich der Alte bereits mit fröhlicher Stimme vor: »Einen schönen guten Morgen. Wünsche, wohl geruht zu haben, ich bin ehrenamtlich für die Literatur zuständig. Lesen Sie. Lesen Sie. Lesen ist gut fürs Herz.« Dann lacht er.

Ich grüße unsicher zurück, indem ich den ausgestreckten Zeigefinger kurz lässig von der Stirn in seine Richtung schnellen lasse. Der Alte schiebt sein Wägelchen neben mein Bett, macht eine ausholende Geste über die Bücher hinweg und schaut mich erwartungsvoll an. Ich beschließe, ihm die Freude zu machen, und beuge mich vor.

Den Anfang machen großformatige Bildbände aus aller Welt, dann eine Ecke Religiöses, mindestens drei Bibeln und sogar ein Koran, wie unschwer an den filigranen, ineinander verschlungenen Goldverzierungen auf dem Einband zu erkennen ist. Es folgen ein paar militärische Klassiker:

Kampf um Troja, Clausewitz, Werke über Strategie und Taktik, Waffengattungen, historische Kriegsberichte über Schlachten der letzten zweitausend Jahre. *Die amtlichen Kriegsberichte der Jahre 1870–1871* ist ebenso dabei wie zwei Bände des OKW, des Oberkommandos der Wehrmacht. Ich nehme einen in die Hand und blättere darin. Das gelbe Barett hakt nach: »Ja, das wird immer gerne genommen. Interessant. Interessant. Da ist sicher …«

»Kenn ich schon«, unterbreche ich ihn und stelle das schwere Buch zurück. Er blickt enttäuscht.

Ich schaue eine Etage tiefer und entdecke fast alle Bücher von Peter Scholl-Latour, dem soldatischsten unter den Kriegsreportern. *Der Tod im Reisfeld* – was habe ich das Buch verschlungen. Ich kann höchstens vierzehn gewesen sein. Vorne auf dem Cover der Autor, lässig im schwarzen Hemd mit dicken weißen Nähten, die Hände in den Taschen, ein Wissender.

»Leider, nix für mich dabei, aber danke.« Er schaut nicht einmal traurig, schlägt unbeholfen spaßig seine Halbschuhhacken zusammen und verabschiedet sich. Aber kaum ist er an der Tür, überkommt mich ein merkwürdiges Gefühl. Ich stutze kurz, schaue ihm ungläubig hinterher, und in dem Moment durchdringt es mich wie ein Blitzschlag.

»Warte, warte!«, rufe ich aufgeregt. »Kommando zurück!«

Vorsichtig schiebt er den Wagen zurück. Ein Rad quietscht ganz jämmerlich. Aber da ist es. Der von einem Diercke-Atlas halb verdeckte, gelbe Schriftzug hat bei mir alle Sirenen ausgelöst. *Anpfiff!* Da steht tatsächlich ein fast makelloses Exemplar.

Ich weiß nicht, wie alt ich war, auf jeden Fall konnte ich bereits, zwar mit etwas Mühe noch, aber mit unstillbarer Neugierde, Buchstaben zu ganzen Wörtern und Wörter zu Sätzen zusammensetzen. Großvaters Bibliothek war voller Buchstaben, Wörter und Sätze. Aber keines der Bücher erschien Großvater für mich geeignet, so oft wir auch gemeinsam vor den langen dunklen Regalen standen. Meine Chance kam, als ich eines Nachmittags wieder auf dem kleinen Hocker stand und unverständlich stammelnd die Buchrücken vorlas.

»Was soll's, Bub, schaust halt selber mal und suchst dir einfach eines aus, das dir gefällt«, erklärte Großvater zu meiner großen Überraschung. Dann schob er die Glastüren beiseite und verließ das Zimmer. Bis heute habe ich sein enttäuschtes Gesicht nicht vergessen, als er zurückkam und ich ihm voller Stolz meine Wahl präsentierte: Toni Schumachers *Anpfiff!*

Anfangs hatte mich nur der weit aufgerissene Mund des Torhüters vorne auf dem Buchumschlag fasziniert, aber als ich Schumachers erste Sätze gelesen hatte, stand mein Entschluss fest: »Es ist immer das Gleiche. Gemeinsames Training. Gemeinsame Mahlzeiten und Schlafzimmer. Anfälle von Wut oder überdrehter Heiterkeit.«

Zum wievielten Mal schon habe ich das Buch in einem Stück durchgelesen? Ich betrete das Behandlungszimmer so frisch und ausgeruht wie lange nicht mehr. Breitscheid hat sich immer noch nicht rasiert. Er verzichtet auf lange Vorreden, und schon bewegen sich seine Finger vor meinen Augen wieder hin und her.

Ich falle und falle kopfüber einen runden Schacht hinab. So sehr ich mich auch anstrenge, ich kann keinen Boden erkennen. Überall leuchten und blinken rote und blaue Lichter. Mir ist schlecht und so schwindelig wie noch nie im Leben. Ich versuche, die Hände über dem Kopf zu verschränken, um den Aufprall, der ja irgendwann unweigerlich kommen muss, wenigstens ein bisschen abzufangen, aber ich bekomme meine Hände einfach nicht nach oben, der Schacht ist viel zu eng.

»Ganz ruhig, Kamerad.« Bin ich nicht alleine? Ruckartig wird der freie Fall abgebremst, und der gleißende Schacht dreht sich geräuschvoll in die Waagerechte und dann sogar noch ein Stück weiter.

»Hiiilfe!« Ich schreie und schreie, so laut ich kann. Einfach nur in der Hoffnung, dass die sanfte Stimme wieder zu mir spricht.

»Kamerad, es geht nach Hause.« Eine warme Hand streicht mir über die Wange, aber gleichzeitig habe ich das Gefühl, dass mir immer mehr von einer eisigkalten Flüssigkeit in die Adern strömt. Jetzt bin ich ganz sicher: Ich werde sterben.

»Kamerad, es gab einen Unfall, aber du bist jetzt sicher an Bord eines Airbus A-310 MRT MedEvac, nur für dich und zwei weitere Kameraden. So einen Service bekommen sonst nur die ganz oben.«

Und da sind auf einmal zwei wunderbar sanfte, dunkelblaue Augen, die mich prüfend anschauen. Werde ich wirklich sterben?

»Ich friere«, versuche ich zu sagen, aber ich muss etwas Furchtbares im Mund stecken haben, aus dem irgendetwas Kaltflüchtiges stoßweise in mich hineinpustet.

»Wir überfliegen gleich die Grenze zur Türkei. Nur noch wenige Stunden, und wir sind in der Heimat.« Die blauen Augen schimmern milde über mir. Ich fühle, dass ich keine Kleidung trage. Um mich herum hängen dicht an dicht elektrische Geräte, Monitore, aus denen blaue Kabel und weiße Schläuche direkt unter die Plastikdecke laufen, die mich bedeckt. Ein breiter Gurt ist stramm über meinen Brustkorb gezurrt. Einen weiteren spüre ich kurz über den Knien.

»Da hast du ja noch mal echt Glück gehabt, Kamerad, aber denen zahlen wir es heim. Darauf kannst du dich verlassen.« Die weiche Hand streicht erneut meine Wange, und ich würde am liebsten die Augen schließen, aber traue mich nicht mehr, aus Angst, sie danach nie mehr öffnen zu können. »Jetzt werden wir dir eine Mütze Schlaf gönnen, damit du wieder zu Kräften kommst.«

Er wendet sich ab und spricht in ein Mikrofon, das einfach so von der Decke baumelt: »Künstliches Koma bei 4:00 einleiten.«

Die Flugzeugdecke über mir wirkt merkwürdig provisorisch. Überall laufen Kabel kreuz und quer, und auch die Aluminiumverstrebungen ergeben überhaupt keinen Sinn. Flugzeugdecke? Logisch, ich befinde mich in einem Flugzeug, daher auch das unerträgliche Rauschen. Den dunklen Fleck, der mich weit rechts schon die ganze Zeit beunruhigt, erkenne ich jetzt als Fenster, denn plötzlich taucht der Mond auf und verschwindet gleich wieder. Sterne funkeln.

Die schönen blauen Augen schauen wieder zu mir runter. Ich liege auf irgendetwas Hohem, den guten Kameraden sehe ich nur ab knapp über der Hüfte aufwärts.

»So, next stop is Germany. Es geht nach Hause.« Und

dann etwas leiser nach hinten. »Alles klar, auf mein Kommando ganz vorsichtig einleiten.«

Schumacher balanciert einen ledernen, vom vielen Spielen schon ganz rauen Fußball auf seiner Fingerspitze. Dabei dreht sich der Ball in höllischer Geschwindigkeit um seine eigene Achse. Der Keeper strahlt, sein spitzes Kinn ist stolz nach vorne geschoben, der Kopf in den Nacken gelegt. Um ihn herum hat sich ein Kreis klatschender Fans gebildet, der sich Minute um Minute enger zieht. Aus allen Himmelsrichtungen strömen Menschen auf den Platz. Alle sechzehn Stadiontore sind weit geöffnet, aber es gibt schon jetzt kein Durchkommen mehr.

Toni-Sprechchöre aus hunderttausend Kehlen. Nicht fröhlich, sondern abwechselnd anklagend und fordernd. Das Klatschen der Menge um Schumacher wird immer schneller und drängender. Fast brutal. Toni nickt im Takt mit dem Kopf. Anfangs schien es noch so, als stände er im sicheren Auge dieses Menschenhurrikans. Aber die Klatscher rücken immer dichter auf. Die Bedrohung erfasst jetzt jede einzelne Zelle seines durchtrainierten Körpers. Der Ball dreht sich noch immer auf dem ausgestreckten Finger.

Als auch Schumacher beginnt, sich ganz langsam im Kreis zu drehen, bewegen sich die Menschenmassen automatisch in die entgegengesetzte Richtung. Warum nimmt er nicht Reißaus?

»Toni, lauf doch!«, schreie ich verzweifelt. Doch Toni beginnt fast tänzerisch nach den ihn Umringenden zu treten. Die großen Fußballschuhe treffen immer wieder ins Leere. Jedes Mal, wenn er meint, ein Schienbein oder ein Knie erwischen zu können, bildet sich eine Lücke, die sich aber gleich wieder schließt, sobald er seinen Fuß zurückzieht. Gierige Hände greifen nach dem Ball. Die Torwarthand streckt sich verzweifelt Richtung Himmel.

»Um Gottes willen, lass das Scheißding doch endlich fallen!«, schreie ich, so laut ich kann. Schumacher schaut mich unvermittelt an. Ruhige, konzentrierte Augen. Eine gewaltige Traurigkeit geht auf mich über und zwingt mich in die Knie. Dunkelheit legt sich über mich. Gleichzeitig beginne ich immer mehr zu verstehen: Schumachers Traurigkeit ist das Ergebnis einer universellen Erkenntnis. Schumacher hat hinter das Ende der Welt geschaut und mich für einen kurzen Augenblick daran teilhaben lassen. Ich presse die Hände vor mein Gesicht. Durch die Fingerspitzen hindurch sehe ich, wie Tausende Hände gleichzeitig nach dem rotierenden Ball greifen.

Dickes, fast schwarzes Blut fließt an Schumachers Handgelenk herunter. Blutströme schießen aus dem Ball heraus, den die gierigen Hände Toni einfach weggerissen haben. Ein grässliches Triumphgeheul bricht los. Die Massen tragen den spritzenden Ball jubelschreiend durchs Stadion, als wäre es der abgehackte Kopf eines Massenmörders. Toni steht immer noch mit erhobenem Arm auf der Torlinie. Als ich ihn endlich erreicht habe, beugt er sich zu mir herab, schaut mir zum zweiten Mal in die Augen und sagt mit leiser Stimme: »Es gibt keine zweite Chance. Alles nur eine große Lüge.« Anschließend schaut er sich um, so als wolle er zum letzten Mal bewusst wahrnehmen, was geschieht.

Schumachers Arme zeigen ausgestreckt in den Himmel, und er schaut mir zum dritten Mal in die Augen: »Toni, versprich mir, ihnen zu vergeben, denn sie wissen nicht, was sie tun.« Kaum, dass er die Worte gesprochen hat, gibt die Menschenmasse eine breite Gasse frei, und am Ende dieser Gasse sehe ich Tonis Ball, aus dem jetzt so viel Blut quillt, dass sich unter ihm bereits ein übermannshoher Wellenberg gebildet hat. Ein monströses Brausen begleitet die ansteigende Flut. Ich schaue hoch zu Schumacher, der sich ganz auf den Ball auf dem Wellenkamm zu konzentrieren scheint.

Als er nur leicht in den Knien federt, bricht auf einmal die Hölle los. Die Blutwelle setzt sich zögernd in Bewegung. Der Ball tanzt auf dem höchsten Punkt. Rechts und links der Gasse ertrinken Tausende ohne einen Mucks. 50 Meter, 35 Meter. Schumacher wippt. Als die Welle noch 25 Meter entfernt ist, fangen seine Hände an zu zittern. 15 Meter. Der Tormann drückt sein Kreuz durch und springt. Höher und höher. Aber zu spät, seine Hände verpassen den Ball um wenige Millimeter. Sein blutender Finger hatte das Leder sogar noch berührt. Und dann ist alles rot. Konturen sind nicht mehr erkennbar. Keine Geräusche. Absolute Stille.

»Schumacher?« Ich versuche es noch mal, aber diesmal ängstlicher und lauter: »Schumacher?« Keine Antwort.

Als Kind war ich ein guter Kranker. Jedenfalls erinnere ich mich, dass mir Fieber nicht unangenehm war. Im Gegenteil, erhöhte Temperatur sicherte mir Mutters ganze Aufmerksamkeit. Nicht dass sie sonst unaufmerksam gewesen wäre, aber die Sache wurde ab 38,5 Grad deutlich intensiver. Dann mummelte ich mich ganz fest in mein warmes Federbett, trank literweise heißen Kamillentee, aß Zwieback und las Dads alte Comichefte: Lustige Taschenbücher, Fix und

Foxi und am liebsten die große Sammlung Bessy-Hefte. Allerdings durfte ich immer nur eines durchblättern. Wollte ich ein neues, hatte ich Mutter das ausgelesene zu geben, sie brachte es zurück in Vaters Keller und kam mit einem neuen Heft zurück. Am Tag schaffte ich bestimmt zehn Hefte, also zehn Kellergänge für Mutter, dennoch beließ sie es bei dieser strikten Regelung. Angesichts des guten Zustands der Comics und ihrer chronologischen Archivierung in zwei verglasten, ausrangierten Wohnzimmervitrinen sicher eine weise Entscheidung.

Ich glaube, es kann kein Zufall gewesen sein, dass ich auch dieses neuartige, aufregende Kribbeln zum ersten Mal entdeckte, als ich fiebernd im Bett lag. Dad hatte mir morgens seinen ausgedienten Akkurasierer geschenkt. Nachdem ich eine ganze Weile damit gespielt hatte, landete er irgendwann brummend unter der Bettdecke. Dort verursachte die starke Vibration eine heftige Reizung, die ich so nie empfunden hatte. Es gelang mir in immer kürzeren Zeitabschnitten, ein Glücksgefühl zu erzeugen, das, einmal abgesehen von dem alten Braun-Rasierer, völlig aus mir heraus entstand. Ich hatte eine Methode entwickelt, die es mir ermöglichte, mich praktisch jederzeit selbst mit Zuneigung und Zuwendung zu versorgen, wenn mich danach verlangte. Der Akku war natürlich irgendwann leer, und ich wagte nicht, Dad zu bitten, ihn neu aufzuladen. Ich hatte die dumme Idee, man könnte dem antiquierten Gerät ansehen, welche Entdeckung es mir offenbart hatte. Wann die Selbstbefriedigung, damals das reinste Glück, zu einem Glück zweiter Klasse verkam, kann ich nicht mehr genau sagen. Auf jeden Fall war ich damals ein »Glücklicher Wichser«. Im

Alter von vierzehn Jahren tauschte ich den Titel bei Hannah am Teich in »Nachdenklicher Ficker«. Unterm Strich trage ich den heute noch.

Die Schwester im Koblenzer Bundeswehrkrankenhaus benutzte Nassrasierer: einklingige schmerzhafte Einwegschaber, mit denen sie die nachgewachsenen Stoppeln rund um die übelriechende Wunde vor jeder Reinigung mehr oder weniger sorgfältig entfernt. Pünktlich zur täglichen Visite muss meine hässliche Wunde frisch tamponiert, blitzeblank und begutachtungsfähig sein.

Die Verbände werden erst anschließend neu angelegt. Das kann bedeuten, dass ich längere Zeit unverbunden, mit zurückgeschlagenem Bettlaken daliege. Die meiste Ausdauer verlangt die Chefvisite. Dann kann es passieren, dass ich frühmorgens rasiert und gepudert werde und bis mittags liege, bis endlich der Heilige nebst seinen devoten Jüngern vorbeischaut, nur um eben mal festzustellen, dass die Entzündung sich zumindest nicht verschlimmert hat. Die Wunde riecht säuerlich. Ich bilde mir ein, dass das MST meinen Geruchssinn verstärkt.

Im hohen Fenster steht in einer Glasvase ein ziemlich üppiger, aber längst welker Blumenstrauß aus dem Garten der Eltern. Mutter hat ihn vor einigen Tagen mitgebracht und extra betont, dass Vater ihn im Garten selbst geschnitten hat. Pfingstrosen und eine Sorte mit langen Rispenblüten, die anfangs einen merkwürdigen, fast unangenehmen Duft verbreiteten, der nun verflogen ist.

Es klopft an der Tür. Die Schwestern machen das jedes Mal und treten dann ungebeten ein – die Phase zwischen Klopfen und Eintreten kann kaum in Sekunden gemessen werden. Es klopft ein zweites Mal. Besuch hat sich keiner angemeldet. Vielleicht ein paar neugierige, aber schüchterne Kameraden, und ich rufe, so laut es durch den Morphiumnebel geht: »Ein Mann auf Stube. Keine besonderen Vorkommnisse. Minenlage sicher!«

Es dauert, bis ich langsam beginne zu begreifen , wer da anstelle der vermuteten Soldaten in meinem Krankenzimmer aufgekreuzt ist. An meinem Fußende stehen zwei alte Frauen, die mir sehr bekannt vorkommen und mir trotz dämpfender Medikamente einen gehörigen Schrecken einjagen.

Erfolglos versuche ich die bereits von einer der Schwestern für die Visite vorbereitete Wunde zu verdecken, aber ich bekomme die Decke einfach nicht zu fassen. Bis zum Fußende runterbeugen kann ich mich nicht, das ginge nur, wenn die Verbände fest angelegt wären. Ich habe es einmal ohne probiert und nicht nur der Schmerz, auch die Sauerei war gewaltig. Die ganze Wundfüllung lag im Bett, und alle Tamponiererei war für die Katz.

Am Fußende wird ein Korb abgestellt. Der welke Blumenstrauß des Vaters wandert ohne viel Umstände in den Mülleimer neben meinem Nachtschränkchen und wird durch einen noch wilderen und üppigeren ersetzt. Blaue Kornblumen, bunte Löwenmäulchen und Stockrosenstengel in großer Zahl sind eng eingebunden in einen kleinen Wald aus Eichenblätterzweigen, dunkelgrünen Farnwedeln und ährenvollen Prachtgräsern.

»Wir bringen Grüße mit von der ganzen Gemeinschaft«, erklärt die eine von den beiden sanft, und die andere ergänzt mit tiefer und kräftiger Stimme: »Alle Sippen lassen dir ihre herzlichsten Genesungswünsche ausrichten.« Ich höre mich aus weiter Ferne unsicher »Danke« sagen. Die langen grauen Haare der beiden Alten sind zu erstaunlich dicken, akkuraten Zöpfen geflochten und kunstvoll einmal um den ganzen Kopf geschlungen.

Beide tragen die gleichen langen Röcke der deutschreligiösen Frauen, die mich schon als Kind so fasziniert haben. Grobe, handgewebte Wollstoffe in mehreren Lagen, unter denen schwarze Stiefelspitzen hervorlugen.

»Wie erwachsen er geworden ist«, stellt die Größere mit den buschigen Augenbrauen anerkennend fest.

»Ein richtiges deutsches Mannsbild«, brummt die Kleine dahinter. Mir wollen einfach die Namen nicht einfallen, also lächle ich schüchtern und grabe in meinen Erinnerungen. Beide sind völlig ungeschminkt, nicht einmal Puder ist erkennbar. Ein stumpfer Glanz liegt auf den Gesichtern. Ich rieche Lavendel und eine Mischung aus Butterkeks und Kernseife. Um ihre Hälse sind Tücher geschlungen, die von kupfernen Spangen zusammengehalten werden, wie sie jede Deutschreligiöse nach ihrem Aufnahmeritus erhält. Mutter trug ihre nur zu den Zusammenkünften der Gemeinschaft oder wenn Gleichgesinnte zu Besuch kamen.

Was wollen die beiden Alten? Einfach nur einen Besuch machen? Wie haben sie mich hier in Koblenz überhaupt gefunden? Da können doch nur Dad und Mutter nachgeholfen haben. Aber wozu? Hört das denn eigentlich nie auf?

Ich erinnere mich ungern: Was gab es damals für einen Aufruhr, als ich verkündete, dass ich mich nach dem Fachabitur für acht Jahre bei der Bundeswehr verpflichten würde, um Stabsunteroffizier des Heeres zu werden. Dad protestierte nicht aus Pazifismus, die Sache war wesentlich komplizierter und der Diskussionsbedarf noch ein bisschen größer, als sowieso schon erwartet. Da ich seit Jahren nicht mehr mit zu den Versammlungen ging und überhaupt nur mit viel Bitten und Betteln überredet werden konnte, mal eine Jugendweihe zu besuchen – es ginge schließlich um diesen oder jenen lieben Freund, mit dem ich ja früher viel gespielt hätte und der sich so freuen würde –, lud Dad sich perfiderweise unangemeldet Mitstreiter zum Abendessen oder sonntags zum Kaffeetrinken ein. Ganz zufällig brachte man das Thema dann auf die Bundeswehr, die überhaupt keine souveräne deutsche Streitmacht, sondern nur ein sklavisches Anhängsel der amerikanischen NATO-Allmacht sei. Für das Hegemoniestreben der USA dürfe nach Dresden kein deutsches Blut mehr geopfert werden. Kurz gesagt, ich hatte sie mit meiner Verpflichtung mächtig an den Eiern.

»Herta und ich sind schon den ganzen Vormittag unterwegs, um uns nach deinem Wohlergehen zu erkundigen«, erklärt die Kleinere lächelnd. Die Große winkt ab. Ich staune über die mächtige Erhebung unter dem dunklen Umhang, die erst irgendwo über dem Bauchnabel endet. Volle, ammenhafte Brüste. Mit Recht stolz getragen.

Als die Frauen ihre schweren Umhänge über die Lehne des Besucherstuhls hängen, müssen sie ihn ganz dicht an mein Bett schieben, damit er nicht umfällt. Man könnte in dem Pärchen Abgesandte der Amish People vermuten, aber die völlige Abwesenheit christlicher Symbole belehrt genaue Beobachter eines Besseren. Alles wird klar, wenn man die Stickereien auf den steifen hellen Blusen genauer betrachtet: die Weltenesche der Germanen, die legendenumwobene

Irminsul, die das ganze Weltall mit ihrer Krone trägt. Vater hat sie mir bei einem Besuch der Exsternsteine gezeigt, wo sie tief in den Fels gemeißelt ist. Die Spitze der Irminsul ist dort im Neunzig-Grad-Winkel nach rechts gebogen. Theologen wollen darin bereits die Verbeugung vor dem christlichen Kreuz erkennen, für die Deutschreligiösen ist es ein Symbol des Kampfes.

Die Kleinere schiebt den zweiten Besucherstuhl an mein Bett heran und setzt sich ein wenig umständlich, während Herta – jetzt erinnere ich mich sogar an ihren vollen Namen: Herta Geschwendt, die Altvordere einer der angesehensten deutschreligiösen Sippen – dicht hinter ihr stehen bleibt. Heute gibt es nur noch wenige aktive Sippen. Die Verbliebenen sind mehrheitlich Einzelgänger, wahrscheinlich die Letzten ihrer Linie.

Herta hat die Kinder der Deutschreligiösen früher immer beaufsichtigt, wenn der innere Kreis bis in die späten Abendstunden tagte. Ich habe mich nicht sofort erinnert, weil ihr vor zwanzig Jahren noch diese spröde Strenge fehlte, die jetzt einen Großteil ihrer Erscheinung ausmacht. Wir Kinder mochten Mutter Geschwendt gerne. Mutter und Vater waren die gängigen Bezeichnungen für die Familienoberhäupter, dabei spielte es überhaupt keine Rolle, wessen Mütter oder Väter es waren. Was uns alle damals miteinander verband, war nichts weniger als die deutsche Herkunft. So zumindest erklärte es mir Großvater.

Mutter Herta strahlte eine Autorität aus, wie sie mir später bei keiner anderen Frau mehr begegnet ist. Was sie anordnete, ließ keinen Widerspruch zu, ohne dass sie dafür auch nur die Stimme zu erheben brauchte. Wir mochten sie nicht nur wegen ihrer tollen Geschichten, die sie stundenlang ohne Unterbrechung erzählen konnte. In den Heidehöfen bei Kerzenschein begleiteten wir kleinen Deutschreligiösen die deutschen Götter und Helden, die Herta zum Leben erweckte, einmal durch ganz Germanien und zurück. Sie nahm uns mit in tiefe grüne Wälder, auf hohe Berge und hinab in saftige Täler, belebt von einem Volk, das nur so strotzte vor Tugenden wie Edelmut, Gemeinsinn, Ehrlichkeit und Fleiß. Damals wollte ich nichts anderes, als endlich zeigen, was für ein Kerl auch in mir steckte. Ich war ein deutscher Junge von nicht einmal sechs Jahren.

»Danke für die Blumen, Mutter Geschwendt«, sage ich hölzern und komme mir dabei vor, als wäre ich wieder sechs Jahre alt. »Extra frisch für dich geschnitten«, erklärt sie und greift entschlossen nach meiner Hand. Während mir die Kälte ihrer alten Finger in die Glieder fährt, denke ich an das Gärtnern meines Vaters, das mir jetzt in einem ganz neuen Licht erscheint. Die Alten schwärmen allerdings ausschließlich von Dads Tätigkeit als Obmann der Deutschreligiösen.

»Jetzt wird alles gut werden. Du wirst deinem Vater hilfreich zur Seite stehen und eines Tages vielleicht ...«, erklärt Herta und wiegt dazu vielsagend ihren Zopfkopf.

»Du hast bewiesen, dass du ein großer Kämpfer bist«, ergänzt die andere, »deine Kraft wird uns sicher ins Morgen führen!« Ihre Augen glühen, und mir ist, als hätte ich gerade einen gewaltigen Zeitsprung rückwärts gemacht.

Eine Schwester klopft, Herta eilt zur Tür und erklärt rigoros, dass jetzt gerade der falsche Zeitpunkt sei. Dann kommt sie zurück und setzt sich direkt auf Höhe meiner

Wunde auf die Bettkante. Ich beiße die Zähne zusammen.

»Wer in Zeiten großer vaterländischer Kämpfe ganz unbefangen und leidenschaftslos zu bleiben vermag, der verdient nicht, sie zu erleben«, murmelt die Kleinere. Herta ergänzt mit erhobenem Zeigefinger: »Heinrich von Treitschke!«, und fährt fort: »Wir müssen eben zur Stelle werden, was wir ohnedies schon sein sollten, Deutsche.« Die andere redet nahtlos weiter: »Wollen wir unseren Geist nicht unterwerfen, so müssen wir eben vor allen Dingen uns einen Geist anschaffen.« Jetzt wieder Herta: »... und einen festen und gewissen Geist. Wir müssen ernst werden in allen Dingen und nicht fortfahren, bloß leichtsinnigerweise und nur zum Scherz da zu sein. Wir müssen uns haltbare und unerschütterliche Grundsätze bilden.« Jetzt die andere: »Die allem unserem übrigen Denken und unserem Handeln zur festen Richtschnur dienen!« Jetzt beide im Chor: »Johann Gottlieb Fichte!«

Es folgen weitere deutsche Geister. Es spukt mir gewaltig in den Ohren. Das Morphium feiert wahre Jubelfeste. Mir dröhnt der Schädel von Hölderlin und Herder über Goethe bis Kant. Zum Schluss philosophiert sogar Ludwig van Beethoven an meinem Krankenbett: »Kraft ist die Moral der Menschen, die sich vor anderen auszeichnen, sie ist auch die meine!« Ich fühle mich kraftloser denn je. Da hilft auch nicht der gute Rat eines mir unbekannten Gottfried Olearius: »Ein gebratener Apfel ist dem Kranken nützlicher als das Sakrament.«

Wie auf Stichwort greift Herta nach dem mitgebrachten Paket und entnimmt ihm ein kleines Töpfchen, dessen Deckel mit zwei Einkochgummis gesichert ist. Sie lässt die

Gummis abflutschen, was die Kleine endlich veranlasst, meine Hand loszulassen und sich zu erheben. Mein Handrücken ist von blutleeren Druckstellen gezeichnet. Herta geht hinüber zum Tisch, den ich nicht benutze, da ich meine Nahrung im Bett zu mir nehme, greift sich einen dort abgestellten Obstteller, legt die beiden Äpfel und die Orange auf das Tischtuch, kehrt mit dem Teller zurück und gibt ihn Herta.

Mit einem angelaufenen Silberlöffel, den sie irgendwo zwischen ihren Röcken hervorgezaubert hat, löffelt Herta etwas sehr Matschiges aus dem Töpfchen auf den Teller, das nach Zimt, Koriander und nach etwas Saurem riecht, was aber auch von meinem Bein kommen kann. Die Kleine stippt mit dem Finger in den Matsch, steckt ihn in den Mund und schließt genießerisch die Augen, bevor sie Herta ein langgezogenes »Wunderbar« gönnt. Herta strahlt, mir dreht sich alles, und dann schieben mir meine deutschreligiösen Mütter Löffel für Löffel einen kalten Bratapfelbrei zwischen die Zähne, den ich mehr geschockt als gehorsam hinunterwürge.

Als es an der Tür klopft, bin ich einer Ohnmacht nahe. Verschwommen erkenne ich, wie eine Delegation in Weiß mein Krankenzimmer betritt, und dann tönen die erlösenden Worte in den Raum: »Guten Tag, Chefvisite, bitte den Besuch beenden.«

Während ich den letzten Happen Brei zurück ins Töpfchen spucke, klingt mir noch das Abschiedszitat in den Ohren: »Möge Jupiter es gewähren, dass die Deutschen ihre eignen Kräfte erkennen – dann werden sie nicht mehr Menschen, sondern Götter sein. Giordano Bruno.«

Der Kippsessel

Den Kippsessel mochte ich anfangs gar nicht. Für einen 28-Jährigen war mir so ein Multifunktionssitz entschieden zu old school. Mein Großvater, ein vertriebener Oberschlesier, saß die letzten zwanzig Jahre seines Lebens in so einem mechanischen Monstrum. Ich weiß gar nicht, ob er darin wirklich so unzufrieden war, aber was mir hörbar in Erinnerung geblieben ist, ist dieses monotone Tacka-tack, Tacka-tack-tack, das er pausenlos mit den Fingern auf die schmale hölzerne Lehne klopfte.

In der Zeit vor meiner Einschulung wurde ich wegen Eisenmangels und der guten Harzluft zweimal im Jahr für sechs Wochen zu den Großeltern verschickt. Heute weiß ich, dass bei mir aus dem Hahn das gleiche eisenhaltige Wasser sprudelt, denn die örtlichen Wasserwerke beziehen ihres aus exakt denselben Harzer Talsperren. Aber das Wasser schmeckt dort tatsächlich anders als hier: frischer, kühler, mineralischer. Die Psyche kann einem da schon mal einen Streich spielen. Es reicht beim Trinken ein Blick auf die bewaldeten Berge, und schon bekommt man vom Oberstübchen vorgegaukelt, man tränke direkt aus der Quelle, die dort entspringt.

Mittelpunkt des für den Harz typischen Fachwerkhauses war das ofenbeheizte Wohnzimmer. Ich spielte auf dem Fußboden der guten Stube, kratzte dort mit allerlei spitzen Ge-

genständen in den dunklen Fugen zwischen den breiten, ausgetretenen Dielenbrettern oder saß auf dem Sofa, meinem Großvater gegenüber. Opa schaute von seinem Sessel aus auf seltsame Weise durch mich hindurch. Einmal, nach einer langen Zeit des gemeinsamen Schweigens, sprach er ganz ruhig und so, als hätte er es längst erwartet: »Jetzt ist's vorbei. Jetzt ist's vorbei.« Dann sackte er auf eine merkwürdig selbstverständliche Art einfach in sich zusammen. Fast wie eine klapprige Marionette, die man gerade behutsam, auf die Fäden achtend, wieder in ihrer Schachtel verstaut. Das Kinn war ihm auf die Brust gerutscht, die Hände hingen seitlich an den Lehnen herab, die dünnen Beine waren unnatürlich von der Fußablage gerutscht, und die Wanduhr schlug Viertel nach drei.

Nach Minuten bangen Wartens stand ich auf und trat näher an den Kippsessel heran: »Opa«, flüsterte ich ganz leise, »Opa.« Aber Opa hörte nicht, und als ich erst sanft, dann fordernder an der herunterhängenden alten Hand mit den vielen Flecken und Adern zog, muss ich das empfindliche Gleichgewicht der Sesselmechanik durcheinandergebracht haben, jedenfalls klappte das Monstrum plötzlich wie von Zauberhand in sich zusammen, samt dem Großvater, der einfach mit zusammengefaltet wurde.

Meine Schreie drangen bis hinüber in die Küche und alarmierten Großmutter. Deren Reaktion war allerdings eine andere als erwartet: Oma dachte, Opa wäre lediglich in eine »missliche Lage« geraten, ansonsten aber noch wohlauf. Sie lachte sehr laut, so wie jemand, der lange nichts mehr zu lachen hatte und bei dem auf einmal alle Dämme brechen.

Da der Kippsessel vom Körpergewicht dessen gesteuert wird, der in ihm sitzt, war Opas Befreiung keine einfache Sache. Oma aber überlegte nicht lange, sondern raffte ihre Röcke, kletterte auf den Sessel und versuchte, Sessel und Opa wieder in die Ausgangsposition zu bringen. Als das Ding endlich ächzend und krachend aufsprang, klatschte Oma mit hochrotem Kopf auf Opa, der ihre Röcke überm Gesicht hatte, diese aber gleich mit beiden Händen wegwischte, als wäre nichts gewesen.

»Ja, bist du denn noch ganz gescheit? Was machst du denn hier für ein Quatsch vor dem Jungen?« Und dann im Befehlston zu mir: »Toni, geh mal rasch in die Küche und hol dir was Süßes aus dem Schrank.«

Später erzählten sie mir, dass der Großvater damals fast einer Herzschwäche zum Opfer gefallen wäre, wenn nicht der Sessel zusammengeklappt wäre und ihm statt einer Herzmassage den Brustkorb zusammengedrückt und sein Leben gerettet hätte.

Old school hin oder her, jedenfalls habe ich nun auch einen solchen Sessel im Wohnzimmer stehen, mit Blick in den Garten. Links steht ein kleiner Tisch, darauf das Wichtigste: Fernbedienung, Telefon, Zeitungen, Post, Zettel, Stift, Zigaretten, ziemlich voller Aschenbecher und alles, was man sonst so braucht, wenn man seine Hüfte stillhalten und ein schwerkrankes Bein dauerhaft hochlegen muss. Auf der rechten Seite, etwas weiter abseits, hat sich Kanell provisorisch eingerichtet: Sein hellgrau beschichtetes Medizinertischchen ist akkurat beladen mit mehrerlei Verbandszeug, Einwegkanülen, die für einen Sekretabtransport sorgen sollen, aber bisweilen gerne einmal verstopfen, Spritzen zum

Einbringen antiseptischer Lösungen und für die intravenös zu verabreichenden Schmerzmittel. Untendrunter stehen zwei Mülleimer, ein offener für leere Umverpackungen und ein geschlossener für ausgediente Verbände, abgenommene Wundkompressen und alles, was in einem Wohnzimmer anstandshalber nur blick- und geruchsdicht zwischengelagert werden sollte.

Ich sitze also in diesem Sessel - kurze Sporthose, irgendein ausgewaschenes College-Sweatshirt, Decke über den Beinen, Zigarette im Mundwinkel, die Schmerzmittel beginnen zu wirken - und warte. Der Sessel steht in halber Liegeposition, für die Schmerzen erfahrungsgemäß noch die beste von allen schlechten Einstellungen. Als ich mich gerade benebelt frage, ob der nervöse Winzling mit dem schräg nach oben angewinkelten Schwanz da draußen im Garten ein Zaunkönig sein könnte, ruft der äthiopische Pflegekönig vom Flur aus zu mir rüber: »Hallo, Herr Heinemann, ich bin es.«

So etwas macht er sonst nie. Wir sind in den vergangenen schmerzverzerrten Monaten längst beim Du angekommen. Kanell kommt schon einige Zeit einfach mit dem Zweitschlüssel rein, wenn er einen seiner täglich drei, an den Wochenenden zwei Besuche macht. Ich lalle ich Richtung Flur: »Na komm schon rein, du Schlächter.«

Da lacht er, beugt sich von hinten zu meinem Ohr runter und erklärt so, als wäre ich 85, fast taub und begriffsstutzig: »Toni, ich hab heute Helen mitgebracht. Helen überlegt, ein Praktikum bei uns zu machen. Bist du einverstanden, wenn sie mir heute ein bisschen assistiert?«

Noch während die Worte ganz langsam bei mir eintrudeln, ist etwas ziemlich Schlankes, Flinkes um ihn herumgehuscht, hat sich direkt vor mir aufgestellt und streckt mir schwungvoll eine Hand entgegen.

»Hi«, spricht es freundlich. Ich schaue hoch, sehe einen sexy Scherenschnitt mit Heiligenschein vom morgendlichen Sonnenlicht. Ich blinzle, ich schaue, greife zu und gurgle freundlich irgendetwas Unverständliches. Helen lacht, auch weil ich ihre Hand nicht loslasse, und legt mir die andere freundlich auf die Schulter. Ob das zu viel des Guten war oder an meiner Anziehungskraft liegt, jedenfalls passiert, was passieren muss.

Das helle Licht brennt in den Augen. Ich versuche es mit den Händen wegzuwischen, bekomme aber die Arme nicht hoch. Finger ziehen meine Lider hoch.

»Herr Heinemann?« Das Licht ist verschwunden. »Welchen Tag haben wir heute?«

Ich sehe mich um und antworte: »Einen ziemlich beschissenen.«

Den Raum kenne ich gut, aber nicht aus dieser Perspektive. Ich schaue an einem weißen Cargohosenbein hinauf bis zu einem roten Sweatshirt. Mein Kopf liegt weich gepolstert, warme Hände ruhen auf meinen Schläfen.

»Toni, alles okay?« Die Stimme klingt angenehm. Mir gelingt es, den Kopf so weit nach hinten zu strecken, bis ich mitten hinein in das Gesicht dieses Mädchens blicke, das Kanell mitgebracht hat.

Mein Kopf auf ihrem Schoß, das ist ein schönes Gefühl. Wären da nicht die anderen Leute um uns herum. Der Äthiopier steht an seinem Tischchen und sortiert seinen

Medizinkrempel, drei Weiß-Rote packen graue Kisten. Die Notärzte. Alte Vertraute – jedenfalls grinst einer freundlich. Anfangs, als ich die Phasen zwischen den Schmerzmittelgaben nicht auszuhalten glaubte, rief ich sie öfter. Die waren immer freundlich. Gute Kerle. Einer kommt jetzt ganz dicht an mein Gesicht und spricht zu mir, als hätte ich was am Trommelfell: »Herr Heinemann, hier sind sie ja nun ganz gut aufgehoben.« Dabei grinst er über mich hinweg in das Gesicht des Mädchens. »Wir gehen dann mal wieder.«

Ich hebe kraftlos die Hand und spendiere ihm einen lässigen Mittelfinger. Er lacht. »Bis zum nächsten Mal!«

Der Notarzt drückt mir freundlich die Schultern, dann zieht das Team ab. Hinter ihnen fällt die Wohnungstür laut ins Schloss. Draußen fährt wieder mal einer von Bergers Lastern vorbei. Die Vibration ist hier am Fußboden besonders stark zu spüren.

Meine Eltern haben früher, wie auch mein Großvater, beim alten Berger gearbeitet. Der alte Berger, Opas Kommandeur, nahm ihn nach mehrjähriger Gefangenschaft, tief in den von Stalin annektierten finnischen Wäldern, einfach mit in seine Ziegelei. Das Berger'sche Unternehmen war dank einer ergiebigen Tongrube und besonders frostsicherer Dachziegel um die Jahrhundertwende groß geworden. Nach 1945 glühten die Öfen wieder Tag und Nacht, und der Ruß des Schweröls, mit dem die alten, kriegsmüden Brenner betrieben wurden, zog tief in jede Pore, vom Chef bis runter zum einfachen Arbeiter.

Als Großvater in Frührente ging, zog er mit meiner Großmutter in den Harz, in Omas Elternhaus. Dad war längst ebenfalls bei Berger unentbehrlich geworden, und

Mutter lernte dort vor meiner Geburt Bürokauffrau – ein Beruf allerdings, davon war sie felsenfest überzeugt, in dem sie nun nicht mehr Fuß fassen konnte.

Die Agentur für Arbeit war anderer Auffassung, finanzierte ihr aber aus mir unerfindlichen Gründen dennoch einen Umschulungsplatz zur Altenpflegerin. Mutter wollte mir auch nicht verraten, ob es vorher bereits abgemacht oder reiner Zufall war – jedenfalls bekam sie direkt im Anschluss an ihre Umschulung ein Angebot in der neuen Harzer Altenpflegestätte. Erstaunlich passend zum Umzug der Eltern.

Dort, wo schon Generationen von Bergers den zähen grauen Ton aus der Tiefe kratzten, Ziegel formten, glatt strichen und brannten, stapelt sich heute hügelhoch staubiger Bauschutt. Ich habe mal nachgerechnet, täglich nur 50 Fuhren – an manchen Tagen habe ich schon bis zu 100 gezählt – wären in zehn Jahren sagenhafte 182500. Was passt auf so einen Kipper? 10 Tonnen? Und was bringt eine einzelne Fuhre dem jungen Berger ein, wenn ich schon für das Leeren meiner 120-Liter-Restmülltonne ein kleines Vermögen bezahlen muss?

»Mensch Toni, Helen hat sich super erschrocken.« Kanell kniet neben mir und blickt erleichtert.

»Wie lange war ich weg?«, frage ich mehr interessiert als besorgt.

»Hm.« Der Äthiopier schaut auf seine Armbanduhr. Dass es heute überhaupt noch Armbanduhrenträger gibt – die meisten schauen doch nur noch auf ihre Handys. »Na ja, mindestens 25 Minuten diesmal. Ziemlicher Rekord, würde ich sagen.« Jetzt bin ich doch ein bisschen erschrocken, ich hätte die Zeitspanne auf maximal zwei, drei Minuten geschätzt. Aber eine solche Fehleinschätzung liegt wohl im Wesen der Ohnmacht, und wie sonst auch hätte es das medizinische SWAT-Team so schnell hergeschafft.

Anständige Jungs. Feuerwehr. Erinnert mich ans Camp. Immer in Alarmbereitschaft. Immer einhundertprozentig im Einsatz. Die können sich keine Zimperlichkeit leisten. Vollprofis eben, aber das würde einer von der Straße nicht verstehen. Die sind wie kleine Kinder. Genießen den Service, und bei der kleinsten Unbequemlichkeit wird gleich herumgejammert und diskutiert, als ginge es ihnen ans Leben, als würde man Demokratie, soziales Netz und die Atombombe gleichzeitig explodieren lassen.

Ich schaue in Helens Gesicht. Ihre Hände ruhen immer noch auf meinen Wangen. Ich schaue direkt in ihre Augen. Mein Blick wandert hoch bis zum dunklen Haaransatz, und ich denke, wie schön sie ist. Kaum Schminke. Vielleicht ein Hauch helles Puder, ein feiner dunkler Lidstrich, und das war es schon.

Ihre Kieferknochen sind ausgeprägt, fast amerikanisch. Man kennt das ja aus dem Fernsehen, aber in Kabul konnte ich das in einem US-Militärstützpunkt genauer beobachten. Ein Kamerad erklärte schlau, das wäre nur die Spitze des Eisbergs: Die überdimensionierten Kieferknochen der Amerikaner wären ein unübersehbares Indiz, wie weit sich die Nachfahren ausgewanderter Europäer genetisch schon von ihren Vorfahren entfernt hätten, und der unumstößliche Beweis, dass aus der Vermischung der Rassen eben doch ein unschlagbarer Vorteil entstehen würde. Der Kieferknochen als Symbol der amerikanischen Überlegenheit. Das hat mir gefallen. Aber dann habe ich mal genauer hingeschaut und eine noch viel simplere Erklärung gefunden: Bubblegum. Die Amis kauen einfach unentwegt Kaugummi. Nicht nur im Camp, sondern von New York bis Frisco, von Denver bis Houston und von den Milchzähnen an bis kurz vor den Dritten. Das sind dreihundert Millionen Kieferbodybuilder – ein Milliardengeschäft für die Hersteller. Ich habe einmal »Kaugummi« bei Wikipedia eingegeben. Ganz vorne dabei seit 1890 William Wrigley und seine Wrigley's Spearmint und Juicy Fruit. Da kann man dann auch lesen, dass die das Kaugummi den Indianern abgeschaut haben, die schon seit Jahrhunderten auf Latex und Baumharz herumkauen.

Ich weiß nicht, ob Helen Kaugummi kaut, amerikanische Vorfahren hat, die wiederum europäische Vorfahren hatten, oder ob ihre Ahnen aus einer ganz anderen Ecke der Welt kommen, jedenfalls erinnert sie mich an die US-Soldaten in Kabul, mit denen wir uns ein paar Nächte lang im Schatten eines provisorischen Helikopterhangars unsere deutsche Bierration teilten, denn die Amerikaner haben in Afghanistan striktes Alkoholverbot.

Ich stecke mir zwei West in den Mund und zünde sie an.

»Hey!«, lacht Helen, »rauchst du auf Vorrat?«

Statt einer Antwort reiche ich ihr eine nach oben. Leider muss sie jetzt ihre Hände aus meinem Gesicht nehmen, aber das konnte ja auch nicht ewig so weitergehen. Helen setzt sich rüber aufs Sofa neben Kanell, der gerade damit beschäftigt ist, ein paar Elastikbandagen neu aufzurollen. Ich schaue ihm gerne dabei zu, wenn er sorgfältig ein paar Zentimeter plättet, aufrollt, dann das nächste kurze Stück glatt streicht und immer so fort.

In Helens Mund sieht die West ganz klein aus. Fast wie eine Kaugummizigarette. Ihre Zähne sind riesig und so schneeweiß wie bei afroamerikanischen US-Soldaten. Jeder Zahn eine strahlend lackierte Mandel. Am Kinn trägt sie eine auffällige Narbe. Ich zeige auf mein Kinn, dann auf sie: »Von der Schaukel gefallen?« Helen lacht, Kanell schaut interessiert auf.

»Nee, nee, das war eine Sandkastenschaufel. Seitdem waren in allen Kinderkrippen Magdeburgs nur noch Plastikschippen erlaubt.« Wir lachen zusammen.

»Sieht süß aus«, traue ich mich. Helen schaut mich mit nachdenklichem Blick an, aber nicht unfreundlich. »Bist du in der DDR groß geworden?« Helen spuckt fast ihre Zigarette aus.

»Bist du bescheuert, sehe ich vielleicht schon aus wie 43? Ich bin genau wie du mit Bananen und Überraschungseiern aufgepeppelt worden.« Ich schaue sie neugierig an und drehe mir eine Adelskronen auf. »Meine Eltern nerven mich immer damit, ich wäre ein Kind der Freude, ein echter Wiedervereinigungsunfall, weil ich ziemlich genau neun Monate nach dem Mauerfall auf die Welt kam.«

»1989 war also in vielerlei Hinsicht ein gutes Jahr«, erwidere ich charmant.

»Jo«, sagt Helen lächelnd und fügt an: »200 Mark Begrüßungsgeld, investiert in eine Doppelzimmerübernachtung im Braunschweiger Frühlingshotel, inklusive einer Flasche Moët. Seitdem fahren die einmal im Jahr für ein Wochenende dahin. Kennste?«

»Jo.« Dabei krampft sich mir das Herz zusammen, denn ich werde schlagartig daran erinnert, dass ich eben dort vor langer Zeit mal mit Bessy übernachtet habe, nachdem wir uns gerade erst ein paar Wochen kannten.

Angestrengt versuche ich die einströmenden Bilder – Bessy unter der Hoteldusche, Bessy nackt auf dem Bett, Bessy morgens beim Frühstück – zu verdrängen. Ich reiße die Augen auf und schaue mir Helen ganz intensiv an. Sie ist schlank, aber nicht besonders groß. Über dem blattgrünen T-Shirt mit V-Ausschnitt trägt sie eine kurze fliederfarbene Feinstrickjacke und dazu eine Hüftjeans mit geflochtenem, silberfarbenem Metallgürtel. Ihre Füße stecken ohne Socken in ein paar Floris-van-Bommel-Sneakern in Giftgrün mit weißen Schnürbändern. Links von der Schnürung ist in weißem Leder »FLO«, rechts »RIS« aufgenäht. Schöne Dinger. Holländer.

Ich zeige auf mein Adelskronenbier und deute dann auf Helen: »Unten im Kühlschrank. Kanell, nimmst du auch eins?« Kanell nickt zustimmend beim Bindenwickeln. Helen steht auf und geht Richtung Küche. Ich flüstere Kanell zu: »Mensch, wo hast du die aufgetrieben?«

»Ich rasiere sie.«

Ich schaue ihn staunend an, aber als ich einen seltsamen Zug um seine Mundwinkel zu erkennen glaube, winke ich ab: »Du Spinner.«

»Dann eben nicht«, erwidert er lässig und wickelt weiter.

Da kommt Helen auch schon zurück: »Adelskronen, cool, trinken wir nach der Schule auch immer.«

»Auf welche Schule gehst'n?«

Die Antwort kommt undeutlich, da sie die Plastikflasche gerade mit den Zähnen aufschraubt und den Deckel dann lässig auf den Tisch spuckt. Aber sie merkt es selber und antwortet ein zweites Mal: »Gymnasium im Schloss, zwölfte Klasse. Eigentlich schon die dreizehnte.«

Ich recke den Daumen hoch: »Wolfenbüttel, schönes Ding. Ich war da mal bei einer Vereidigung von Kameraden auf dem Schlossplatz. Abends mit großem Fackelzug, ein kompletter Musikzug und Ansprache eines Staatssekretärs aus dem Verteidigungsministerium.« Kanell ist inzwischen fertig mit Einrollen und packt seine Sachen zusammen. »Noch besser waren allerdings anschließend das Ferkel in Blätterteig und das Freibier auf dem Kasernenhof, wenn auch nicht ganz so stilvoll. Wir waren so hacke, dass sich etliche Kameraden die Ausgehuniform bekotzt haben.« Ich lache etwas zu laut, als ich mir die Bilder wieder in Erinnerung rufe. Helen und Kanell lachen auch, aber es klingt eher höflich.

»Helen, wollen wir wieder los?«, fragt Kanell, als er mir gerade wortlos noch zwei MST hinlegt. Die Kleine springt auf und greift nach ihrer schwarzen Puma-Kapuzenjacke, die neben meinem Sessel liegt.

Als sie mir zum Abschied ihre trockene Hand gibt, schaue ich etwas zu lange in ihre großen grünbraunen Augen und stottere: »Komm ruhig mal wieder vorbei, wenn du magst.«

Sie legt den Kopf schief, lächelt und schiebt sich auf der rechten Seite ihre langen dunklen Haare hinters Ohr, wie sie es schon die ganze Zeit gemacht hat. Dann geht die Haustür. Ich greife nach einer MST und spüle sie mit einem kräftigen Schluck Adelskronen hinunter.

Kiss me, Angelina!

Die vernarbten Punkte sehen aus wie entzündete Pocken oder wie schlecht verheilte Einschusslöcher einer Schrotflinte. Nur nicht so willkürlich gestreut; meine sind pervers ordentlich untereinander aufgereiht. Sollte mir ausnahmsweise mal nichts wehtun, werde ich am vertrauten Jucken erkennen, dass ich noch am Leben bin.

Meine Pocken markieren den Tag, an dem mir die Unfallchirurgen im Koblenzer Bundeswehrkrankenhaus die acht Pins entfernten. Pin ist ein schrecklich niedlicher Name für diese hässlichen messingfarbenen Quälgeister, die sich in meinem Oberschenkelknochen verkrallt hatten, jedenfalls in dem, was davon noch übrig war. Der redselige Militärarzt muss sofort erkannt haben, dass sich da ganz übel was entzündet hatte. Schlimmer noch, ich bilde mir bis heute fest ein, ich hätte es durch die Narkose hindurch gerochen. Jedenfalls habe ich seit damals einen bestialischen Gestank abrufbereit, den ich nicht anders zuordnen kann.

Die Pins und das Gestell bekam ich erst in Koblenz verpasst. An die medizinische Erstversorgung im Bundeswehrlazarett Mazar-i-Sharif kann ich mich nicht erinnern. Das Erste, was ich wieder nach dem großen Bäng hörte, waren die unerträglich laut surrenden Rotorblätter eines Hubschraubers. Anfangs behauptete ich noch steif und fest, ich wäre in einem Helikopter nach Koblenz ausgeflogen worden. Aber der begleitende Arzt versicherte mir, dass die Hubschraubersequenz sicher nur eine Überreaktion der Hörnerven auf die starken Schmerzmittel sei. Ich weiß nicht, aber die Sache macht mich unruhig, also zwinge ich mich, nicht mehr dran zu denken. Mein erster zusammenhängender Satz auf deutschem Boden jedenfalls soll aus nur zwei durch die Zähne rausgezischten Worten bestanden haben: »Mehr Morphium!«

Der Äthiopier stützt sich auf seinem Knie auf. Er hält meinen Arm in der Hand, schaut kurz prüfend und klopft dann mit seinen wunderschönen Klavierspielerfingern zart und ausdauernd auf meinen Venen herum. Ist Helen mit dabei, bettelt sie immer eine Weile, weil sie das auch gerne mal übernehmen würde. Aber Kanell bleibt auch heute unnachgiebig. Zum Trost darf Helen die Spritze in den Gummideckel der durchsichtigen Metronidazol-Flasche drücken und das Antibiotikum aufziehen.

Nachmittags und abends bekomme ich zusätzlich noch eine Dröhnung Vancomycin – insgesamt sind es also fünf Injektionen täglich. Tröstlicherweise ist Kanell ein Künstler auf dem Gebiet der intravenösen Verabreichungen. Mich erinnert das, was er da treibt, an eine asiatische Teezeremonie, die ich mal versehentlich auf Arte gesehen habe.

Immer wenn Kanell die Haut über meinen Venen mit Desinfektionsmittel besprüht, zucke ich zusammen, ohne es zu wollen, und muss albern lachen wie ein Schuljunge. Das freut auch den Äthiopier. Einmal hat er mir übermütig das Sweatshirt hochgezogen und etwas von dem kalten Zeug auf meinen nackten Bauch gesprüht. Eigentlich eine süße Geste, hätte ich dem Armen nicht reflexartig mit dem gesunden Fuß unters Kinn getreten. Das muss wirklich wehgetan haben. Aber nichts. Der Äthiopier ist nicht nur Afrikaner, sondern auch noch ein verdammter Asiate: Er hat sich nur kurz das Kinn gerieben und einfach weitergearbeitet.

Meistens hab ich noch gar nicht richtig registriert, dass er die Nadel wieder herausgezogen hat, schon schmecke ich den grausigen Metallgeschmack, den ich seit Koblenz nie ganz wegbekommen habe. Dutzende Flaschen Mundspülung, erst die grüne Sorte, dann die blaue, mussten dran glauben, bis ich resigniert habe. Es ist, als würde man auf warmem Blei kauen, oder schlimmer, an einem dieser Pins herumlutschen wie an einem beschissenen Dauerlutscher.

Als ich kurz nach der Injektion mit Kanell über diese unangenehme Nebenwirkung spreche, wird Helen hellhörig. Sie wolle gerne einen Kuss, um zu prüfen, ob da wirklich etwas Metallisches zu schmecken sei. Einen Kuss finde ich sehr okay, und auch Kanell verdreht grinsend die Augen, also ist es abgemacht. Ich mache es mir in meinem Kippsessel bequem und spitze gehorsam die Lippen in ihre Richtung. Helen läuft allerdings um meinen Sessel herum und nimmt meinen Kopf von hinten in ihre kleinen Hände. Ganz vorsichtig und mit viel Gefühl streckt sie meinen Hals weit über die Nackenlehne und nähert sich, bis ihr Kinn fast meine Stirn und mein Kinn fast ihre Stirn berührt. Ich lasse es geschehen. Dann bittet sie mich, ein wenig zu dramatisch flüsternd, meine Augen zu schließen, und legt ohne weitere Umschweife ihre Lippen auf meine. Es fühlt sich so schön warm und feucht an, als wäre Angelina Jolie heimlich ins Zimmer geschlüpft und hätte mir ihre Zunge in den Hals gesteckt, nur um darin herumzuirren wie ein Kind mit klebrigen Fingern in der bunten Tüte.

Mir wird schwindelig. Ich weiß nicht, ob es am Kuss oder der überdehnten Stellung liegt, jedenfalls spüre ich eine so elementare Geborgenheit, dass mir die Tränen kommen, während ich nun ebenfalls beginne, mit meiner Zunge in Helens Mund herumzuwandern. So wunderschön es ist, so unfassbar einsam ist es auch. Ich habe auf einmal das Gefühl, dass wir uns, je länger dieser Kuss dauert, immer weiter voneinander entfernen. Als sie sich dann endlich löst, schleckt sie mir quasi noch als Zugabe in einem einzigen gierigen Zug alle meine Tränen weg. Mir fällt das Kinn wieder auf die Brust.

»Cool, oder?«, fragt Helen lächelnd. »Das ist ein alter Trick, den mir ein Mädchen im Ferienlager beigebracht hat.« Zur Demonstration hebt Helen die Hände an den Hals, umfasst mit den Fingern ihren Nacken und drückt sich mit beiden Daumen auf die Halsschlagadern. »So fließt kein Tropfen Blut mehr. Wie ein ganz kurzer geiler Ecstasytrip!«

Ich frage sie nach dem Metallgeschmack, aber da lacht sie nur und erklärt keck, dass sie es die nächsten Tage ja noch einmal ausprobieren könne. Kanell hat schon seine Sachen zusammengepackt, ein bisschen aufgeräumt und mir eine MST hingelegt. Ich verlange die zweite Morphiumtablette für nachmittags gleich mit, in der Hoffnung, Angelina käme dann noch einmal zurück. Sicherheitshalber lege ich mir auch noch die Hände um den Hals, aber die fallen mir gleich wieder runter.

Helen ist schwer okay

Ich muss wohl eingeschlafen sein. Jedenfalls erwache ich nicht direkt vom Klingeln an der Tür, sondern mehr von der Erinnerung daran. Stille. Regen prasselt leise an die Thermoscheiben. Die kalten Lichter der Sparlampen in den Straßenlaternen scheinen blass herein. Gefühltes Viertelflutlicht. Ich sehe Schumacher, wie er einsam seine Runden dreht. Der geschlagene Torwart läuft alleine gegen den inneren Schweinehund an. Und gegen seine Depressionen. Neben dem Fernseher leuchtet magischblau das Display der Ministereoanlage. Die Fernbedienungen liegen am Boden. Ein Blick auf die Uhr. Halb neun.

Der Äthiopier? Nein, kann er nicht sein. Kanell war vor zwei Stunden zum letzten Mal für heute da. Biersozi hätte angerufen, bevor er sich, aus welchen verrückten Gründen auch immer, freiwillig auf den Weg gemacht hätte. Vielleicht hat er doch? Ich schaue rüber zum Telefon. Der Anrufmelder blinkt. Beim Rüberbeugen fluche ich, weil ich den Aschenbecher vom Tischchen auf den Teppich gestoßen habe. Gerade eben noch war er mit abgerauchten Kippen sorgfältig eng gespickt wie das Nadelkleid eines Igels, jetzt liegen sie breit verteilt am Boden. Die kalte Aschewolke braucht ein paar Sekunden, um sich zu verflüchtigen.

Ich drücke die Abruftaste. Die Harzer Nummer kenne ich seit über zwanzig Jahren und verdrehe die Augen. Ich muss mir eine Notiz schreiben: Mutter anrufen. Mutter macht sich Sorgen um mich. Mutter. Habe ich sie seit dem großen Bäng überhaupt irgendwann schon mal sorgenfrei erlebt? Ich erinnere mich zwar an viele Momente, in denen sie lächelte oder lachte, aber nie ohne ihren Sorgenschleier im Gepäck. Opa hätte es souveräner genommen.

»Jingla, halt de Goschen. Und bleib auf'm Ritschl sitzen. Iss und katsch nich, du Nerrischer«, rief er aus dem Kippsessel und klopfte noch energischer mit den Fingern seinen Lehnentakt. Tack. Tacka-tack. Tack …

Ich öffne erstaunt die Augen. Das kam nicht aus meinen Gedanken. War ich beim Klingeln noch unsicher, höre ich es jetzt ganz deutlich von der Haustür her: Tack-Tack.

»Ja doch, ich komme«, rufe ich so laut, wie man um diese Zeit noch ruft. Der Apothekenbringdienst? Aber das hätte Kanell mir gesagt. Autsch, verflucht noch mal. »Scheiße, verdammte!« Der frische Verband färbt sich kreisförmig rot. Kanell hatte die Wunde vorhin noch so sorgfältig gesäubert und die Borken gelöst. Und jetzt wieder so eine beknackte Unaufmerksamkeit, die den ganz frischen Film über dem Fleisch zum Platzen gebracht hat. Ich muss schauen, dass ich den Verband gleich löse, um die Wunde an der Luft zu trocknen. Die backt sonst ruckzuck mit dem Mull zusammen, und morgen gibt es wieder eine schmerzhafte Schweinerei.

Tacka-tack. Ich lasse die Adidas offen, wie sie ist, klopfe mir die gröbsten Aschestreifen vom Sweater, schiebe die Krücken unter und wanke durch den Flur an die Haustür. Abgeschlossen. Der übervorsichtige Kanell hat von außen verriegelt. Wen will er da vor wem schützen? Ich muss lachen. Klingt komisch im Flur. Was der unangemeldete Besucher da draußen jetzt denken muss? Egal.

»Sorry, ich muss den verdammten Schlüssel noch holen. Wer issn da überhaupt?«, frage ich im Zurückgehen mit angestrengt rotem Kopf. Keine Antwort – oder einfach nur zu leise? So ein Regenschleier kann ein echter Geräuschfresser sein. Das kenne ich aus Kunduz. Da wurde an einem dieser selteneren Soßentage schon mal die Patrouille abgesagt. Aus Sicherheitsgründen. Der Hauptfeld befand, das wäre das ideale Wetter für ein Attentat. Seltsamerweise schien beim großen Bäng die Sonne am wolkenlosen Himmel – wie fast jeden Tag. Aber so kann man sich irren. Jedenfalls wird man nie erfahren, ob uns da irgendwo ein Turbanträger im Regenmantel erwartet hätte.

Der feine Nieselregen wird von suppigen Nebelschwaden begleitet, die sich noch unschlüssig zwischen den hohen Sportplatzpappeln sammeln. Die kleine Gestalt, die sich eng an die Hauswand drückt, erkenne ich erst beim zweiten Hinschauen.

»Hallo.« Die leise Stimme klingt ängstlich, wie von einem Kind, das sich verlaufen hat. Mir gefriert das Blut in den Adern, taut aber ebenso schnell wieder auf, als ich das Gesicht unter der Kapuze erkenne. Wer sich da zögernd ins Flurlicht schiebt ist Helen.

»Hi«, sagt sie noch einmal. Dabei schaut sie mich mit großen Augen von unten an. »Hunger? Ich habe zwei Pizzas und Bier bei.«

Ich schaue an ihr vorbei nach links und dann noch rechts, ob da noch irgendwer in der Dunkelheit lauert. Fehlanzeige, die Kleine ist mutterseelenallein da. Ich weiß nicht, was antworten, und schaue in den Regen. Sie schaut fragend in mein Gesicht und scharrt dabei mit ihrem Stiefel in einer Pfütze, bis ich so weit zur Seite trete, wie es die Krücken zulassen. Sofort schultert sie einen ausgebeulten dunklen Rucksack, schiebt lässig ihre Kapuze vom Kopf und drückt sich an mir vorbei in den Flur.

»Das ist ja schon eine ziemliche Überraschung«, sage ich, nur um überhaupt etwas zu sagen.

»Mensch, freuste dich gar nicht? Ich dachte, du könntest Abwechslung brauchen«, erklärt Helen, als wäre es nichts Ungewöhnliches, einen quasi Fremden, noch dazu um diese Zeit und bei diesem Wetter, zu besuchen.

»Weiß denn Kanell, dass du hier bist?«, frage ich sie, schon auf den Rückweg zum Kippsessel.

»Muss ich den um Erlaubnis fragen?«, erwidert sie stolz. »Pizza?« Dabei zerrt sie mühsam zwei Pappschachteln vom Pizzaservice Marinara aus dem Rucksack und legt sie auf den Boden. Dann folgt ein Sechserpack Adelskronen. Die Folie ist feucht beschlagen und tropft. Das Bier sieht noch schön kühl aus.

Kaltes Bier, das ist ein echter Luxus. Vielleicht nicht hier bei Regenwetter, aber im Camp. Abends haben wir immer zwei große leere Benzinfässer mit Wasser gefüllt, dann Eis reingeschmissen und die Dosen hinterher. Verdammt lecker. Das obligatorische Schlummertrunkbierchen später in der Unterkunft war deutlich wärmer.

»Okay, ich bin dabei«, gebe ich mich geschlagen. Darauf kommt Helen mit schnellen Stiefelschritten hinter mir her und umarmt mich ungestüm von hinten. Weniger wie Mann und Frau, mehr so wie bei überdrehten Schulmädchen, die sich morgens vor Unterrichtsbeginn am Schultor treffen.

So plötzlich, wie die Attacke begann, endet sie auch wieder. Helen macht sich in der Küche zu schaffen, während ich weiter auf dem Weg zum ersehnten Sessel bin.

»Nimm dir, was du brauchst!«, rufe ich zu ihr rüber, dann lasse ich mich in die Sesselkissen plumpsen und strecke meinen Arm nach der Fernbedienung aus. »Bam Bam Bam …« Eminem. Jetzt erinnere ich mich, was mich vorhin in den hellen Morphiumschlaf gewogen hat. «When I was just a little baby boy, my mama used to tell me these crazy things …«

Das Rumpeln und Poltern hat nichts mit Eminem zu tun. Es kommt aus der Küche.

»Die Bierflaschen aus Glas mochte ich lieber.«

»Stimmt«, rufe ich zurück.

»She used to tell me my daddy was an evil man …«, rappt Eminem.

»Aber ich trink's noch lieber aus der Dose.«

»Eis?« Helen steckt fragend den Kopf ins Zimmer.

»Eis ins Bier?«, wundere ich mich.

»Denkst du auf die Pizza?«, lacht Helen, und schon fallen die Würfel klirrend ins leere Glas.

»Jo, warum eigentlich nicht«, sage ich zu mir selbst.

»Blood, guts, guns, cuts, knives, lives, wives, nuns, sluts«, streut Eminem ein. Ich mag den Rhythmus. Düdel-lüdel-lüd, bamma, bamma, Düdel-lüdel-lüd.

»Magste?«

»Was?«

»Emm – minn – emm!«, dehne ich die Silben, um ein wenig Ehrfurcht reinzulegen.

»Wer nich? Kann aber auch gut drauf verzichten ... Autsch, heiß.«

»Verbrannt?«

»Nee, war nur ein Scherz. Die Pizza ist fast kalt.«

»Here we go again, we're out of our medicine«, fällt Eminem dazu ein.

Helen trägt zwei Teller rein. Einen drückt sie mir lächelnd mit ausgestrecktem Arm und einem gutbürgerlichen »Guten Appetit« in den Schoß und setzt sich auf den Boden, mit dem Rücken an meinen Kippsessel gelehnt. Durch ihre wuscheligen Haare blitzt ganz helle Kopfhaut durch. Sieht komisch aus, denke ich, als ich auf den Teller runtergucke. So ein Belag folgt ja einer gelernten Ordnung. Dieser nicht.

»Selbe Sorten?«

Sie dreht den Kopf hoch und antwortet mit vollem Mund: »Pizza Muschi und Pizza Pimmel. Ich habe Muschi, du Pimmel.« Nach einer kurzen Pause und mit einer langen gebackenen Peperoni zwischen den Zähnen: »Nee, ich glaub doch andersrum.« Dann prustet sie los, sodass die Peperoni in Teilstückchen durch den Raum fliegt und mitten zwischen den Teppichkippen landet.

Der Regen prasselt jetzt stärker ans Fenster. Helen stellt den Teller neben sich ab, die Pizza erst halb aufgegessen. Während sie aufsteht und in die Küche geht, schalte ich den Fernseher ein und schaue ihr hinterher. Ihre senffarbene Cordhose sitzt locker. Der Pullover ist deutlich zu groß, solider Feinstrick in dunklem Anthrazit. Nicht selbst gemacht, aber in Handarbeitsoptik. Drunter ein wattiertes graublaues BW-Hemd, das unten ein bisschen rausschaut. Mit den Dingern kenne ich mich aus. Die wärmen schön, können aber durchaus ihre Tücken haben. Nach einigen Kilometern strengen Fußmarsches wird es darin teuflisch warm, dann fangen die Flusen an zu jucken; da fluchen Altgediente schon mal wie junge Rekruten. Obwohl das Gegengift eigentlich ziemlich simpel ist: einfach mit der Fusselseite nach außen tragen.

Trotz der Verpackung wirkt Helen mager. Die Stiefel, ich tippe mal auf Größe 38, wirken bollerig. 14- oder 16-Loch-Schnürung. Auf speckig gemachtes helles Wildleder. Optisch ganz solide, aber damit würde man im Ernstfall keine fünf Kilometer weit kommen. Schnickschnack.

Schmuck trägt Helen keinen. Nur ein dünnes Tuch hat sie sich mehrfach sehr eng um ihren dünnen Hals geschlungen. Ähnliche Farbe wie der Feinstrick, nur verwaschener. Helens Gang gefällt mir. Schon mit Hüftschwung, aber nach vorne gebeugt, fast so, als wolle ihr Oberkörper immer schneller wegkommen als der Rest. Beim Gehen legt sie die Arme auf den Rücken, wie das ältere Herren auf längeren Spaziergängen machen. Den Mittelfinger ihrer linken Hand hält sie dabei mit der Faust der rechten fest. Aber deswegen haftet ihr noch lange nichts Unbeholfenes oder absichtsvoll Punkiges an. Auf mich wirkt sie sogar auf eine anrührende Weise eigen.

»Wasch läuft'n?«, fragt Helen undeutlich, während sie mir mit den Zähnen den Plastikdeckel einer Flasche Adelskronen aufdreht. Zisch.

»Arte, Themenabend Afrika.«

Sie drückt mir die kühle Flasche in die Hand und legt sich mit ihrem Bier links von mir bäuchlings auf den Teppich. Blick Richtung Fernseher. Ich mag Mädchen in Cordhosen gerne. Noch mehr, wenn das Cord so wie bei Helen an den Sitzstellen schon abgerieben ist.

»Haben Schwarze wirklich längere Penisse?«, fragt sie und dreht sich zu mir um.

»Was meinst du?«, blaffe ich zurück. Ich schaue auf die Mattscheibe und greife nach den Zigaretten. Zwei sehr große und dunkle Afrikaner in Unterhosen werden gerade von einer weißen Zollkontrolle untersucht.

»Du bist ja drauf.«

»Weiß nich. Warum interessiert dich das?«

Sie zuckt mit den Schultern, sagt aber nichts.

Während ich rauche, erzählt sie dann doch: »Ich habe neulich mal im Bus neben einem gestanden. Das war schön. Der Bus war gar nicht mal voll, und der Typ stand schon eine ganze Weile hinter mir. Dann hat er mir plötzlich mit einer seiner großen Hände den Po massiert. Streng genommen nur eine Backe.« Helens Augen werden größer. Fast ein bisschen kirre. Sie greift sich beim Erzählen selbst mit einer Hand an den Po und macht es vor. »Schau, so.« Ihre Finger verkrallen sich in die Cordhose, und sie schauspielert ein schmerzvolles Gesicht. »So, wie der zupacken konnte, muss der 'nen Mordsapparat gehabt haben.« Sie verdeutlicht es mit einer wohl selbst für den bestbestückten Afrikaner verdammt großen Entfernung zwischen ihren Handflächen.

»Ey, du Zwerg«, versuche ich sie wieder runterzuholen, »da könntest du doch gar nichts mit anfangen. Wo willste den Riemen denn hinstecken, in deinen Rucksack?« Ich lache ein bisschen vor mich hin. Dann schmeiße ich mit einem halben Brötchen, das noch vom Frühstück auf dem Tischchen liegt. »Du Nappel, so ein schwarzer Speer ist doch nur was für gestandene ältere Frauen. Solchen mit echten Wegsteckerqualitäten«, doziere ich. »Denk doch mal an die farbigen Ladys, meinst du, die haben umsonst so riesige Ärsche? Weißt du, wie man das in Fachkreisen nennt? Schwanzfutter. Bis die Burschen mit ihren Riemen da ankommen, wo sie hinwollen, sind doch die wertvollsten Zentimeter längst auf der Strecke geblieben.« Helen trinkt einen Schluck Bier, überlegt und schaut erst mal weiter Fernsehen.

»Du Spinner!«, entscheidet sie sich schließlich lachend, wird dann aber nachdenklicher. »Mein Vater hat einen echten Riesen. Das weiß ich. Der hing fast den ganzen Oberschenkel runter. Ich habe mal gelauscht, als Mama ihn ausschimpfte, er solle doch mit seinem speckigen Schweinerüssel nicht immer vor mir rumlaufen. Ich wäre da schon zu alt für. Als wenn der was dafür könnte.«

»Hat deine Mama wirklich Schweinerüssel gesagt?« Wir lachen beide, bis Helen aufspringt und noch zwei Bier holt. Helen ist schwer okay, so viel ist sicher.

Als sie ihren Feinstrick und die Stiefel auszieht, sehe ich, dass einer ihrer Kniestrümpfe ein großes Loch hat. Die Fußsohle, die durchschaut, ist ziemlich dreckig. Liegt wahrscheinlich an den Stiefeln, da muss man schon mal die Sohleneinlage wechseln. Aber das verstehen Zivilisten nicht.

Nachdem wir die letzten beiden Flaschen vom Sechserpack ausgetrunken haben, kann ich bei Helen mit einer halb vollen Flasche Fernet Branca punkten. Die dümpelt schon lange im Kühlschrank, als hätte sie nur auf so eine Gelegenheit gewartet. Bei den vielen Medikamenten ist das eigentlich Gift für mich, aber das Zeugs trinkt sich einfach locker weg. Nicht so süß wie Averna und auch nicht so herb wie Jägermeister.

Helen läuft in die Küche, um die Flasche zu holen. Dann höre ich sie wühlen und nach etwas suchen: »Toni, hast du Zitronen?«

Zitronen zum Fernet – was für ein Blödsinn. Was kramt Helen da eigentlich einfach rum? Das macht mich gerade unglaublich wütend. Ich spüre richtig, wie mir der Wutsaft säuerlich in die Kehle läuft. Es kribbelt rund um den Adamsapfel, und dann strömt es die Lymphbahnen hoch bis in den Kieferknochen. Scheiße, ich habe innerhalb von Sekunden rasende Kopfschmerzen. Meine Beine zittern, und ein Gefühl maximaler Unzufriedenheit überschwemmt mich wie eine große dunkle Welle. Zitronen für den Fernet, das ist doch eine beschissene Ausrede zum Rumkramen. Ich wuchte mich aus dem Sessel hoch, aber mir wird schwindelig, und ich knalle lang hin.

Helen hat den Bums gehört und kommt aus der Küche gerast, um mir hochzuhelfen.

»Sag mal, was'n mit dir los? Du bist ja knallrot.« Ich drücke ihre Hände, die sie mir auf die Wangen legen will, rüde weg. Ich bin so wütend, dass mir der kalte Schweiß in Rinnsalen den Rücken hinunterläuft. Helen lässt aber nicht locker und umklammert mich instinktiv und ganz fest.

»Mensch, Toni, mal ganz ruhig. Hast du nicht noch irgendwo eine Tablette? Das ist ja furchtbar.« Tatsächlich gelingt es mir, mich für einen klitzekleinen Moment zu entspannen. Aber sofort steigt der Schmerzpegel im Bein wieder an. Weicht die Wut, kommt der Schmerz.

»In der Schublade, ganz hinten.« Helen holt die Tablette,

und ich schlucke sie mit einem halb vollen Glas Fernet runter. Zitronen zum Fernet - was für ein beschissener Quatsch. Mir ist zum Heulen und ich rolle mich in meinem Sessel zusammen. Am liebsten würde ich mir noch die Decke über den Kopf ziehen.

Der Cocktail aus Tabletten und Alkohol zeigt Wirkung. Ich beruhige mich ein wenig. Ich döse. Helen erzählt. Helen fabuliert. Helen philosophiert. Helens Lieblingsthema sind Männer. Nicht so sehr Erfahrungsberichte, mehr so krude Thesen. Sie behauptet zum Beispiel felsenfest, dass es viele Männer gäbe, die beim Sex an ihren besten Freund denken würden. Das wäre ihrer Meinung nach eigentlich sogar ganz normal. Deshalb wären wir Männer auch so versessen auf Analverkehr. Sie habe mal einen Freund gehabt, der beim Abspritzen immer »Mein Benni, ach mein Benni« gestöhnt hat. Beim Erzählen ahmt Helen die Stimme nach. Ich behaupte, es könne sich auch um seinen Hund gehandelt haben. Helen lacht. Dann behauptet sie, dass sich fast jeder Mann regelmäßig beim Wichsen was in den Po stecken würde. Jeder, der wie ich das Gegenteil behauptet, würde lügen. Als Beweis erzählt sie wieder von einem anderen Freund, den sie in seinem Badezimmer überrascht habe, als der sich gerade in der Hocke einen runtergeholt hat, mit einer Zahnbürste im Po. Ich lache so lange, dass das Bein anfängt zu ziehen und zu stechen. Ich wusste gar nicht, was Mädchen in dem Alter für eine Scheiße erzählen. Aber ich mag Helens Stil.

»Du, Toni, kann ich heute bei dir auf dem Sofa schlafen? Ich möchte nicht nach Hause. Ich find's echt gemütlich hier.« Während sie fragt, kommt sie auf allen vieren zu mir rübergekrabbelt. Sie umfasst mit den Armen meine Unterschenkel, jault mit Dackelblick und legt gespielt devot ihren Kopf in meinem Schoß. Ihre nette Showeinlage wäre nicht nötig gewesen. Mittlerweile ist es kurz vor Mitternacht, und ich wollte ihr sowieso schon das Sofa anbieten.

»Kein Problem. Ich schlafe eh im Sessel, dann kannst du das Sofa nehmen, okay?«

Sie nickt, und jetzt, da sie weiß, dass sie nicht mehr in die Kälte raus muss, trinkt sie gleich mal ein halbes Wasserglas Fernet auf ex.

Auf Arte läuft inzwischen eine Diskussionsrunde über die ehemaligen Kolonien. Es sind auch einige Langschwänze dabei. Der französische Moderator scheint seine liebe Not zu haben, da mit seinem kleinen Europäerschwanz mitzuhalten. Die sind einfach zu selbstsicher mit ihren Rohren. Aber Scheiß drauf, dafür hat seine Frau bestimmt einen viel zarteren Arsch als die Ladys seiner Diskutanten. So gewinnt er wieder wertvolle Zentimeter. Helen könnte übrigens auch Französin sein. Eigentlich würden wir sogar ganz gut zusammenpassen. Wenn da dieses siffende Loch nicht wäre.

»Mist, kannst du mir gleich noch mal helfen, den Verband zu wechseln?« Helen wickelt ganz vorsichtig den dreckigen Verband ab. Das macht sie mit einer solchen Konzentration, dass ich richtig gerührt bin. Leider ist der Mull schon arg festgerottet. Blut ist nicht nur dicker, es trocknet auch schneller als Wasser. Es tut höllisch weh, und ich kann mich nur noch beherrschen, weil der Alkohol sich bereits mit den Morphiumresten zu einem betäubenden Cocktail vermischt hat.

»Wenn es zu dolle wehtut«, sagt Helen mitfühlend,

»dann halte dich hier an meiner Schulter fest.« Ich greife dankbar zu, und bei jeder neuen Runde kralle ich mich tiefer in ihr BW-Unterhemd. Plötzlich kichert sie.

«Sag mal, kriegst du eigentlich immer einen Steifen, wenn dir was wehtut?« Ich öffne die Augen und schaue auf den Schritt der Adidashose, der wirklich ziemlich auffällig absteht.

»Brauchst du nicht beachten, mach's bitte einfach fertig, ich muss gleich kotzen vor Schmerzen«, zische ich zwischen den zusammengebissenen Zähnen hervor. Sie konzentriert sich wieder auf die restlichen Wickel, aber nicht ohne mir vorher frech einen ziemlich unangenehmen Klaps mit der flachen Hand auf die Beule zu geben.

»Böses Knüppelchen, böses.«

»Aua, bist du bescheuert?« Zur Strafe drücke ich ihr kräftig die Schulter. Das hätte ich nicht tun sollen, denn Helen erschrickt sich so, dass sie vor der letzten Windung dermaßen am Verband reißt, dass mir die Tränen in die Augen schießen.

Bis auf eine kleine Kerze auf dem Nachttisch haben wir alle Lichter ausgemacht. Die Wunde ist versorgt, der Verband erneuert, und ich habe die MST für die Nacht geschluckt. Helen hat die Wunde, obwohl selbst schon sehr angetrunken, mit einer Fürsorge gereinigt, gespült und gecremt, dass ich ihr vor Dankbarkeit einen langen Kuss geben musste. Ein tolles Mädchen, das ist schon mal sicher.

Ich schaue zu ihr rüber. Der Schatten meines Kippsessels liegt auf ihrem Gesicht. Aber ihre Augen glühen noch in der Dunkelheit. Die Cordhose hat sie ausgezogen und ihre Hände unter die Decke geschoben.

»Ich mag dich. Schlaf gut«, lalle ich in die Dunkelheit. Sie antwortet nicht. Lacht nur leise über irgendwas. »Was'n los?«

»Nichts.« Kicher, kicher.

»Sag schon«, quetsche ich aus dem rasch dichter werdenden Morphiumnebel hervor.

»Nö.«

»Dann eben nicht«, antworte ich, aber nicht unfreundlich, und lösche die Kerze.

»Na gut. Hast du gar nicht gemerkt, dass ich eben zweimal hintereinander gekommen bin?«

Ich setze eine kurze Gedankenpause, dann antworte ich ihr: »Okay, habe ich anfangs wirklich nicht gemerkt, aber dann habe ich's gerochen.« Stille. »Und selber angefangen zu rubbeln wie ein Sperber.« Wir lachen beide wie verrückt, und ich gleite ganz langsam hinüber ins gelobte Land Morphinia.

Kochwäsche

Noch bevor ich die Augen öffne, spüre ich, dass ich nicht alleine bin. Es riecht anders. So wie es eben riecht, wenn man morgens in ein Schlafzimmer kommt, in dem noch Fremde schlafen. Nach Nachtschweiß und tiefen Atemzügen. Angenehm. Bewohnt.

Die Sonne blinzelt durch das streifige Fenster herein. Ich öffne die Augen und schaue direkt in das lächelnde Gesicht von Helen, die sich auf dem Sofa, die Decke bis unters Kinn gezogen, verschlafen die Augen reibt.

»Hi!« Helen steht auf und hastet nur im Slip zum Klo, als wäre sie schon immer da gewesen. Ich zünde mir eine West an und schalte mit der Fernbedienung den Fernseher an, nur um die Stille zu verscheuchen. Nachrichten. Ein Flugzeugabsturz und ein Präsidentenbesuch.

Als Helen zurückkommt, kippt sie das Fenster und geht dann direkt auf mich zu. Sie kniet sich vor den Sessel und schaut mich fragend an: »Na, Toni, gut geschlafen? Kaffee?«

Ich nicke fast ein wenig verlegen, lege ihr meine Hand auf den Kopf und streiche durch ihr Haar, als wäre ich 67 und sie 13 Jahre alt.

Aber Helen ist überhaupt nicht nach unverfänglichen Niedlichkeiten. Sie schiebt die Überdecke einfach zur Seite, lässt sie runterrutschen und schmiegt sich dann an mein gesundes linkes Bein. Mit feuchter Zunge küsst sie die Innenseite meines Unterschenkels, um dann aufreizend langsam weiter nach oben zu wandern.

»Kannst du mit deinem Bein Sex machen?« Ich schaue sie nur überrascht an. Weil mir die Worte fehlen und ich außerdem Angst habe, allzu heiser zu klingen, rutsche ich in meinem Sessel so weit wie möglich nach vorne und drehe mich leicht in der Hüfte, um ihr ein positives Zeichen zu geben. So kann mir Helen am einfachsten die Unterhose an den Verbänden vorbei herunterziehen.

Helen versteht sofort. Ich schaue verlegen zur Decke. Die Unterhose trage ich seit gestern früh und bin gar nicht mehr so sicher, ob sie noch sauber ist. Ich wünschte, die Auswahl meiner Unterhosen wäre etwas exklusiver. Kanell besorgt mir immer diese Dreierpacks beim Real Kauf. Die seien günstiger bei meinem Verbrauch. Leider muss ich ihm da recht geben, denn eines der Wundpflegemittel riecht nicht nur übel, es hinterlässt auch ziemlich hartnäckige Flecken, die selbst in der Kochwäsche nicht weggehen.

Mein nachtschwerer Sack fällt ins warme Lammfell. Fühlt sich gut an, fast wie gestreichelt werden. Aus den Augenwinkeln sehe ich meine Unterhose in hohem Bogen an meinem Kopf vorbei in die Birkenfeige fliegen. Helens einfacher weißer Baumwollschlüpfer hängt auch schon dort. Glücklicherweise sieht auch Helens Höschen nicht mehr so ladenfrisch aus. Es hat sogar einen recht großen Fleck genau im Vliesstück, das hellbraun verwaschen bis zu mir herüberleuchtet. Ich grinse erleichtert, während Helen gerade mit ihrem Kopf voran unter mein Sweatshirt schlüpft und mit nassen Lippen und Zunge meinen ganzen Bauch einspeichelt. Sie hat wundersamerweise schon so früh am Morgen Unmengen von Spucke zur Verfügung.

Mit dem Kopf im Sweater, tastet Helen blind aber zielstrebig nach Kanells Medizintischchen. Perfekte Raumorientierung, denke ich anerkennend. Gerade als wieder einer von Bergers Lastern die ganze Straße zum Vibrieren bringt, sind ihre Finger erfolgreich. Sie dreht einhändig den Deckel eines Cremetöpfchens ab, indem sie den Behälter zusätzlich zur Drehbewegung auf den Tisch presst. Verschwenderisch langt sie mit vier Fingern in die fettige Creme. Die angespannten Muskeln rechts und links der Wirbelsäule enden in den festen runden Bergen ihres Pos, den sie jetzt ganz weit ausstreckt. Von der Seite kommt die fetttriefende Hand ins Blickfeld. Die geschmierte Kralle mit den langen Fingernägeln wandert über den Rücken zwischen ihren Popacken hindurch, am Anus vorbei und landet direkt auf ihrem üppigen Geschlecht. Helen hat das kühle Fett scheinbar perfekt platziert, denn sie lacht glücklich auf.

Helens fadenscheiniger BH drückt mir anregend auf den nackten Unterleib. Noch lieber wäre mir jetzt, wenn sie ihre warmen Brüste ganz nackt an meinen Schwanz pressen würde. Ich strecke meine Hand weit aus und erreiche eine der stumpfen Pflasterscheren. Als ich das kalte Metall zwischen Helens Schulterblätter lege, quietscht sie vor Erregung und Kälte. Ihren BH-Gurt durchzuschneiden, ist mir dann aber doch zu sehr ZDF-Sommernachtsfantasie. Stattdessen lasse ich die Schere ihre Wirbelsäule runter bis zwischen die kleinen nassen Pobacken gleiten. Ich liebe diese Stelle, dort, wo die Wirbel unter den beiden aufsteigenden Fleischbergen enden.

Helen streckt sich dem Metall auffordernd entgegen. Davon angestachelt, taste ich mich mit den ungefährlichen kleinen Kugelenden der Schere geschickt an ein paar ungewöhnlichen, süßen Hautläppchen vorbei, einen knappen halben Zentimeter tief in ihren festen Schließmuskel. Ich will keine Zurückhaltung mehr zeigen. Wenn dieser Morgen vorbei ist, muss sie wissen, was mit dem Soldaten im Kippsessel alles möglich ist. Ich habe diese eine Chance und werde sie nicht kampflos verstreichen lassen.

Der Ring scheint zu implodieren und pumpt und pumpt sofort ganz aufgeregt wie ein hungriges Vogelmäulchen. Helen grunzt und sabbert dabei so unanständig auf meiner Brust, dass mir ihre Spucke schon in Rinnsalen bis auf die Oberschenkel hinunterläuft. Vom Gefühl her würde ich sagen, es ist auch viel Schweiß dabei. Unter dem Pullover wird es schnell verdammt heiß, ein perfektes kleines Treibhaus.

Meine Scherenhand arbeitet flott weiter. Ich spreize ihr Poloch, indem ich die Schere weiter aufklappe. Dabei bin ich ganz vorsichtig, um die kleinen Hautläppchen drumherum nicht zu verletzen – ein paar Schamlippen extra als Belohnung für die Festtage. Sind es Hämorriden? Ich stecke meinen Mittelfinger an den Scherenenden vorbei in ihren Po und kann keinerlei verdächtige Ausbuchtungen fühlen. Die würden erfahrungsgemäß auch jedes Eindringen zu einer schmerzhaften Tortur machen.

Ich selbst, aber auch einige meiner Kameraden, hatten bereits in der Grundausbildung vom kilometerlangen Marschieren mit vollem Gepäck immer wieder mal schmerzhafte Ausstülpungen bekommen, die ständig juckten, sifften und bei großen Deals störten. Man musste wochenlang warten, bis sich die madendicken, lila-bläulichen Blutsauger wieder in den Darm zurückgezogen hatten. Der Feldarzt gab uns Creme mit Einführstutzen und erklärte, das wäre eben Veranlagung. Aber da wir keine Homosoldaten sein wollten, schmissen wir die Tuben immer gleich in die Latrine.

Ich streife mir den Sweater umständlich über den Kopf und schaue in das verschwitzte, zufriedene Gesicht von Helen. Rings um ihren Mund ist die Haut schon ganz rot von ihrem eigenen Speichel. Sie rutscht an meinem Bauch hinauf und schmiegt ihren Kopf ganz eng in meine Halsbeuge.

Ich bin so überwältigt vom Geruch der dichten warmen Haare, dass ich eine schlimme Schnappatmung bekomme. Sie missdeutet das wohl als Zeichen dafür, wie es körperlich um mich steht, und versucht, an mir herunterzugleiten, aber ich drücke meinen Unterleib fester an ihren Oberschenkel. Helen spürt die Härte und greift reflexartig zu. Ich umfasse ihre Hüften, schiebe sie so weit hoch, dass ich ihr direkt in die Augen schauen kann, dann drücke ich meine Lippen auf ihre und schiebe meine Zunge in ihren Mund.

Helen küsst wilder. Als wolle sie zeigen, dass sie auf diesem Gebiet einige Erfahrung hat. Sie wühlt sich mit ihrer erstaunlich dicken Zunge bis tief zu meinem Zäpfchen vor. Ihre Hand gleitet rhythmisch an meinem Schwanz auf und ab. Schneller werdend. Hat Helen etwa doch Angst vor mir bekommen – oder um mich? Egal, es tut nur gut: Ihre Finger an meinem Schwanz, die Zunge in meinem Mund. Als es mir zu viel wird, quetsche ich ihre Pobacken so fest, dass sie mir unabsichtlich auf die Lippe beißt, und spritze alles, was Prostata und Hoden hergeben, in perfektem Bogen auf meinen eigenen Hals. Ein paar kleine Spritzer schaffen es sogar bis auf linke Wange und Lid.

Helen lacht zufrieden. So zufrieden, wie eine lacht, die gerade einen langen Schulaufsatz vor der Zeit beendet hat.

»Frühstück?« Ohne meine Antwort abzuwarten, geht sie in die Küche und hantiert munter drauflos.

Ich greife meinen noch halb steifen Schwanz, schließe die Augen und rufe mir die noch frischen Bilder zurück. Der Sessel quietscht leise. Ich drücke und quetsche, ich schwitze und stöhne, aber dann fließt es ein zweites Mal aus mir heraus. Helen kommt mit zwei Kaffeebechern zurück. Sie hat Milch reingetan, aber keinen Zucker.

»Woher wusstest du?«

Die invalide Libelle

»Was denkst du: Ist das Leben lang oder kurz?« Helen sitzt mit angezogenen Füßen auf dem Sofa und schneidet sich die Fußnägel. Das bordeauxrote Sweatshirt geht ihr bis über die Hüfte, sodass man ihren Slip nicht sehen kann.

»Mensch, schmeiß mal deine Nägel nicht alle auf den Teppich.« Helen schaut mich verwundert an, beugt sich dann aber weit vor und zieht sich das Prisma-Fernsehprogramm an die Tischkante, um die frischen Nägelhalbmonde darauf abzulegen. »Wenn man eine Kugel in den Kopf kriegt …« Helen guckt verständnislos. »Das Leben«, erkläre ich.

»Ach so«, sagt Helen enttäuscht. Ich trinke die Neige aus meiner Adelskronen und zünde mir eine West an.

»Hmm, ich glaube, es hat was mit Wiederholungen zu tun.«

Schön, ein bisschen zu quatschen und nachzudenken. Ich sitze gern einfach nur mit Helen rum. Mit jemandem den Raum zu teilen macht mir nicht immer Spaß. Natürlich, mit den Kameraden auf Stube, das folgt klaren Regeln und gehört einfach dazu. Das wäre sonst so, als würde sich eine Ameise eines Tages im Ameisenhaufen umschauen, und da wäre keine weitere Ameise. Totale Einsamkeit.

Trotzdem bin ich kein geselliger Typ. Gerade wenn es um das Beisammensein mit Frauen geht. Helen ist da die Ausnahme. Vielleicht bin ich deshalb gerade so zufrieden. Ob das schon so etwas wie Liebe ist? So weit sollte ich nicht gehen. Aber vielleicht lüge ich mir da auch was in den Tornister. Ich habe manchmal Angst, dass sie irgendetwas sagen oder fragen könnte, das die Atmosphäre kippen lässt.

Als ich Bessy zum ersten Mal mit nach Hause brachte, hat Dad mich anschließend zur Seite genommen und mir einen Rat gegeben: »Wenn du eine Frau kennenlernst, mit der du schweigen kannst, heirate sie.«

Helen schaut mich erwartungsvoll an.

»Ich bin mir ziemlich sicher, dass Wiederholungen das Leben kürzer machen. Das Gleiche immer wieder zu erleben oder immer wieder erleben zu wollen. Ältere machen das oft nur aus Angst vor dem Sterben oder aus der Macht der Gewohnheit. Ich glaube, wenn man erst so weit ist, dann ist das Leben auch schnell vorbei.« Beim Nachdenken über Helens Frage bin ich einem kleinen Geheimnis auf die Spur gekommen. »Neulich stand was über so einen Opa in der Zeitung, der zum 5000sten Mal den Brocken bestiegen hat. Der konnte das nachweisen anhand von Stempeln in seinen Wanderbüchern. Der bekam eine ganze Seite, mit Porträt und so. Ich fand es einfach nur traurig.«

Helen deponiert die Nägelstückchen im Mittwoch und Donnerstag des Prisma-Fernsehprogramms, indem sie die Seiten einfach herausreißt und zerknüllt. Zwei Tage ohne Programm. Muss ich mich also morgen und übermorgen im Internet schlau machen. Aber ich bin gerade zu sehr mit dem Leben beschäftigt und denke weiter angestrengt nach: »Was für Fragen ans Leben können da noch offen geblieben sein, wenn man 5000 Mal denselben Weg gegangen ist?« Ich schalte den Ton vom Fernseher mit der Fernbedienung auf stumm. »Das Leben ist doch so lange nicht vorbei, wie noch genug Fragen offen sind.«

Helen lächelt und sagt: »Ja, das klingt schön. Ich liebe Aha-Erlebnisse.« Sie dreht sich mit den Zähnen eine neue Adelskronen auf, streicht ihr Haar mit der Rechten zurück, trinkt einen Schluck, rülpst ziemlich dreckig, grinst darüber und erzählt weiter: »So ab meinem fünfzehnten Geburtstag kamen die plötzlich Schlag auf Schlag. Ich habe heute manchmal direkt Angst, dass die weniger werden. Meinst du, man kann nach Aha-Erlebnissen süchtig werden?« Ich schüttle ernst den Kopf, schweige und hoffe, dass sie mehr erzählt.

Ich mag Helens Stimme. Oft versucht man ja schon beim Zuhören, einen Hintergedanken des Erzählenden mitzudenken. Das kann bisweilen anstrengend sein. Aber bei Helen ist da nur reinstes klares Wasser. Könnte was mit Vertrauen zu tun haben. Vielleicht ist Vertrauen eine Art Vorstufe von Liebe. Ob Helen mich irgendwann richtig lieben könnte? Mit zittrigen Knien? Oder ist das bei Frauen nur am Anfang so?

Bei Bessy bekam ich noch nach Monaten eine Gänsehaut, allein beim Anblick ihres Rückens, wenn sie schlafend nackt auf dem Bett lag, oder wenn sie mich von irgendwo anrief und mir was Nettes ins Telefon zirpte. Dazu habe ich mir damals, als es mit Bessy zu Ende war, sogar eine Theorie zurechtgelegt, die mir immer noch logisch erscheint: Ich glaube, dass Männer am Anfang noch sehr cool und reserviert sind, ihre Gefühle erst allmählich steigern und dann auf einem ziemlich hohen Level einpendeln können. Frauen hingegen beginnen furchtbar stürmisch auf einem viel zu hohen Level und sind danach nur noch am Meckern und Nöhlen, wenn es zwangsläufig bergab geht. Latente Unzufriedenheit und eine ständige Sehnsucht nach dem Kick der ersten Wochen.

Mit Helen ist das allerdings anders. Sie war und ist, was mich angeht, alles andere als stürmisch. Impulsiv, ja, aber eigentlich in jede beliebige Richtung. Ich glaube, das liegt daran, dass wir keinen klassischen Date-Anfang hatten. Keine vorsichtigen ersten Blicke, keine Verabredungen mit zittrigen Knien und keine SMS oder Mails mit bemüht eloquenten Inhalten. Alles, was zwischen uns entstanden ist, hat etwas von einer unerwarteten Zugabe.

Helen erzählt, dass sie früher viel über das Weltall nachgedacht hat. Sie wollte schon als Kind von jedem wissen, was hinter dem letzten Stern kommt. Klick habe es bei ihr gemacht, als sie sich das Universum als Ring vorgestellt hat, der mit vielen anderen Universenringen verbunden ist, die alle so schnell in sich selbst kreisen, dass es gelegentlich zu Überschneidungen kommt. Das wäre dann die Erklärung für sie gewesen. Ich nicke verständnisvoll, obwohl ich es nicht genau verstanden habe.

Triftiger klingt für mich das Aha-Erlebnis, das ihr klargemacht hat, dass es keinen Gott gibt. Ihre Oma war gestorben, und der Sarg wurde in die provisorisch mit Kunstrasen ausgelegte Grube hinabgelassen. Einer der Sargträger kaute lässig Kaugummi. Als Helen an die Reihe kam, der Oma ein Schippchen Erde auf den Deckel zu werfen, schaute sie in das dunkle Loch und musste auf einmal laut lachen: Das einzig Transzendente ist die Erinnerung der Weiterlebenden! Oma war nicht im Himmel eines Allmächtigen, sondern der Himmel war in Helen, in ihren liebevollen Erinnerungen. Seitdem denkt Helen besonders gerne an ihre Großmutter, weil sie weiß, dass Oma so noch weiterlebt.

Irgendetwas Größeres ist durch die Terrassentür direkt in die Hängelampe geflogen und findet jetzt nicht mehr heraus. Es knistert und knuspert viel lauter als sonst, wenn sich da ein Falter oder eine Motte verirrt. Helen schaut wie gebannt hinauf. Als ich mir eine weitere West anstecke und sie erkennt, dass ich die Sache in meinem Kippsessel aussitzen will, verlässt sie das Sofa, das mittlerweile zu ihrem liebsten Platz in der Wohnung geworden ist, klettert vorsichtig über mich rüber und stellt sich breitbeinig auf meine Sessellehnen. Ich schaue unter den Sweater, greife nach einer Krücke, die neben dem Sessel steht, pickse ihr mit der Spitze vorsichtig ans Höschen und versuche den dünnen Stoff etwas zur Seite zu schieben. Aber Helen zappelt so sehr, dass ich jedes Mal abrutsche.

Das Knispern in der Lampe hat plötzlich aufgehört. Helen springt, ohne sich abzustützen, von den Lehnen. Der Sessel ächzt gefährlich laut, und der Dielenboden unter dem Teppich schwingt kurz nach. Schützend hält sie etwas in ihren Handflächen. Sie schaut mit großen Augen ganz vorsichtig durch einen kleinen Spalt zwischen ihren aneinandergelegten Daumen.

»Toni«, flüstert sie ganz leise, »eine Libelle!«

Ich antworte ungläubig: »Um diese Jahreszeit, das kann eigentlich nicht sein.« Sie schaut mich triumphierend an, kommt herüber und öffnet dann ganz vorsichtig vor meinen Augen ihre Handflächen. Und tatsächlich, auf ihren Fingern sitzt ein Prachtexemplar und schaut mich mit schillernden Facettenaugen so intensiv an, dass ich zurückzucke. Eines von Helens nackten Knien zittert vor Aufregung.

»Ein Flügel ist abgeknickt, die musst du töten, wenn du sie nicht quälen willst.« Aber Helen schaut mich wütend an.

»Bist du bescheuert? Töten. Töten. Na, das sagt ja genau der Richtige.« Dann greift sie sich ein Wattestäbchen von Kanells Medizintischchen und streicht dem Insekt ganz vorsichtig zwischen den Flügelpärchen über den glänzenden Leib. »Toni, hast du Holzleim?«

Helen setzt das Tierchen in Zeitlupe auf den Freitagsteil des Prisma-Heftes. Auf dem Wattestäbchen balanciert sie einen winzigen Tropfen Leim, während sie mit einem zweiten Stäbchen mit äußerster Vorsicht den angeknickten Flügel anhebt und in die Ursprungsposition zurückbiegt. Ganz erstaunlicherweise rührt sich die kleine Bruchpilotin nicht von der Stelle, und Helen platziert den Minitropfen exakt auf dem Riss. Dann beugt sie sich ganz dicht mit weit geöffnetem Mund über das zierliche Wesen und haucht mit ihrem warmen Atem vorsichtig den Leim trocken. Anschließend legt sie ihre geöffnete Hand abwartend vor ihm hin. Die Nymphe klettert mit ihren Spinnenbeinen hinauf und macht es sich genau auf Helens Lebenslinie bequem. Helen trägt sie auf nackten Zehenspitzen zurück in den Garten.

Ist das Leben schnell vorbei? Für eine Libelle sicher schneller als für einen Menschen, wenn der nicht gerade auf den afghanischen Zitronenmann trifft. Aber manchmal hat eben auch eine Libelle das Glück, nach einem großen Bäng auf jemanden wie Helen zu treffen und kann noch auf ein paar glückliche Tage hoffen.

»Zwo für Scheilo!«

Der verdammte Äthiopier hat die Tamponage wieder viel zu hektisch und eng gestopft. Ich habe es ihm auf den Kopf zugesagt: »Du stehst unter Zeitdruck, das merke ich sofort.« Mir reichen wenige Zeichen, wie er beispielsweise seinen Kaffee trinkt oder sich durch die Wohnung bewegt. Seine sonst so angenehm flüssigen, grazilen Bewegungsabläufe stocken dann merkwürdig. Manchmal braucht es aber nicht einmal das, dann reicht mir schon ein merkwürdiges Gefühl. Zwischen mir und Kanell hat sich in den letzten Monaten eine Intimität entwickelt, die heute früh allerdings eine recht einseitige war. Für ihn ist das Tamponagen-Prozedere nach wenigen Minuten Geschichte, für mich kann es unter solchen Umständen für viele Stunden bittere, schmerzhafte Gegenwart sein.

Ich taste mich vorsichtig den Bürgersteig voran – Schritt für Schritt und dabei jede Unebenheit vorausahnend. Ich spüre es bereits deutlich, heute wird es wieder verdammt schwer, meinen Minimalanforderungen an mich gerecht zu werden: wenigstens zweimal am Tag ein paar Schritte zu gehen, morgens eine Straße weiter zum Lottomann, Brötchen und Zeitung kaufen, mittags nach Möglichkeit noch eine Runde um den Block.

Schweiß rinnt mir aus der Leistengegend direkt in die Mulltamponage. Langsam atmen. Ein Nachbar kommt aus der Ferne angeradelt. Schnell ein paar unverbindliche Grußformeln bereithalten: »Guten Tag. Einen schönen Tag. Grüß dich. Ich grüße Sie. Geht's gut?« Gott sei Dank ist es nur Shiloh auf seinem ebenso glänzenden wie klobigen Rentnerfahrrad mit tiefem Einstieg.

»Na, Toni, wieder unterwegs?« Ich klopfe ihm kurz mit der Krücke und dem kürzesten Lächeln der Welt an die Jacke.

»Au Backe ...«, fängt der Alte gerade an auszuholen, aber ich bremse ihn schnell aus: »Der Äthiopier hat wieder gefuscht. Der Ochse hat mich so vollgestopft mit Tampons, ich könnte schreien...«

Shiloh zeigt nach oben in den Himmel: »Schau mal da, ein Zeppelin!« Ich grinse nur schwach, tue ihm aber den Gefallen und schaue suchend nach oben. Da ist natürlich weit und breit nichts zu sehen, außer ein paar unentschlossenen dunkleren Wolken, die ganz eng unter einer dichten weißen Decke hin- und herwabern. Als ich mir die unerwartete Helligkeit wieder aus den Augen reibe, schlägt er mir kameradschaftlich auf die Schulter.

»Wird schon werden, Toni. Sei froh, dass du Helen hast. Bestell ihr unbedingt Grüße und sag ihr, nächstes Mal mache ich ihr den überbackenen Rosenkohl, den sie so gerne mag.« Er klopft mir ein zweites Mal freundschaftlich auf den Rücken, schaut noch mal nach oben, lacht und schiebt sein Rad Richtung Garten.

Die Schmerzen sind jetzt nicht mehr intervallartig, sondern anhaltend und ziehend. Bis zu mir sind es aber immer noch vier Häuser. In solchen Momenten hat sich die Methode der etappenweisen Ablenkung bewährt: Ich hangele mich entlang fester Verschnauf- und Fixpunkte. Einer davon ist hier bei Nachbar Shiloh. Über seiner Self-made-Gartenpforte, die er gerade umständlich mit der Rechten und dem schweren Rad in der Linken zu öffnen versucht, schwankt an einem zweckentfremdeten rostigen Kinderschaukelgestänge ein hölzernes Schild. »Shiloh-Ranch« steht da, eingebrannt in traditioneller Lötkolbentechnik. Ich lehne mich mit dem Bauch an die brusthohe Windschutzmauer vor den Mülltonnen und blicke in die rechteckige Gartenparzelle, die man gut von der Straße aus zwischen den Häusern hindurch einsehen kann. Wie alle anderen in der Nachbarschaft auch ist sie 35 Meter lang und 10 breit. Aber Shilohs 350 Quadratmeter unterscheiden sich unübersehbar von den anliegenden: Lose verteilt im kurz geschorenen Gras stehen und liegen geschätzte einhundert moos- und flechtenbesetze Plastik-, Metall-, Ton-, Stein- und Stofftiere ganz unterschiedlichen Alters. Das schlanke Storchenpaar hat schon fast alle Farbe verloren, und das harte Plastik hat über die Jahre den Grauschleier alter Monoblockstühle angenommen. Dem kürbisgroßen Keramikfrosch ist wohl in einem der letzten Winter ein Auge abgefroren. Das liegt jetzt in der Nähe des mit Regenwasser vollgesogenen Stoffkrokodils. Die wattierten Innereien sind teilweise herausgequollen. In den Zweigen des dickstämmigen Apfelbaums hängen wippenartig gebogene Drähte, auf denen viele schon angeschimmelte Vogelattrappen ihr Dasein fristen. Ein aus Shilohs Küchenfenster über mehrere ausrangierte hölzerne Bohnenstangen verlegtes Stromkabel versorgt diverse Springbrunnen und Lichterketten. Die grünen und blauen Lauflichtschnüre leuchten bei Shiloh nicht nur zu Weihnachten, sondern das ganze Jahr.

Natürlich muss auch Shiloh irgendwann neu zugezogen sein. Im Gegensatz zu allen seinen Nachbarn wohnt der runzelige Alte aber schon so lange hier, dass keiner sich mehr darin erinnern kann. Vor nicht ganz so langer Zeit konnte sich ein Neuer seinen gewöhnlichen deutschen Namen nicht schnell genug merken und nannte ihn einfach Shiloh. Und weil jeder sofort wusste, von wem die Rede war, nannten ihn nach und nach auch alle anderen in der Straße so. Sogar er selber bestellte seine zwei Sonntagsbrötchen beim Lottomann irgendwann kurz und bündig mit »Zwo für Scheilo!«

Es dauerte nicht lange, und Helen hatte auch Shiloh verzaubert. Shiloh freundet sich nicht mit jedem an, und es bleibt ein Rätsel, nach welchem Muster er seine sparsame Gunst verteilt. Mir wurde früh eine gewisse Zuneigung zuteil, aber was er Helen entgegenbringt, ist etwas Besonderes. Helen wird von ihm mit Dingen beschenkt, die sonst nur Kindern vorbehalten sind. In der Hauptsache sehr große schwere Klarsichtflummis, in die Plastiktiere eingebettet sind: Dinosaurier, Tiere der Savanne, bunte Vögel und schillernde Insekten. Mehrmals schon bin ich in der Wohnung auf so einem tückischen Ding ausgerutscht und musste mitunter Stunden warten, bis Kanell kam und mir hochhalf.

Begonnen hat die gegenseitige Faszination der beiden, als ich Helen bat, von Shiloh einen besonders feinen Sternkopfschraubenzieher zu leihen, um damit die Lehne meines Kippsessels, die sich bei einer von Helens akrobatischen

Einlagen gelockert hatte, wieder festzuziehen. Als Helen endlich nach Stunden zurückkam, sprudelte sie förmlich über vor Begeisterung.

Shiloh lebt in einem Haus, dessen Aufteilung der von meinem auf den Quadratmeter gleicht, nur dass seines noch unrenoviert ist und mit Kohle beheizt wird. Er bewohnt die Erdgeschosszimmer mit Küche und Toilette. Einen Kellerbaderaum mit einem hohen Badeofen, der mit Holzscheiten befeuert wird, teilt er sich mit der dicklichen Alleinstehenden, die das Stockwerk über ihm bewohnt.

In Shilohs Wohnwelt ist jeder Quadratmeter, einmal abgesehen von zwingend notwendigen schmalen Gängen vom Bett zum Schrank, von der Tür zum Ofen und zurück zum Sofa, zugestellt mit einer unfassbar reichhaltigen Konsum- und Warenwelt. Nicht tausendundeine Nacht, sondern eine verzwickte Mischung aus gut sortiertem Dorfkramladen, üppig ausgestatteter Metallwarenhandlung und mittelgroßer Geschenkboutique der Sechziger- oder Siebzigerjahre.

Bereits zwischen Gardine und Scheibe der Wohnungstür erwartet den seltenen Besucher nicht etwa nur ein »Warnung vor dem Hunde«-Schild, sondern so ungefähr alle Varianten der letzten 25 Jahre. Wer eine der mehr als ein Dutzend Klingeln betätigt, könnte von dem nicht enden wollenden Gepiepse eines elektrischen Kanarienvogels aufgeschreckt werden oder von einer metallisch schnarrenden Version des Big Ben. Wer seinen Fuß über Shilohs Schwelle setzen darf, wird sofort zu einer kühnen Drehung Richtung Wohnzimmer gezwungen, will er nicht über einen der vielen randvollen Schirmständer fallen: Werbeschirme der

AOK, der Republikaner, der Allianz-Versicherung, mehrere mit R6-light-Logo, aber auch schlichte schwarze. Außerdem etliche Gestelle ohne Bespannung, die wohl als Ersatzteillager dienen.

Im Wohnzimmer trifft man zwar auf alle Insignien, die so einen Raum normalerweise auszeichnen: Tisch, Sessel, Schränke und Regale. Es gibt nur keinen einzigen freien Millimeter Stellfläche mehr. Weder am Boden noch auf den Möbeln. Allein das Sofa mit dem hellen Fellbezug und mehreren Autonotfallkissen an der Kopfseite ist noch nicht vollständig bedeckt. Hunderte Pokale, Becher und Teller einer wild zusammengewürfelten, staubigen Zinnsammlung füllen die Regalbretter. Auf dem Schreibtisch grast friedlich eine afrikanisch-asiatische Herde von Elefanten in allen Größen und aus allen vorstellbaren Materialen, jedes Tier ordentlich mit dem Kopf zum Fenster ausgerichtet. Eine Delphin-Flaschenöffnersammlung umfasst bestimmt dreißig verschiedene Edelstahlflipper mit Öffnerloch in der Schwanzflosse. Dutzende Fernbedienungen liegen akkurat in Reihe, jede in Infrarotverbindung zu einem der überall gestapelten oder hängenden Fernseh- und Musikgeräte. Auf dem Boden berühren schlanke und bauchige Vasen hüfthohe, grimmig guckende Gartenzwerge. An den Wänden hängen Kante an Kante: Kupferreliefs, Landschaftsbilder in Öl und Holzteller mit regionalsprachlichen Sinnsprüchen. Was Helen daran aber so fasziniert, sind nicht die einzelnen Exponate, dieser Kanon des Sammelwürdigen, sondern eine gewaltige Intimität, die sie so offen ausgebreitet noch nie erlebt hat.

Als sie von ihrem ersten Besuch bei Shiloh zurückkam,

überschlug sich erst ihre Stimme, dann wurde sie sehr still. Irgendwann hatte sie wohl ihre Eindrücke und Gedanken sortiert, lehnte sich an mich, umschlang rückwärts gewandt mit ihren Armen meinen Nacken, schob vorsichtig mein Sweatshirt hoch, kuschelte sich ganz eng an meinen Bauch und erklärte mir, dass eine Sammlung sehr viel über den Menschen erzählt, der sie zusammengestellt hat. Viele würden schon allein deshalb ihre Sammlungen wegschließen, denn man könne darin lesen wie in einem offenem Buch. In Shilohs Wohnung wäre es vorhin so gewesen, als würde man ihr gleichzeitig Dutzende von Geschichten erzählen, eine trauriger, aufregender, spannender, romantischer und erotischer als die andere. Das habe sie atemlos gemacht. Helen sah darin Menschen und anrührende Schicksale, die irgendwann und irgendwo durch einen weggegebenen Gegenstand mit dem Shilohs verbunden worden waren. Und jetzt auch mit ihr.

Shiloh tut ihr offensichtlich gut. Jedes Mal, wenn wir – oder sie allein – zurückkommen, ist es, als hätten sich ihre Batterien neu aufgeladen. Aber Helen wird auch zunehmend unruhiger. Irgendwie scheint ihr die Ladezeit zu lange zu dauern, oder die Besuche haben etwas Suchtartiges bekommen, das nach Steigerung verlangt. Manchmal geht sie jetzt schon nach wenigen Minuten allein ins Nebenzimmer, stöbert in Schubladen, auf Regalen und berührt alles, was greifbar ist. Zieht ungefragt übergroße Oberhemden über, die in meterhohen Stapeln herumliegen, und taucht ihre kleinen zarten Finger so vertrauensvoll wie neugierig in alle Körbe, Kisten und Dosen, um nur noch mehr Überraschungen ans schummrige Licht zu befördern. Zu meiner großen

Verwunderung lässt Shiloh sie dabei wie selbstverständlich gewähren, ja, ich habe sogar den Eindruck, er ermuntert sie dazu.

Die beiden kommen fast ganz ohne Worte aus. Hat Helen etwas Aufregendes entdeckt oder neu gruppiert und zusammengestellt, schaut sie kurz zum Alten rüber, der auch sofort aufblickt und sie anerkennend anlächelt. Ich komme mir zunehmend ausgeschlossen vor, zumal Helen immer öfter und kaum, dass wir in Shilohs Wohnung sind, behauptet, ihr sei fürchterlich warm, oder sie müsse ein paar Kleidungsstücke anprobieren, nur um sich möglichst rasch ihrer Oberbekleidung zu entledigen. Sie läuft dann nur noch auf Socken, in Slip und BH zwischen den ganzen Sammlungen umher, streift an den Dingen entlang, nimmt sie in die Hand und drückt und reibt sie an ihrer Haut. Auch mir scheint die Wohnung immer wärmer zu werden. Die alten Kohleöfen glühen, und mir bricht jedes Mal der Schweiß aus, der dann in die Tamponage läuft und fürchterlich zu brennen beginnt.

Helen ist neunzehn und Shiloh weit über siebzig. Es gibt also kein Gefühl von Eifersucht, das mich zwingen würde, Helen jedes Mal zu begleiten, und so lasse ich sie immer öfter alleine zu Shiloh gehen.

Einmal allerdings verwirrten mich die beiden dann doch: Auf dem Weg vom Lottomann will ich Helen aus der Wohnung des Alten abholen, und als ich gerade den Finger hebe, um den elektrischen Kanarienvogel piepen zu lassen (die kleine Klingel mit dem gelben Punkt), bemerke ich, dass die Tür einen Spalt weit offen steht. Helen ist oft so aufgeregt, dass sie vergisst, hinter sich die Türen zu schließen. Ich gehe also mit dem bei Shiloh notwendigen Krückendrehschwung gleich über den Flur ins Wohnzimmer. Als ich mich an das Dämmerlicht gewöhnt habe, sehe ich Helen ganz entspannt auf dem durchgesessenen flokatibezogenen Sofa liegen, mit dem Kopf auf den Notfallkissen. Sie trägt nur noch einen BH und ist über und über bedeckt mit Shilohs Elefantensammlung. Sogar auf der Stirn steht ein kleiner weißer Jumbo aus Elfenbein, und den mächtigsten hölzernen aus Bali mit den aufwendigen Einlegearbeiten hat sie mit dem Rüssel vorweg zwischen ihren leicht geöffneten, fast schneeweißen Schenkeln vergraben. Erst jetzt bemerke ich Shiloh, nur mit einer weißen, zerschlissenen Unterhose bekleidet und mit Helens nackten Füßen auf dem Schoß. Die beiden sind wie in Trance und nehmen gar nicht wahr, dass ich in den Raum getreten bin.

Mir war seltsamerweise sofort klar, dass sich dieses Bild nicht sexuell erklären ließ. Die Elefanten waren zu sorgsam aufgestellt und Helen atmete äußerst ruhig und vorsichtig, damit keiner herunterfallen konnte. Hier musste etwas Außergewöhnlicheres passiert sein als Sex. Die beiden sahen so glücklich aus, dass ich mich so vorsichtig zurückzog, wie es mir meine Krücken in der Enge der Wohnung erlaubten.

Ich war noch nicht zu Hause angekommen, als Helen fröhlich hinter mir rief: »Toni, warte, ich begleite dich!« Sie nahm eine der Krücken, hakte mich unter und bat mich kichernd und flüsternd, ob ich nicht gleich ein bisschen an ihren Vanillekipferln saugen könnte. Ich lächelte sie dankbar an und spendierte ihr ein Toni Schumacher würdiges »Gebongt, ein bisschen Ficken ist immer gut für die Kondition!«

Gabi Gangbang-Lady

Helen masturbiert erstaunlicherweise beidhändig. Sie behauptet, ihre Freundin Corinna könne das auch. Helen schafft es sogar, mir mit einer Hand richtig schön eng den Schwanz zu wienern, während sie es sich mit der noch freien anderen Hand selbst besorgt. Welche Hand was macht, ist ihr dabei völlig egal.

Haben Frauen vielleicht doch besser vernetzte Gehirnhälften? Ich habe immer geglaubt, die Mär vom intensiveren Orgasmus der Frauen läge nur darin begründet, dass Frauen zu wenig von Männern verstehen und also nicht dafür sorgen können, dass es für uns ein ähnlich intensives Erlebnis wird. Es könnte aber auch sein, dass Männer von der Evolution absichtlich darauf programmiert wurden, den Verstand immer angeschaltet zu lassen. Sonst wären wir in grauer Vorzeit wahrscheinlich alle beim Ficken erschlagen worden. Also, streng genommen schulden Frauen den Männern da eigentlich was für. Die Männer haben schließlich seit dem allerersten Fick dafür gesorgt, dass sich aus einem gepflegten Verkehr nicht überraschend ein erzwungener Gangbang mit den Männern aus der verfeindeten Nachbarhöhle ergab. Aber das mit den Gehirnhälften muss ich trotzdem gleich mal googeln.

Ich ertappe mich immer wieder dabei, dass ich mir selbst unbewusst Regeln aufstelle. Für alles und nichts: Erst eine Kippe anstecken, dann die Zeitung aufblättern. Erst den rechten dann den linken Socken. Erst den Kaffee auf den Untersetzer, dann den Laptop anschmeißen. Selbstverständlich sind auch meine Exkursionen im Internet diesen autistischen Regeln unterworfen: Ich würde nie darauf kommen, mal eben spontan irgendein interessantes Banner anzuklicken. Ich klicke, wenn überhaupt, nur Links an, die mir Freunde empfehlen. Ins gmx-Postfach schaue ich nur morgens und abends, selten noch ein drittes Mal, wenn ich eine wichtige Antwort auf eine Frage erwarte. Meine Seite auf Facebook mag ich lieber als die MySpace-Seite, die ich mal hatte. Da nerven die bunt gestalteten Seiten mit den fies langen Ladezeiten. Aus Angst, was Dummes zu schreiben, werden auch die Kommentare immer kürzer. Aber wahrscheinlich waren die nie länger, es nervt mich nur immer mehr.

Auch auf Facebook scheint es mir manchmal so, als würde die Hauptanstrengung der meisten Nutzer nur darin bestehen, ihr Profil mit möglichst prominenten Freunden zu dekorieren. Ich schaue bewusst nur noch nach hübschen Frauen, egal, welcher Altersklasse. Meine älteste Freundin ist 57 und hat mir Bikinifotos geschickt, die wirklich sexy sind. Und natürlich schreiben Kameraden. Bevorzugt die unteren militärischen Dienstgrade. Freund-Anfragen lehne ich sonst alle ab. Ist mir zu undurchsichtig. Zu anbiedernd. Haben die keinen Stolz? Ein paar der Kameraden melden sich regelmäßig. Auch zwei, die mit mir drüben waren. Denen antworte ich gern.

Ich gieße mir Kaffee nach und stelle die Tasse links neben die Maus. Ist das hier kalt heute, ich schlottere richtig.

Hat Kanell etwa aus Versehen die Heizung runtergedreht, oder ist sie kaputt? Nur gut, dass ich immer zwei Decken bereitliegen habe, so brauche ich nicht extra aufzustehen. Während sich die Glut in die Zigarette frisst, erscheint die Gangbang-Seite von Hermann. Die kann ich sogar im Zehnfingersystem eingeben. Oft genug angeschaut.

Hermanns Handynummer steht dick auf der Startseite. Es wird sogar ausdrücklich darum gebeten, sich telefonisch anzumelden. Die Mehrzahl der Termine ist auf vormittags gelegt. Abends sind die Herren wahrscheinlich zu Hause bei der Ehefrau in größerer Erklärungsnot. Eine feste Summe, die zwischen 70 und 95 Euro schwankt, garantiert den Damen ein Taschengeld – natürlich immer davon abhängig, wie viele Herren buchen und was Hermann für seine Gastfreundschaft abzieht. Einige der Damen bieten vor und nach den Terminen Einzeldates an, bei Außerhausbesuchen auf eigene Rechnung. Da kann das Lösegeld schon einmal locker die 100-Euro-Grenze überschreiten. Der Aids-Schnelltest kostet 30 Euro extra und wird von den Damen vor Ort vorgenommen, die AO anbieten, also alles ohne Gummi und in den meisten Fällen dann auch Analverkehr.

Ich klicke auf »Unsere Mädels«. Dort findet sich irgendwo das Unterwäschefoto von Gabi. Jede Lady hat ihr eigenes Bild mit geprägtem Namen. Zu Gabis Begrüßungsfoto muss man sich ein bisschen runterscrollen. Liegt wohl daran, dass sie schon länger am Start ist. Die neuen Gangbangerinnen rücken nicht nach, die werden vorangestellt. Gabi sitzt brav in Jeans und dünnem Hemdchen auf einem Achtzigerjahre-Wohnzimmerstuhl. Rund geschliffene Lehnen und gemustertes Polster. Die Beine eng zusammengepresst. Gesprayte Haare. Auch Gabis Gesicht ist mit einer Blume überklebt, aber ich erinnere mich mühelos und fange an, in meinem Sessel unruhig hin und her zu rutschen. Gabi hat nichts Aufgesetztes. Auf mich wirkte sie vom ersten Moment unseres Kennenlernens ganz natürlich. Helen hat das später bestätigt.

Auf dem Foto hängen ihr die mittelgescheitelten Haare bis weit in den Rücken. Aktuell trägt sie die aber 20 Zentimeter kürzer, und sie ist noch dünner. Gabis Haut ist ganz hell, fast blass. Die Adern schimmern in feinen Linien durch. Ein kurzer Blick auf ihr Foto genügt, und automatisch wird mein Beschützerinstinkt geweckt. Was natürlich Quatsch ist. Die weiß ganz genau, was sie will und zu tun hat. Puffs sind nichts für mich. Ich verliebe mich einfach zu schnell in die Damen. Bei Gabi war das nicht anders. Und das, obwohl Helen dabei war.

Ich scrolle mich durch Gabis Fotosammlung. Sie sitzt auf ihrem Po und hat die Knie angezogen. Dazu trägt sie nichts außer hellblauen halterlosen Strümpfen. Auf dem Foto steht: 30, 1,61, 48, safer. Gabis Angebot ist im Vergleich eher eingeschränkt, aber das macht sie für mich auch attraktiver, sauberer. Gabi macht GV, also Geschlechtsverkehr, nur safer. Sie bietet keinen Analverkehr an, dafür hat sie Doppelvaginal angekreuzt und OV, also Oralverkehr, »ohne Spaßbremse« und mit echten »Deep-Throat-Qualitäten«, wie Hermann ergänzend kommentiert hat. »Zierliche kleine Oberweite. Auch sonst sitzt alles, wo es sitzen muss. Inklusive zwei niedlicher Grübchen am Po.« Helen hatte auch sofort auf Gabis Bild gezeigt. Nachher habe ich mich noch geärgert, dass ich nicht irgendwo eine Kamera versteckt hatte. Aber das wäre eigentlich auch nicht fair gewesen.

Helen versucht ihre Aufregung zu verbergen. Zum wiederholten Mal rückt sie die Gläser und mitgebrachten Getränke zurecht. Aus ihrem Rucksack kommt sogar noch Knabberzeug zum Vorschein: eine dieser Plastikboxen mit einzelnen Fächern für die verschiedenen Sorten. Schon vor einer Stunde hat sie sich nackt ausgezogen, bis auf einen neuen String mit glänzenden Nieten, der fast so aussieht, als wäre er aus echtem Leder. Den ganzen Vormittag hat Helen in einem Sexshop in der Innenstadt zugebracht.

»Da liefen voll die beknackten Typen rum.« Ich greife mir eine Handvoll von dem Knabberzeugs, das sieht sie aber gar nicht gerne. »Soll ich dir vielleicht noch ein Brot schmieren?«, fragt sie mich böse, als sie mir auf die Finger schlägt. Mit den Worten »Der hier ist für dich« wirft sie mir ein kleines, dünnes Paket zu, das sie aus der prall gefüllten schwarzen Sexshop-Plastiktüte zieht. Ich schaue fragend in ihre leuchtenden Augen.

»Mach doch mal auf!«, drängelt sie. Aber ich bin wohl zu zögerlich, und so schnappt sie sich das Päckchen wieder und reißt mit einem Ruck die blickdichte Schutzfolie auf. Zum Vorschein kommt ein String, genau wie ihrer, nur für Herren, also mit einem schwanzfassenden Ledersäckchen vorne. Triumphierend spannt sie das Teil an den Hüftbändern zwischen vier Fingern und schwingt dazu ihre Hüfte, als stünde sie irgendwo in Pattaya an der Chromstange. »Partnerlook!«, löst sie das Rätsel auf.

»Die hält uns für pervers«, antworte ich, stehe aber trotzdem aus meinem Sessel auf.

Helen zieht mir vorsichtig die Hose runter, dann hebe ich nacheinander die Beine und lasse mir das Teil anlegen. Anziehen wäre wirklich zu viel gesagt. Als sie mein Ding und die Kugeln in den Beutel stopft, wird das zu einem aufwendigen Unterfangen. Mir steht er schon auf Halbmast, und der Anblick der fast nackten Partnerlook-Helen ist nicht gerade geeignet, daran etwas zu ändern. Im Gegenteil: Ich greife beherzt nach einer von Helens Brustwarzen und rolle das süße Gnubbelstück zwischen Daumen und Zeigefinger. Aber Helen zuckt zurück.

»Mensch, lass doch mal, die ist jeden Moment da!« Die Tüte ist auch noch nicht leer. Helen greift rein und zieht ein paar Tuben, irgendein nützliches Spray und einen größeren durchsichtigen Plastikkarton heraus. Zuerst erkenne ich darin nur einen ziemlich mächtigen mattschwarzen Gummidildo, aber es sind auch noch zwei dünne Gurte dran und ein nicht ganz so kräftiger zweiter Dildo.

»Boah. Das haben sie dir ohne Ausweis verkauft?«, scherze ich etwas verlegen, aber Helen nimmt mich gar nicht wahr. Sie streift ihren kunstledernen Nietenstring wieder die blassen Beine hinunter, legt das Furcht einflößende Teil vor sich hin und geht ganz leicht, mit angespannten Oberschenkelmuskeln, in die Hocke.

»Gib mir mal die Tube da«, befiehlt sie mehr, als dass sie bittet.

»Welche, die hier?«, frage ich.

Sie schaut kurz auf die Packung, dann zu mir hoch: »Du Nappel, das ist doch das Wärmespray. Gib das daneben.«

Mich juckt's. Die neue Hose ist wirklich nicht bequem. Helen hat mir den String zu fest in die Ritze gezogen. Ich greife mit den Fingern nach hinten und lockere ihn ein bisschen. Mit den dicken Verbänden sieht er eigentlich ziemlich bescheuert aus. Als ich das aber andeute, widerspricht Helen vehement und behauptet, Gabi würde bestimmt voll drauf abfahren.

»Das ist eine Professionelle«, versuche ich ihr zu erklären, aber Helen meint, das hätte damit nichts zu tun. Sexy sei eben sexy, auch für jemanden, der damit seine Brötchen verdienen muss.

Mittlerweile hat sie die richtige Tube erwischt.

»Das ist ein spezielles Gleit- und Schutzmittel für einzuführende Gummiaccessoires«, doziert Helen, die Stimme des Kundenberaters imitierend. Eine Frau, wie sie mir vorhin versicherte. Aber ich war nicht ganz überzeugt; da lag so ein schiefes Lächeln auf ihren Lippen. Sie schiebt ihre Hüfte im unteren Bereich ein wenig nach vorne, um die mittlerweile geöffnete Tube noch besser zwischen ihre Rouladen zu platzieren.

»Wiiiu!«, quietscht sie, als sie sich das kalte Zeugs reinquetscht. Etwas tropft auf den Teppich. «Shit, zu viel.« Ich greife ihr mit den Fingerspitzen von hinten in die vollen Haare.

»Bist du wirklich sicher, dass das eine gute Idee war?«

Sie schaut kurz irritiert hoch: »Na logisch! Voll geil.« Sie drückt ihren Hinterkopf an meine neuen Nieten. »So was geht nur mit dir.«

Ich setze mich, wie ich bin, in den Kippsessel.

»Okay, egal was geht, wir sehen die ja eh nie wieder.«

Helen hört längst nicht mehr zu. Sie ist zu sehr damit beschäftigt, in die verdrehten Gurte zu schlüpfen. Das Gummi glänzt von dem vielen Öl schon ganz fleckig.

»Pfffff ...«, pfeift Helen, als sie sich das dicke lange Ende einführen will, obwohl die Riemen längst noch nicht richtig sitzen. Sie stopft und friemelt wie wild. Ich schaue fasziniert. Blut drückt in die Schwellkörper. Die Prostata pocht hektisch. Ich taste umständlich nach der Fernbedienung der Musikanlage. Ein Till-Brönner-Sound erklingt – die sanfte Trompete. Wie bei einem ersten Date, nur stehe ich in Nietenhöschen, und die Auserwählte hantiert hektisch am doppelten Vorbindepenis.

»Die gab's für 4,99. *Sexy Trompets*. Is cool, oder?«, stöhnt sie.

»Helen, das gehört andersherum!« In dem Moment klingelt es an der Tür.

»Dreißig Minuten zu früh!«, schreit Helen ebenso verblüfft wie erschrocken. Ich bekomme einen Lachanfall und Sekunden später das ölige Geschirr an den Kopf geknallt, während Helen ungeniert nackt zur Tür stolpert und auf dem Weg schnell noch auf den Lichtschalter haut.

Der Raum wird jetzt ausschließlich von der stumm geschalteten MDR-Sofatalkshow *Riverboat* und ein paar Kerzen erhellt. Eine, die Helen einfach auf Kanells Medizintischchen geklebt hat, neigt sich bereits bedenklich dem Teppich entgegen und tropft in einen immer größer werdenden Flecken Wachs. Scheiße, da muss ich Kanell bitten, das alles mühsam auszubügeln, und das kostet mich wieder extra. Ich wuchte mich hoch und robbe auf allen vieren mit vorsichtig ausgestrecktem Bein rüber zum Teppich. Mit den

Fingerspitzen kratze ich das überstehende warme Wachs vorsichtig weg. Mir ist kalt am Po. Aber ich gnibble weiter.

»Toni, Besuch«, flötet Helen hinter mir und klatscht mir auf den Nackten.

»Na, ihr seid ja schon mächtig in Fahrt«, höre ich die bestellte Gabi von der Gangbang-Seite zweifelnd sagen. »Hier ist jedenfalls der bestellte Pärchenunterricht«, fügt sie deutlich routinierter hinzu. Helen lacht schrill und klatscht wie in kleines Kind in die Hände. Gabi, noch im Mantel, wird von Helen an den Hüften umfasst. Als die Besucherin Helen, quasi als 1:1-Reaktion, direkt und ohne Umschweife ihre Zunge in den Hals schiebt, ist das Eis zwischen den Ladys gebrochen.

Helen steht nackt und artig vor Gabi, die sich inzwischen auf der Toilette frisch gemacht hat und ihrerseits barfuß und in einem erstaunlich schlichten, knielangen Baumwollkleid vor Helen steht.

»Damit willst du mich also gerne mal ficken?« Gabi legt Helen das Doppelgeschirr mit wenigen Handgriffen an, indem sie das etwas kürzere Ende zwischen Helens Rouladen schiebt, um dann die Riemen mit einem kräftigen Ruck festzuzurren. Helen steht wie angewurzelt mit Gummipenis und zittrigen Knien. Gabi schaut lächelnd zu mir im Sessel rüber. »Mach's dir erst mal bequem. Das könnte ein wenig dauern.« Dabei schiebt sie Helen, ohne extra aufzuschauen, Mittel- und Zeigefinger in die Nasenlöcher und zieht sie wie einen Ochsen am Ring ganz sanft in die Mitte des Raumes. Für mich eröffnet der kleine Ortswechsel einen perfekten Blick.

Hermann mit der freundlichen Stimme hat wirklich

nicht zu viel versprochen. »... auf Wunsch sehr initiativ, immer nett und äußerst unkompliziert«, hat er mir unaufgefordert am Telefon versichert. Ich hatte auf laut gestellt, und Helen hat sofort begeistert genickt.

Gabi dreht Helen, die Finger immer noch in ihrer Nase, mit einer pirouettenartigen Bewegung um deren eigene Achse, bis Helen uns ihren Rücken zukehrt. Wie kann man Brüste über alles lieben, wenn man einmal so einen Rücken gesehen hat? Helens Rückenmuskulatur gehört für mich zum Elegantesten, was der menschliche Körper zu bieten hat. Sex von hinten wird fälschlicherweise in vielen Kulturen immer noch als die primitivere Form der Vereinigung angesehen, die ihren Hauptreiz in der stumpfgeilen Betrachtung wackelnder Gesäßteile findet. Der Rücken aber wird maßlos unterschätzt.

Die dunklen Penisgurte schneiden schon tief in Helens blass-weiches Fleisch. Helen stöhnt ebenso überrascht wie berauscht. Sie hat sich offensichtlich in wenigen Sekunden mit dem spielerischen Gefühl des Ausgeliefertseins angefreundet. Die Gangbang-Kurtisane bindet ihr rasch noch mit dem Gürtel ihres Kleides die Hände auf den Rücken. Aber nicht einfach nur so, sie legt den Stoffstreifen zuerst vorne eng um Helens Hals, schmeißt die beiden Enden nach hinten und knotet die Fesseln. Helen röchelt, gemäß ihrer Rolle. Das Röcheln muss außerdem ein Signal gewesen sein, denn Gabi tritt ihr nun ohne Vorwarnung mit einer ihrer nackten Fußsohlen gerade so kräftig in die rechte Kniekehle, dass es Helen auf die Knie zwingt. Sofort schiebt Gaby ihr vier Finger tief in den Mundraum. Helen beginnt zu schmatzen wie ein Baby an der Nuckelflasche.

Nicht viel später zieht Gabi die Finger schon wieder zurück und drückt Helen grob nach hinten, sodass sie auf dem Rücken landet, die Füße unter dem Po. Ich klappe den Sessel eine Stufe weiter nach hinten und zünde mir eine Zigarette an. Im Fernsehen beugt sich Mareile Höppner, die spröde langbeinige Moderatorin, die aussieht wie eine Teheraner Version von Michelle Hunziker, gerade zu einem aufgeregten Gast hinüber und legt ihm beschwichtigend die Hand aufs Knie. Gabi steht über Helen und spreizt ihre Beine.

»Willst du das?«, fragt sie Helen auffordernd, die ihr direkt unter das Kleid schaut. Helen antwortet mit einem heiseren »Ja« und öffnet ihren Mund so weit sie kann. Gabi hebt die Arme und streckt sie so weit unter den Trägern hindurch nach oben aus, dass das dünne Kleid fast schwerelos an ihr heruntergleitet und auf Helens Gesicht landet. Gabi ist darunter völlig nackt. Ich hatte irgendwelche komplizierten Dessous erwartet, aber Helen und ich sind hier im Raum die Einzigen mit nicht alltagstauglicher Wäsche. Ich wippe im Kippsessel und die Nieten drücken mir schmerzhaft an die Hoden, als Gabi sich wie in Zeitlupe auf Helens Gesicht heruntersenkt. Als nur noch 25 Zentimeter fehlen, zögert sie berechnend. Ihre Pobacken sind jetzt aufs Äußerste gespannt. Ihre Scham ist nicht so ausgeprägt wie Helens. Die Lippen sind viel heller und durchgehend gestrafft wie dicke Einkochgummibänder. Nichts hängt heraus. Fast züchtig.

Helen schmatzt sehr laut und atmet schwer. Weiter unten zuckt der Gummipenis von ihren Hüftbewegungen, als würde sie ficken. Ich zerre meinen Schwanz unter den Nieten hervor und reibe ihn im Takt zu Helens Zuckungen. Ein

Gefühl von Peinlichkeit ist noch nicht eine Sekunde lang eingetreten. Aber das ist weniger uns zu verdanken als der einfühlsamen Regie von Gabi.

Gabi hat fast keinen Busen. Ich weiß gar nicht, ob es dafür überhaupt noch eine ordentliche Größenbezeichnung gibt. Eines weiß ich allerdings sicher: Selten hat ein Busen so wenig gefehlt. Als sich ihr wundervoll glatter, heller Rücken langsam nach vorne beugt und die mitten im Honigtöpfchen schleckende Helen sichtbar wird, muss ich, will ich nicht augenblicklich mitten in den Raum abspritzen, wohl oder übel eine kurze Rubbelpause einlegen. Dann winkt mich Gabi, ohne sich auch nur einen Millimeter umzudrehen, mit der linken Hand zu sich. Und greift sich so couragiert meinen Schwanz, dass ich Mühe habe mitzukommen.

Während Gabi den Kopf zur Seite dreht, um mich zu saugen, reitet sie gleichzeitig Helens Gummipenis. Helen drückt das Becken durch und stößt wild dagegen. Gabi stöhnt nicht und macht auch sonst keine auffälligen Geräusche. Sie atmet nicht einmal schwer. Aber das ist okay. Ich finde das sogar auf eine anrührende Art höflich. Sie macht uns nichts vor. Sie erledigt einfach ihren Job.

Gerade schaut sie aufmerksam zu mir hoch, legt dabei ganz vorsichtig ihren Arm um meine Hüfte, ohne die Verbände zu berühren, und drückt sich meinen Ständer so weit in den Hals, dass sich ihre Nasenspitze in meiner Schambehaarung verkriecht. Ich spüre deutlich, wie mir der klebrige Saft schon bis kurz hinter die Schwanzwurzel drückt. Ich lasse mir nichts anmerken, aber irgendein Glitzern muss Gabi wohl doch meinem Pokerface abgelesen haben, jedenfalls zieht sie ihren Kopf so ruckartig zurück, dass ein gewaltiger

Sog entsteht, greift sich die federnde Latte und gräbt ihre Fingernägel schmerzhaft zwischen Eichel und Schaft. Die Säfte fließen augenblicklich zurück.

Jetzt schnallt sich Gabi den Penis um und stößt Helen im Stehen von hinten, während ich vor Helen stehe, die eine ihrer zwischenzeitlich wieder entfesselten Hände in meinem Hodensack verkrallt hat. Gabi schaut mich an und lächelt. Ich lächle zurück. Ein schönes Gefühl: Wir verwöhnen Helen. Helen ist glücklich. Helen stöhnt: »Hmm, ja, ja, hmm.« Klingt fast ein wenig stereotyp, aber dann quetscht sie mir in der Aufregung so fest die Hoden, dass es wehtut, und ich vergesse, weiter darüber nachzudenken.

Mit hochrotem Kopf schaut mich Helen gierig an. Das kenne ich bereits. Sie möchte, dass ich sehe, wie sie kommt. Gabi erhöht das Tempo. Sie stößt das wirklich lange Ding jetzt bis zum Anschlag in Helen hinein. Aber die zuckt keineswegs zurück, sondern hält ihrerseits kräftig dagegen. Gabi steigert das Tempo, aber nur beim Rausziehen. Die Bewegungen in Helen hinein gestaltet sie aufreizend langsam. Und Helen reagiert wie ein Uhrwerk. Der ganze Raum duftet nach ihren Säften. Ich rieche frisch geschlagenes Eisenerz aus den Tiefen der Harzer Bergwerke. Ich fahre in einen trägen Seitenarm des Amazonas hinein, stickig wie in einer Brutkammer. Dann ist es wieder frisch wie an einer Hafenmole, und die jungen Fischer mit den braun gebrannten Oberkörpern filetieren ihren morgendlichen Fang.

»Kannst du Sandwich?«, fragt Helen und dreht sich dabei, fast auf dem Gipfel der Erregung, zu Gabi um.

»Willst du?« Helen nickt hektisch. Und während sie sich noch von dem Penis herunterdreht, greift sie bereits nach einer ihrer neuen Cremes, drückt sich eine lange Schlange in die Handfläche und schmiert sich die ganze Rosette damit voll. Helen möchte offensichtlich auf nichts verzichten, was man aus dieser Situation mitnehmen kann.

Gabi schaut sich kurz um, wählt dann den flachen Tisch aus und legt sich rücklings darauf. Sie rückt mit ihrem Po bis zur äußersten Kante vor. Im Fernsehen läuft jetzt der Abspann der Osttalkrunde. Die Gesichter der Anzugträger sind gelöst. Das Verhör ist überstanden. Mehr noch: Die junge Linke, die als einzige etwas bedeppert dasitzt, musste Lehrgeld bezahlen. Mareile Höppner ist nicht zur Hilfe gekommen, als die rothaarige Genossin von der Eloquenz der Altverdienten und von einer düsteren Kolonne unbestätigter Zahlen überrollt wurde. Dafür braucht man keinen Ton. Das sieht man auch so. Ich denke kurz an Katja und ihren gewaltigen Po. Der Gummipenis ragt weit in die Höhe.

»Dreh dich mit dem Po zu mir, dann setz dich langsam drauf und lass dich nach hinten fallen.« Helen gehorcht und streckt ihren Po weit über dem zappelnden Gummilümmel aus. Jetzt spreizt Gabi ihr die Pobacken und dehnt den engen Eingang mit Zeige- und Mittelfinger. Sie dreht und stößt prüfend, und zieht Helen dann mit einer Hand an deren Becken vorsichtig auf die Gummistange, die sie mit der anderen Hand auf das vorgedehnte Ziel ausrichtet. Der kleine Ringmuskel pulsiert ängstlich.

»Du musst dich hier mit den Armen abstützen«, dirigiert Gabi, »du zerquetscht mich ja.« Helen schreit vor Aufregung, als sie sich ein wenig zu forsch fallen lässt. »Schön. Schön machst du das«, sagt Gabi, als wäre sie die Hebamme und wir stünden vor einer schwierigen Geburt. »So, jetzt langsam zurückbeugen.« Und Atmen nicht vergessen, denke ich grinsend. Die nächste Anweisung gilt mir: »So, Soldat, jetzt stell dich zwischen uns und stich deinen Prachtsäbel so tief rein, wie du kannst.« Helen quietscht aufgeregt und ruckt und zuckt auf Gabi, die ganz behutsam erste kreisende Stoßbewegungen ausführt.

Ich hätte wirklich heimlich irgendwo eine Kamera installieren sollen. Ich schiebe mich zwischen vier wunderbar schneeweiße Beine und gehe ganz vorsichtig einige Zentimeter in die Knie, um bloß nirgends mit dem Verband anzuecken. Der Gummischwanz ist jetzt stark abgeknickt. An den Rändern trieft schaumiges Fett herunter und sammelt sich auf dem Tisch in einer kleinen Lache. Ich greife nach Helens Rouladen und ziehe die süßen kleinen Duftvorhänge so weit es geht zur Seite. Gabi hat aufgehört zu stoßen, um mir ein optimales Eindringen zu ermöglichen. So eine Sandwich-Position ist wohl eher etwas für den, der den Belag spielen darf. Die Toastscheiben – Gabi und ich – haben eine ordentlich knifflige Aufgabe zu stemmen, die erst einmal gelöst sein will.

Ich spüre den Gummikumpel. Gabis Bewegungen in Helens Arsch massieren mich jedes Mal mit, drücken mich aber auch wieder aus Helen raus, wenn einer von uns aus dem Rhythmus kommt. Ich lege den Kopf zurück, damit ich nicht sofort losspritze. Ganz kurz ein paar Aufnahmen aus dem Lazarett abgespult, und schon sind wieder kostbare Sekunden gewonnen. Jetzt fängt auch Gabi an zu stöhnen. Helen wird davon noch wilder, und ich stoße entfesselt und ruckartig in die ungewohnte Enge.

»Toni!«, schreit Helen. Ich mach die Augen auf. Sie schaut

mich an, lächelt plötzlich ganz versonnen, und ich spüre, wie es um meinen Schaft herum anfängt zu pulsieren. Helen strahlt und kommt. Ich komme. Gabi strahlt erfreut.

»Super Leistungspaket«, sage ich ihr grinsend bei der Verabschiedung und komme mir dabei nicht einmal albern vor. Helen küsst Gabi auf den Mund.

Helen war anschließend eine Woche lang wie verrückt. Die ganze Zeit nur ein Thema. Aber dann flaute es ebenso schnell wieder ab, wie es begonnen hatte. Aus Helen werde ich nicht schlau. Ich habe sie später einmal gefragt, ob wir Gabi noch mal kommen lassen wollen. Da hat sie zurückgefragt, ob ich nicht mit ihr zufrieden sei. So in ganz ernstem Tonfall.

Ich gehe mit einem Mausklick zum Gästebuch der Gangbang-Seite und schicke einen Gruß an Hermann und Gabi. Aber nicht unter meinem echten Namen. Das könnte vergoogelt werden, und dann würden mir etliche Facebook-Kameraden zotige Kommentare platzieren oder mir sogar die Freundschaft kündigen. Da sind einige drunter, die haben für so etwas kein Verständnis. Wenn man deren Frauen anschaut, also, ich meine nicht einmal optisch, sondern allein vom Auftreten her, dann ahnt man schnell, warum es manchmal besser sein kann, Sex als notwendige biologische Verrichtung zu begreifen oder einfach ganz aus dem Gedächtnis zu streichen.

Schluss mit Epidauros!

Kanell hält die Novalginflasche schräg und zählt in seiner Muttersprache die auf den Esslöffel fallenden Tropfen. Die fremdartigen, einsilbigen Worte klingen beruhigend. Ganz weich. Mit konzentriertem Blick führt er das Schmerzmittel an meine Lippen. Das Metall fühlt sich kalt an. Ein paar Tropfen laufen mir aus den Mundwinkeln. Kanell fängt sie geschickt wieder auf und schiebt mir den Löffel erneut in den Mund. Ganz so, als hätte er ein Baby vor sich, das Suppe verkleckert hat. Dann beugt er sich weit über mich und stellt den Sessel in die maximale Liegeposition.

»Toni, du musst ein bisschen mithelfen, sonst kann ich die Wunde nicht reinigen.« Dabei boxt er mir freundschaftlich in die empfindliche Stelle unter den Rippen. Ich boxe zurück. Er quiekt gespielt erschrocken. Meine rechte Hand wandert kurz unter das Shirt und landet auf seiner weichen Haut. Er kichert.

»Wollen wir noch ein bisschen warten?« Ich streiche ihm nachdenklich über den schlanken Rücken. Meine Fingerspitzen zählen die Wirbelknochen. Kanell hält still. »Können wir die Scheiße heute nicht mal ausfallen lassen?«, bettle ich und drücke ihm meine freie Hand in den Nacken, sodass er bäuchlings auf meinem Schoß zum Liegen kommt.

Der enge Körperkontakt ist angenehm. Kanells dichtes Haar duftet frisch gewaschen. In der dünnen Stoffhose zeichnen sich zwei stramme Kugeln ab. Darunter trägt er noch ein enges Teil, das in die Pobacken schneidet. Die genaue Bezeichnung kenne ich nicht, es muss aber eine geben. Frauen bevorzugen in so einem Falle wohl Stringtangas.

»Wenn du nachher einkaufen gehst, bring dir mal ein Dreierpack Strings mit. Das sieht cooler aus. Aber nicht so bescheuerte Farben. Nimm Schwarz und Weiß. Vertrau mir, die Ladys stehn drauf.« Meine Hand wandert über seinen Po. Ich knete ein bisschen die Backen und denke an Helen. Ihr Po ist deutlich weicher. Aber das hat auch was für sich. Wenn sie nur im Hemd durch die Wohnung läuft, federt ihr helles Sitzfleisch bei jedem Schritt immer ein bisschen nach. Das sieht süß aus, sehr sexy.

»Bist du so weit?«, fragt mich Kanell besorgt. Ich merke, wie mir aus der Tiefe stoßweise immer mehr Blut in die Schwellkörper schießt und presse meinen Schwanz gegen den harten Bauch des Pflegers.

»Okay«, erwidere ich seufzend, ziehe meine Hände weg und gebe ihn frei. Kanell gleitet von mir runter und wendet sich für meinen Geschmack ein wenig zu pflichtbewusst seinem Foltertischchen zu. Er bereitet das Prozedere der Wundreinigung vor. Aber nicht, ohne mir vorher noch mal freundschaftlich unter die Rippen zu boxen.

»Wird schon«, grinst er aufmunternd und schaut kurz auf meine schon weit ausgebeulte Unterhose.

Immer wenn Kanell die alten Verbände abnimmt, tastet er mit äußerster Vorsicht entlang der Wundränder und fühlt die nähere Umgebung nach neuen Schwellungen oder verdächtigen Hautirritationen ab.

»Sieht doch ganz gut aus. Die letzten Behandlungen

haben angeschlagen.« Der vertraute schwefelsaure Geruch spricht allerdings eine andere Sprache. Das weiß er natürlich auch. Aber ich sage nichts.

Das Novalgin wirkt nicht an der Wunde selbst. Der Schmerz ist exakt der gleiche geblieben, aber das Zeug durchflutet das Oberstübchen mit einem angenehmen Wärmegefühl. Meine Hände umklammern die schlanken hölzernen Sessellehnen. Als der Äthiopier die reinigende Flüssigkeit langsam in den Wundkanal drückt, wird der Schmerz elementar. Man stelle sich ein wirklich großes Loch im Backenzahn vor, drücke dort ohne Betäubung einen heißen dünnen Metallstift rein. Das Gefühl dann multipliziert mit einem deftigen Faustschlag auf die Nase und den Schmerz bis tief in den Knochen des Oberschenkels transplantiert.

»Ich brauch heute noch Dipidolor«, stöhnt es weinerlich aus mir heraus, als der Schmerz etwas nachgelassen hat. Die Flüssigkeit läuft getrübt aus der Wunde in ein Tuch, das Kanell mir unter die Pobacke geschoben hat. Mein Schwanz steht senkrecht ab. Zuverlässigstes Schmerzbarometer. Irgendetwas tief drinnen will nicht wahrhaben, dass etwas so höllisch wehtun kann und ruft diese völlig absurde Reaktion hervor.

»Mach ich dir, bevor ich gehe. Dann kannst du ein bisschen pennen.« Dankbar nehme ich ihm erst einmal die MST aus der Hand und schlucke sie trocken runter. In ungefähr fünfzehn Minuten wird die ersehnte Wirkung einsetzen. Kanell hebt die Decke vom Boden auf und legt sie mir wieder über die Beine.

»Ich geh mal eben die Küche machen. Heute gibt's Rouladen.« Er wischt mir den Schweiß mit einem Taschentuch von der Stirn und geht rüber in die Küche. Essen auf Rädern hat meiner Meinung nach zu Unrecht einen schlechten Ruf; da sind die mäkelnden Rentner dran schuld. Ich schließe für einen Moment die Augen. Die Lider sind schwer geworden. Durchatmen.

Der Zirkus gastiert einmal im Jahr auf dem Platz vor dem Lottoladen. Schon Tage vor seiner Ankunft hält mich nichts mehr in meinem Kinderzimmer. Der Zeltaufbau ist dabei immer mindestens so aufregend wie später die Vorstellungen selbst. Wenn der Treck längst wieder abgezogen ist, werden noch den ganzen Herbst hindurch die Trampelpfade der Ponys und Kamele an den geliebten Zirkus erinnern. Wir hüten diese beeindruckende Hinterlassenschaft ehrfurchtsvoll wie magische Kornkreise. Wer Kamel ist und wer Pony, wird zur heiß umkämpften Entscheidung.

»Nächstes Jahr beginnt die Schule«, ruft Mutter mir laut hinterher. »Tob dich noch mal richtig aus. Und lass die Schuhe an!« Ich winke zurück, ohne mich umzudrehen. Mein Herz schlägt mir bis zum Hals.

Diesmal will ich endlich einmal der Dompteur sein. Und die Chancen stehen gut, denn mein stärkster Konkurrent wurde in den Harz verschickt. Auch seine Großeltern wohnen dort. Und auch er leidet an Blutarmut. Mein Großvater leidet diesen flirrenden Sommer allerdings an irgendetwas noch Schlimmerem. Also war an meine Verschickung nicht zu denken. Des einen Leid, des anderen Freud – meine Stunde scheint endlich gekommen: Ich dirigiere meine Ponys, Kamele und Elefanten, als hätte ich nie etwas anderes getan. Das lange dünne Stöckchen ist meine Peitsche, die ich heimlich sogar mit ins Bett nehme. Aber meine Spielkameraden gehen auch nicht leer aus: Mit aller Hingabe und mit größtmöglichem Einfallsreichtum sorge ich dafür, dass ich für jedes meiner Tierchen immer etwas Naschwerk in der Fracktasche habe. Der Frack ist ein ausgedienter Mantel meines Dads. Schwitzend und laut singend treibe ich die Kameraden Runde um Runde im Kreis. Sogar die Erwachsenen, die stehen bleiben und zuschauen, blicken mit Hochachtung und Wohlgefallen zu mir herüber. Ich fühle mich wie der glücklichste Fünfjährige des Sommers.

Die Ponyparade ist mir am liebsten. Wenn sich meine zahmen Menschenpferdchen auf ihre Hinterbeine stellen und nach Zuckerstückchen hecheln, gehe ich von Kind zu Kind, streichle die zotteligen Mähnen und stecke jedem etwas Leckeres aus der Fracktasche ins bettelnde Mäulchen. Die zweibeinigen Vierbeiner, die mir anschließend noch dankbar die Hand schlecken, bekommen ein Stückchen extra. So froh war ich bisher nur einmal: als mich Vater mit zur Arbeit nahm und ich auf dem ehrwürdigen Samtsofa neben Frau Berger so viel Süßes essen durfte, wie ich wollte.

Der Zirkus marschiert jedes Jahr zu Beginn der Saison mit allen Clowns, Musikern, Trapezmädchen, Elefant, Kamelen, Ponys und Hunden durch unsere Straße. Vorneweg, wie ein vornehmer General, der Direktor und Dompteur in einer Person – mit dicker qualmender Zigarre, Peitsche und einer Stimme, die so laut ist, dass sie noch hoch bis zu den Bergers hallt und ein bisschen so klingt wie die meines Opas, nur mit einem rollenden »R«, das ich täuschend echt imitieren kann.

»Kommt alle die Strrraße rrrrauf. Euerrr Zirrrkus macht die Torrre auf. Kommt jetzt … Bamm, taram, bamm, bamm.«

»Was sagst du?«

Ich drehe mich in meinem Sessel orientierungslos Richtung Küche. Kanell klappert mit Geschirr. »Bamm, taram, bamm, bamm«, trommelt es vom Fenster her. Ist das möglich? Der Zirkus war doch zum letzten Mal vor mindestens fünfzehn Jahren hier in der Straße. Mein Mund ist wie ausgetrocknet. »Bamm, bamm. Bamm, taram, bamm, bamm.« Ich greife nach den Zigaretten und rufe mir gerade die schönsten Zirkusbilder in meine Erinnerung zurück, als Kanell mit einem Geschirrhandtuch überm Arm ans Fenster eilt, die Vorhänge zur Seite schiebt und öffnet. »Berrrger mach die Torrre auf, wir kommen jetzt dein Berrrg herrrauf. Bamm, bamm. Bamm, taram, bamm, bamm«, dröhnt es lauter werdend herein.

»Der Zirkus?«, rufe ich ebenso zweifelnd wie ungeduldig zum Äthiopier rüber. Stimmengewirr. Gar nicht mehr weit von uns entfernt. Geschrei. Lastwagengeräusche. »Berrrger mach die Torrre auf … Bamm, taram, bamm bamm.«

»Eine Demonstration«, erklärt er verblüfft.

»Ist kein Elefant dabei?«, frage ich.

»Keine Elefanten, nur Menschen.«

Ich klemme mir rasch die Zigarette in den Mundwinkel, hüpfe, so schnell es die Krücken zulassen, zum Fenster und dränge Kanell zur Seite.

Das Bild löst Erinnerungen aus: Der Biersozialist hatte

es neulich, nebulös wie so oft, in eine seiner endlosen Brandreden eingeflochten: »Der Berger wird sich noch wundern. Dem heizen wir ein, dass ihm Hören und Sehen vergeht. Wart nur … jetzt geht's ums Bürgerrecht …« Die mögliche Tragweite oder Bedeutung versank irgendwo zwischen zwei weiteren Adelskronen.

Kein Elefant, keine Kamele und keine Ponys. Dafür ein Polizeiwagen im Schritttempo mit tonlosem Blaulicht vorneweg und dahinter über die ganze Straßenbreite ein flattriges rot-weiß-schwarzes Transparent mit Windschlitzen:

SCHLUSS MIT EPIDAUROS! GIFTTHEATER JETZT STOPPEN!
DIE LINKE

An einer der Bambusstangen niemand anderes als der sonst so lichtscheue Biersozialist, die freie Linke zur Faust erhoben. An der anderen Stange Theo Marquardt, der Kreisvorsitzende höchstpersönlich, auch mit erhobener Faust. In zweiter Reihe die Suffragetten des Kreisverbandes – untergehakt und vorwärts schreitend im Takt der Trommeln, als wär's ein Piano beim Cancan. Als die schöne Katja kurz zum Fenster hochschaut, spüre ich einen Stich im Rücken und schmecke sie für den Bruchteil einer Sekunde auf meinen Lippen. Die Knie werden weich. Ich stütze mich auf Kanells Schultern ab, der dadurch noch ein wenig kleiner wird und jetzt nur noch von der Brust aufwärts übers Fensterbrett reicht. Hinter den zwei Trommlern dünnt der Aufmarsch aus.

»Berrrger mach die Torrre auf … Bamm, taram, bamm

bamm.« Von Parteinovizen, fast noch Schüler, werden auf den Fußwegen Flugblätter verteilt. In Ermangelung eines Menschenauflaufs bestücken sie ersatzweise die Briefkästen der Eingänge oder reichen ihre Flugblätter hoch in die neugierig geöffneten Fenster der Nachbarschaft.

»Hol mal so ein Ding«, bitte ich Kanell und stütze mich am Fenster ab. Kinder laufen parallel des Weges. Einer mit Scooter-Roller vorneweg, zwei im Kettcar hinterher. Der Spaß scheint offensichtlich derselbe, als wären bunt geschmückte Kamele zu bestaunen. Der freche Kleine von gegenüber schwenkt begeistert die Ellenbogen, als hätte er Flügel. Zwei Mädchen hasten im bemühten Gleichschritt hinterher.

»Demo. In einer halben Stunde bei Berger vor dem Tor!«, ruft einer der Verteiler zum Fenster hoch. Seine Stimme ist aufgeregt. Ich zeige mit dem Finger auf Kanell, der gerade den Fußweg betritt, das Handtuch über dem Arm wie der exotische Oberkellner aus dem All-inclusive-Hotel.

»Mensch, pass auf. Tritt mir nicht in die Rabatte«, zische ich ihm verärgert an der Kippe vorbei entgegen, als er auf dem Rückweg eine Abkürzung querbeet nehmen will. Die Genossen eilen weiter. 25 Demonstranten sind noch keine Massenbewegung. Wenn man da den Anschluss verpasst, steht man schnell alleine da. Bergers Lastwagen stauen sich hintendran. Der vorderste Fahrer grinst mit Aluminiumkaffeebecher durchs Seitenfenster. Die hinteren schimpfen und hupen sporadisch, um immer mal wieder daran zu erinnern, dass sie noch da sind. Denn Zeit ist Geld. Berger zahlt nach Touren, nicht nach Uhr.

»Lies du mal vor, mir ist ganz schwummrig von den Tabletten.« Ich beuge mich mit Kanell über das eng beschriebene Flugblatt mit einem Foto von Berger vor seinem Schuttberg. Kanell liest: «Vetternwirtschaft und Sauerei: Illegaler Müllberg ist plötzlich Amphitheater!«

»Ach, du ahnst es nicht«, grinse ich mir einen und schaue noch einmal aus dem Fenster, dem Zug hinterher. »Das gibt Ärger.« Ich lege wieder den Arm um Kanells Schulter und lasse ihn weiterlesen: »CDU verschleiert Beziehungen zu Berger. Stadträte von CDU und SPD sprachen beim Oberstadtdirektor vor und baten um Genehmigung des Vorhabens ›Amphitheater Epidauros‹. Ein Fall von Bestechung? Im Rechenschaftsbericht der CDU für das vergangene Jahr finden sich folgende Einnahmen: Spende an die CDU von Epidauros-Projektleiter Herr Berger 12.000 Euro. Von Epidauros- Projektleitungsvertretung Frau Berger 12.000 Euro. DIE LINKE kämpft für ein Bürgervotum gegen ›Epidauros‹. Abschlussveranstaltung vor den Toren Bergers um 15.00 Uhr. Glück auf! Ihr Kreisvorsitzender Theo Marquardt, DIE LINKE.«

»Epidauros?«, fragt Kanell, mit einem seiner spindeldünnen Finger auf das Wort im Flugblatt zeigend. »Ist das nicht am Mittelmeer?« Er tippt sich an die Stirn, schließt das Fenster und geht wieder in die Küche. Als er mit dem dampfenden Tablett kommt, habe ich mir die Sache mit dem Theater langsam zusammengereimt und lache laut.

»Der Berger ist schon ein cooler Ticker«, erkläre ich Kanell begeistert und stopfe mir reflexartig die Roulade rein, obwohl ich überhaupt keinen Hunger habe. Sogar der Rotkohl muss diesmal dran glauben. Dann drückt mir Kanell so sanft wie möglich das Dipidolor in die Vene und geht auf

Zehenspitzen zur Haustür. »Grüß Hellas von mir«, ruf ich ihm noch leise hinterher. Aber da höre ich schon die Tür ins Schloss fallen.

Halberstadt

Tagesereignis heute: 20 Jahre Mauerfall. Kanell hat die Örtliche mit reingebracht, und die ist natürlich voll davon. Inklusive Extrabeilage. In Farbe: schwarz-rot-goldene Menschen in braunen Plastiklederschuhen, ohne Frisuren, mit Stonewashed Jeans, Zirkonia-Ohrstecker und fahl-fettiger Haut.

Steffen, der gute Kamerad, der von allen nur Stevi genannt wird, ist heute extra wegen des Mauerfalljubiläums reingeschneit und will unbedingt mit mir nach Halberstadt fahren. Seine Geburtsstadt.

»Du musst mal raus, ein bisschen was von der Welt sehen, die ganze Stadt ist auf den Beinen. Bier, Bratwurst und Musik. Einige aus der alten Truppe sind auch am Start.« Ich kann nicht mehr aufhören zu lachen. »Was ist denn daran lustig?«, fragt er mich irritiert. Ich kann ihm vor Lachen nicht antworten, winke aber ab, um deutlich zu machen, dass es nichts mit ihm zu tun hat. Bescheuert.

»Liegt an den Pillen, sorry. Echt.«

Stevi boxt mir in die Seite und glimmt sich eine Marlboro an meiner Glut an. Ich lache gleich wieder los. Diesmal lacht Stevi Gott sei Dank laut mit. Wir lachen zusammen. Das ist schön, noch schöner, weil wir uns dabei Zeit lassen. Irgendwann weiß keiner mehr, worüber wir überhaupt lachen. Also hören wir einfach auf. Ich hätte sowieso bald abbrechen müssen, die Erschütterungen tun dem schlimmen Bein nicht gut. Besser, es liegt für einen Moment ruhig.

Im Fernsehen erzählt Anne Will, wen sie heute Abend in ihrer Sendung hat. Zumindest bewegt sie ihren Mund, der Ton ist abgestellt. Ich stehe mehr auf Maybritt Illner. Anne ist zu glatt. Hamburgerisch. Die spricht auch so eine Kontorssprache und trägt Männerklamotten. Ihre Mundpartie ist mir zu emotionslos. Die Lippen schmal und über der oberen senkrechte Falten, die sich langsam tiefer graben. Als Abiturientin muss sie wunderbar gewesen sein. So eine, mit der man nach Goa fahren und in einem schäbigen Guesthouse guten Sex hätte haben können. Annes Figur ist einsame Klasse, da kann die dralle Maybritt nicht mithalten. Aber das macht nichts. Für mich macht sie das noch viel attraktiver. So ein paar kleine charmante Unzulänglichkeiten machen die Frauen dankbarer und nicht so selbstverliebt. Für Maybritt würde ich alles tun. Wirklich alles. Ob Anne Maybritt auch so gern hat?

Stevi ist klein und ein wenig gedrungen. Ein blonder Typ, aber kein Kampfschwein. Zierlich mit Muskeln wäre die korrekte Beschreibung. Listige Augen, aber auch ein bisschen wie Stalone: so hundemäßig nach den Seiten abfallend. Stevi steht zwar mehr auf Anne als auf Maybritt, wie er mir gerade gesteht, und lässt sich davon auch nicht abbringen, aber er ist trotzdem eine Seele von Mensch. Ein Guter. Stevi führt definitiv nie etwas Krummes im Schilde. Schalk hat er jede Menge, aber nichts, was für jemand anderen böse Folgen haben könnte. Ich weiß nicht, ob man für diese seltene Charaktereigenschaft eine gewisse Stumpfsinnigkeit mitbringen muss. Vielleicht haben es einfältige Charaktere tatsächlich leichter, ehrenwert zu bleiben. Stevi ist verlässlich. Nicht nur da, wenn er da sein will, sondern da, wenn man ihn braucht.

»Okay, ich bin dabei«, antworte ich ihm auf die wiederholte Frage, ob ich denn nun meinen Arsch hochbekommen würde.

Zonenrandgebiet. Ich erinnere mich an Ausflüge mit den Eltern an den innerdeutschen Grenzstreifen. Die Straße hörte einfach irgendwo im Nichts auf. Das Nichts war ein Feld oder ein schäbiges Stück Wald. Die scharfe Warnung der Eltern: »Ab jetzt halten wir uns fest an den Händen. Die da drüben haben Selbstschussanlagen und Hunde.« Eindringliche Botschaften, denen an den Aussichtspunkten noch mit mannshohen, mehrsprachigen Schautafeln Nachdruck verliehen wurde.

Sonntags waren die Grenzgucker-Parkplätze besetzt bis auf die letzte Bucht. Schlange stehen also auch im Westen. Aber wenigstens Drive-in. Mütter packten Lunchpakete aus, und aus den Autoradios der am Vortag waschanlagenpolierten Golfs und Passats schallte Rio Reisers »König von Deutschland« bis weit hinüber in den streng bewachten Osten. Durch Vaters Leica-Fernglas sah man im Herbst den Atem der Schäferhunde. Gespenstisch echt. Angeleint hinterm Zaun an langen Laufleinen. Aber fast noch eindrucksvoller waren die Soldaten auf dem kurzen, gedrungenen Turm – so grün wie meine kleinen Plastikkämpfer zu Hause –, die bewegten sich kaum. Einer schaute meistens unentwegt durch einen Feldstecher zu uns rüber, und ein zweiter telefonierte. Da drüben war Schluss mit lustig, das war einem sechsjährigen Zonenrandgebietsbewohner schnell klar. Da wohnten die Kommunisten, die gierig nach unserer Freiheit schielten. Nicht für sich selbst, sondern bloß aus Missgunst: um sie uns wegzunehmen.

Freiheit statt Sozialismus. In unserem Keller hing es schwarz auf weiß hinter der Werkzeughakenwand. Unter den Schraubenziehern: »Aus Liebe zu Deutschland«. Hinter Hammer und Rasentrimmer: »Freiheit statt Sozialismus«. Hinter den Schraubzwingen: »Sicher sozial und frei. CDU«. Vielleicht wirklich einfach nur, um die dreckige Rückwand zu verdecken, oder weil Dad die Plakate wutschnaubend vom Laternenmast vor dem Haus abgerissen hatte, sich aber nicht traute, sie vor den Nachbarn wegzuschmeißen.

Für meine Eltern war das, was bürokratisch und emotionsarm Zonenrandgebietsförderung hieß, nur ein schwacher Trost. »Dahinten lag der Feind, und wir hatten nichts zu fressen als rohe Kartoffeln«, sagte Großvater und streckte den Arm aus Richtung Osten. Im Keller des Kriegsgegners stapelten sich Landserhefte. Kriegserinnerungen im Perry-Rhodan-Format.

»Komm, ich fass mit an.« Stevi stellt die Krücken zur Seite und hilft mir, die Adidas hochzuziehen. »Mensch, Alter, scheiß Unterhosen, die du da trägst. Was sagt denn Helen dazu?« Ich schaue an mir runter.

»Hm.« Ich habe Stevi neulich am Telefon kurz von Helen erzählt. Der Gute ruft regelmäßig an, und ich habe manchmal das Gefühl, er schreibt sich sogar Notizen, worüber man so reden könnte. Der spult das immer so niedlich ab. Sicher liegt ein Schreibblock irgendwo in seiner Wohnung. Korrekter: in der seiner Eltern. Stevi wohnt noch zu Hause. Die Eltern hatten nach der Wende neu gebaut. Und weil das Grundstück groß genug war, hat Stevi seinen eigenen Anbau bekommen. Aber die verstehen sich wohl eh ganz gut.

Stevi hilft mir in die Jacke. Ich lege Kanell eine kurze Nachricht auf den Küchentisch und bitte Stevi, die kleine Nottasche mit dem Schnellverband und den Schmerztabletten mitzunehmen.

Selbstschussanlage, Kalaschnikow und Minengürtel: Das war damals unser Wilder Westen. Wir spielten den ganzen Tag draußen mit den Nachbarskindern Deutschland und DDR. Ich war natürlich am liebsten DDR, das war abenteuerlicher. Aber es wurde ausgelost.

Drüben lebten auch Menschen, Deutsche sogar. Zu Weihnachten schickte man Massen von Paketen, vollgestopft mit Kaffee, Schokolade und Zitronen, an die Ostverwandtschaft, für die wir regelmäßig mit einem neuen Satz Erzgebirgsfiguren und Salzwedler Baumkuchen belohnt wurden. Unser Weihnachtstisch war jedenfalls mit Massen von Chorsängern und Engelsscharen bedeckt. Für Mutter und Vater »viel zu teuer bezahlt das Schnitzzeugs, wenn man bedenkt, was die Großeltern den undankbaren Genossen alles liebevoll in die Päckchen gesteckt haben«.

Als ich acht Jahre war, fiel die Mauer in Berlin. Wir mussten hier noch einige Wochen und Monate länger warten: So eine Mauer fällt leichter als ein doppelt und dreifach gesicherter und verminter Grenzzaun. Hatten die in Berlin keine Minen, oder wurden sie noch zu DDR-Zeiten still und heimlich entfernt?

Jetzt fuhren wir an Sonntagen nicht mehr Grenze gucken, sondern weiter über Wolfenbüttel bis nach Hessen – nicht das Bundesland, sondern eine kleine, pflastersteinige Ortschaft, von der hier zuvor niemand etwas gehört hatte und die heute dank einer Umgehungsstraße schon wieder in Vergessenheit gerät. Vor der Grenzöffnung waren die Straßen in Hessen einfach unterbrochen. Der Übergang Hessen war nur eine sehr kurze Episode, anfangs sogar noch mit einem schnell und unbürokratisch ausgestellten offiziellen DDR-Einreisepapier. Altpapierweiß mit Hammer und Zirkel.

Zuerst passierte man zerfallene landwirtschaftliche Gebäude. Hier machten sich die Helden der Arbeit wohl als Erstes aus dem Staub. Dann erschienen in der aufgehenden Sonne die ersten mitleiderregenden Wohnhäuser. Graue einstöckige Einfamilienunterkünfte ohne Fassadenfarbe und durch Flickwerk instand gehalten, das uns zumindest den legendären Organisationseifer der östlichen Brüder und Schwestern unter Beweis stellte. Zwischen der Pflastersteinschlaglochstraße und den Behausungen schlummerten ungepflegte Vorgärten. Stiefmütterchen oder wenigstens Primeln – Fehlanzeige. Hinter der ersten Kurve sah man links hinten die Dorfkirchenruine liegen. Militariasammler konnten in den übermannshohen Brennesselwäldern sicher noch das eine oder andere Überbleibsel angloamerikanischer Luftüberlegenheit absammeln. Etwas weiter die Straße runter an der Ecke ein kleiner Schuhladen und eine Fleischerei. Null Komma nichts ausverkauft. Westmark: Ostmark anfangs 1:11. »Wiedergutmachung«, wie Dad scherzhaft sagte. Er schlug Mutter eine Wette vor und ging nur mit dem Autonotfallkissen in den Schuhladen. Heraus kam er mit zwei Paar neuen Schuhen. Der Tauschhandel blühte. Mutter fand die Schuhe grässlich, aber das war nicht Teil der Wette. Vater trägt seine heute wieder bei der Gartenarbeit.

Stevis Golf sprintet zügig Richtung Halberstadt. Die Straße ist hier genauso dreckig wie die vor meinem Haus. Muss an den Landmaschinen liegen, die uns entgegenkommen und ordentlich Ackerkrume im Profil haben. Von der DEA in Schladen holt uns Stevi noch schnell was zum Anglühen und zwei Schachteln Kippen, eine West für mich und für sich eine Karo. Sonst raucht er Marlboro. Vielleicht ein Ostalgieanfall, aber ich frage nicht weiter, denn ein Sechserpack und zwei Jägermeister zur Verbrüderung sind ebenfalls Teil der Marschverpflegung.

»Buh, buh, buh, buh!« Der Kompanieschlachtruf ist kaum verhallt, da schmiert der Jägermeister schon erfolgreich das Freundschaftsgetriebe. Die ersten beiden Biere haben dann allerdings noch nicht einmal richtig gezischt. Das ist wirklich eine Schande.

Auf der Rückfahrt mit den Eltern wurde meist noch ein Zwischenstopp im Elm oder in der Asse eingelegt. Ich glaube, das brauchten die wirklich zum Wiederrunterkommen. Nicht dass der Ausflug sie so sehr bedrückt hätte, im Gegenteil.

Café Konditorei am Tetzelstein oder Waldhaus zur Asse. Im Waldhaus fand der großzügige Windbeutel meine ungeteilte Aufmerksamkeit, während sich die Eltern erschöpft von den Eindrücken anlächelten und ihre Osteinkäufe bestaunten. Eingewickelt in Schlachterpapier fünf Kilo Rinderfilet, quasi alles, was Hessen an Rinderfilet in der Auslage hatte, für umgerechnet 2 Mark 20. Und die dann aber nicht etwa für den nächsten Mittagstisch, sondern zum Tieffrieren für Januschka, den magenempfindlichen Pudel der älteren Nachbarin. Mein riesiger Windbeutel hatte dick Sahne drin und Kirschen drauf und musste mit niemandem geteilt werden.

»Iss langsam, sonst musst du im Auto wieder brechen. Und trink den Kakao aus, bevor er kalt wird.«

»Wie lange braucht dein Bein denn noch?«, fragt mich Stevi, als ich nach wenigen Kilometern schmerzverzerrt versuche, es in eine andere Position zu bringen.

»Keine Ahnung, laut Ansage in Koblenz hätte es eigentlich längst erledigt sein müssen, aber dann kam ja die Fuck-Entzündung dazwischen. Zähl doch mal die Monate«, fauche ich. »Und in der letzten Zeit ist es sogar wieder schlechter geworden. Du glaubst nicht, was die da täglich rausholen. Für den ganzen Eiter und den Schleim müsste ich eigentlich doppelt essen.« Der Kamerad boxt mir kräftig an die Schulter.

»Halt die Fresse, sonst muss ich kotzen«, sagt er mitfühlend. Dann spuckt er symbolisch ein paar Tropfen Bier aufs Armaturenbrett. Wir lachen.

»Weißt du, wenn ich Helen nicht hätte, der Zivi würde das allein gar nicht mehr schaffen. Die pult da mit Feingefühl und einer Leidenschaft drin rum, Wahnsinn. Die baut sogar die Tamponagen aus Gaze selber. Wie ein Fachmann.

Stundenlang putzt die das alles aus. Fast so, als wär's ihr eigenes Bein.«

»Irre. Ist die irgendwie krank?«

»Quatsch, die ist einfach fürsorglich.«

Stevi gehörte damals nicht mit zur Patrouille. Er war zum Innendienst verdonnert. Ich glaube, das hat ihm schwer auf der Seele gelegen. So wie unverdientes Glück. Nachdem er seine vier Monate abgerissen hatte, Stevi war keine Woche wieder in Halberstadt zurück, da saß er schon im Zug und besuchte mich in Koblenz. Auf eigene Rechnung und mit Übernachtung. Ein Fernsehteam mit dem Verteidigungsminister soll mal an meinem offenen Zimmer vorbeigegangen sein, aber das hab ich verschlafen.

Ich schaue aus dem Seitenfenster. Der Blick geht weit über die trostlosen Ackerfelder hinweg bis zu den flachen Hügelketten am Horizont. Das macht mich nach so langer Zeit in den eigenen vier Wänden richtig melancholisch.

Wir fahren an einer flachen, endlos langen betongrauen Halle vorbei. Da, wo einst Fenster waren, klaffen jetzt ausgefranste Löcher. In Bodenhöhe befinden sich etwa alle fünfzehn Meter kreisrunde große Öffnungen, in denen riesige schwarze Ventilatoren mit Starkstrommotoren verankert sind.

»Heuwendehallen«, erklärt Stevi. Und nachdem sich ein weiterer Laster vorbeigeschoben hat: »Mein Vater hat erzählt, in einem der Ventilatoren hat es einem entfernten Verwandten mal beide Hände abgerissen. Der hat es erst bemerkt, als er wieder nach seiner Heugabel greifen wollte und da nichts mehr war zum Zupacken.« Da hab ich's ja fast noch gut getroffen, denke ich und erschauere.

Irgendwann nach Überqueren der unsichtbaren Exgrenze wird die Straße von einem Fuß- und Fahrradweg aus Verbundstein begleitet. Jedes noch so kleine Rinnsal, das unter der Straße durch möchte, wird von einer edelhölzernen Fußgängerbrücke überdeckt. Allerdings geht hier weit und breit niemand spazieren oder fährt Rad. Warum auch, die letzte noch halbwegs bewohnte Ortschaft, die wir durchfahren haben, liegt Kilometer zurück, und der nächste Kirchturm sieht noch aus, als wäre er von Playmobil.

Kaum sind wir an der ersten vorbei, taucht schon die nächste, baugleiche Halle auf. Genauso verlassen. Ich mache mir das zweite Bier auf.

»Willste auch eins?«

»Nee, lass mal, ich hab genug.«

»Mensch, pass doch auf!«, schimpft Stevi, als dem entgegenrasenden Kipplaster ein ziemlich dicker, dunkler Brocken von der Ladefläche fällt und nur wenige Zentimeter an unserer Windschutzscheibe vorbeisegelt.

Wir sind für eine Weile still und rauchen gemütlich. Mit einem guten Freund zusammen zu schweigen mochte ich schon als Kind gerne. Ich konnte stundenlang spielen, ohne dabei auch nur ein einziges lausiges Wort zu sprechen.

Hinter uns hupt es aufdringlich. Nachdem ein weiterer Laster vorbei ist, überholt uns eine Kolonne Pkw. HBS für Halberstadt. Die Insassen wackeln mit den Köpfen zur Musik und sind schwarz-rot-gold geschminkt, wie zu einem Fußballspiel unserer Nationalmannschaft. Deutschlandfähnchen an den Fenstern. Einer presst im Vorbeifahren übermütig seinen nackten Po ans Fenster. Ich sehe hässliche dunkle Haare darauf. Auch der Schlitz sieht düster aus. Die Mädchen lachen mit ihren Händen vor dem Mund. Die 9 Euro 90 fürs Nailstudio sind unübersehbar.

Bumm, bumm, bumm. Die Subwoofer werden leiser. Die Kolonne ist vorbei. Viele Autos fahren nicht in unsere Richtung. Der West-Ost-Verkehr versiegt an solchen Tagen meist vollends. Der Osten feiert seinen Mauerfall sicher auch noch die nächsten zwanzig Jahre allein.

Seit mehreren Kilometern dröhnt und rattert es zunehmend lauter. Ein Meer von Flutlichtmasten taucht auf, so weit das Auge reicht. Hinter einem aufgeschütteten nass glänzenden Wall, der in etwa hundert Metern Abstand parallel zur Straße verläuft, werden Dächer von Dutzenden Baufahrzeugen und die himmelwärts ausgestreckten Schaufeln großer Bagger sichtbar. Auf den Stichwegen parken Kipper und Lastwagen. Menschen sind aber praktisch keine zu sehen. Was für ein Szenario. Unwirklich. Ich schaue kurz rüber zu Stevi, aber der blickt unbeeindruckt, fast stumpf.

»Krass«, entfährt es mir.

»Noch nie was vom Halberstädter Kummerberg gehört, oder?« Ich schaue ihn unwissend an.

»Was für ein Berg? Ich sehe hier keinen Berg.«

»Jetzt nicht mehr«, antwortet Stevi, »hier wurde dreißig Jahre lang Müll abgekippt. Du kannst dir nicht vorstellen, wie das bei schlechten Windverhältnissen bis nach Halberstadt rüber gestunken hat, aber die meiste Zeit wehte der Wind zum Glück Richtung Westen; das haben die vorher bestimmt extra ausgerechnet.« Die wenigen Bäume am Straßenrand tragen keine Blätter. Stämme und Äste sehen aus wie in grauem Vollkornmehl gewälzt.

Ich mache Stevi ein Zeichen, mal rechts ranzufahren. Der gesamte Boden ist hier Hunderte von Metern weit mit weißen Plastikplanen abgedeckt, so als stünde man ganzjährig kurz vor der Rübenernte. Stevi steigt aus, geht um den Wagen herum und pisst umstandslos aufs schmuddelige Plastik. Mit seiner freien linken Hand macht er mir ein Zeichen, das Fenster runterzulassen.

»Mein Vater hat jedes Mal, wenn wir hier vorbeigefahren sind, die Fenster hochgedreht und gemurmelt, hier müsse was faul sein. Mutter hat dann immer geantwortet, da wäre ja nun auch der Dümmste drauf gekommen, bei dem Gestank. Und dann haben beide immer laut gelacht.« Als wir weiterfahren, lasse ich das Fenster sicherheitshalber wieder hochfahren.

Auf einem parkplatzähnlichen Seitenstreifen parken ein Laster und ein Wohnwagen. Stevi macht das internationale Handzeichen für Ficken und lacht.

»Hier draußen?«, frage ich. »Fahr doch mal ran.«

»Oh nee«, stöhnt Stevi übertrieben, blinkt aber rechts. »Wir sollten uns beeilen.« Während ich mich noch aus dem Auto mühe, macht Stevi schon wieder Anstalten zu pissen. Stressblase. Die hatte er schon in der Grundausbildung. Ohne lange Verzögerung plätschert es hinter mir los, doch auf einmal springt mit einem so deftigen Bums die Wohnmobiltür auf, dass ich zusammenfahre und ausnahmsweise sogar mal Stevis Plätschern abrupt abbricht. Der mächtige Typ, der herauskommt, beäugt uns misstrauisch.

»Mensch, was für 'ne fiese Gesichtshaut«, flüstere ich nach hinten, den Blick weiter auf den glänzend roten Hautausschlag des Fremden gerichtet. Ich grüße mit der rechten

Hand kurz beruhigend rüber. Dabei sauge ich scheinbar desinteressiert an meiner Kippe.

»Ob man sich so was da im Wohnwagen holt? Mist, jetzt kommt der auch noch rüber.« Irgendwas scheint allerdings noch im Näherkommen seine Laune verbessert zu haben.

»Hey!, Kameraden!«, lacht er. Der Krätzige hält uns augenscheinlich für die Wachablösung und macht auf vertraulich. Ich haue Stevi grinsend mit dem Ellenbogen in die Seite, und wir lassen ihn im Glauben, dass er zwei Campingsexfreunde vor sich hat.

»Vorher schnell noch ein Bierchen?«, fragt er und winkt uns herüber zu seinem Laster, wo er drei Adelskronen aus dem Kabinenkühlschrank zaubert. »Wisst ihr, Jungs, ich habe keine Frau. Und mit dem Hautproblem ist das auch nicht so leicht. Da gönne ich mir einmal die Woche einen zünftigen Parkplatzstopp«, erklärt er frei heraus und lacht kehlig. »Ich brauche ein paar Specials. Aber mittlerweile bekomme ich einen ganz guten Rabatt.« Redselig der Gute. Mir recht.

Stevi zieht mit der Schuhspitze nervös den x-ten Kreis auf den Boden.

»Wie ist denn die so?«, fragt er mehr aus Höflichkeit und da man ja schon mal beim Bier zusammen steht.

»Die Ilona stand ja sonst immer direkt vorne an der Einfahrt. Ihr kennt die noch gar nicht? Wahnsinn.« Dann ruft er schon lauthals: »Ilona, komm doch mal raus. Kundschaft!« Dabei legt er uns seine schweren Lasterfahrerarme vertrauensvoll um die Schultern und grinst uns verschwörerisch an. Der Hautausschlag sieht so aus der Nähe betrachtet noch ein bisschen übler aus.

Ilona ist polnisch. Erkennbar am Dialekt, aber auch am Hammerhaiblick: Ihre hellblauen Augen liegen ein Stück zu weit auseinander. Schlankes Ding. Aber erstaunlich selbstbewusste, aufrechte Körperhaltung. Eine devote Gesamterscheinung wäre in Truckerkreisen natürlich das eindeutig falsche Signal.

»Also los doch«, drängelt der Krätzige.

Ilona fürchtet um den unerwarteten Zuverdienst und drängelt ebenfalls: »Na, komm schön, ihr beide Hübsches, wir machen es schön.« Süß. Vor allem, weil sie dabei verführerisch zu zwinkern versucht. Ich kann mein Grinsen kaum unterdrücken, denn Zwinkern sieht bei Hammerhaien echt komisch aus. Zwar nicht gerade tierisch geil, aber geil niedlich.

Auch Stevis Widerstand scheint gebrochen, er hat seine Hand schon auf Ilonas Po gelegt und bewegt sich zielstrebig Richtung Wohnwagen, nur geringfügig angeschoben vom Aussätzigen, der mit der anderen Hand Ilona gleichzeitig einen Hunderter und noch einen Fünfziger hinten in den Gürtel des Stretchkleides schiebt.

Der Laster fährt vom Platz. Wir haben alle drei eine Flasche Bier in der Hand, und Stevi ist mindestens so verschwitzt wie ich. Ilona liegt bäuchlings und vollkommen nackt auf der samtbezogenen Wohnmobilmatratze. Ihr Po glänzt, und der Rücken ist streckenweise ordentlich gerötet von unseren zupackenden Händen.

Als der Trucker fragte, ob wir etwas dagegen hätten, wenn er zuschauen würde, waren wir zunächst etwas irritiert. Aber da er geschickterweise schon bezahlt hatte, konnten wir schlecht Nein sagen. Und da Stevi offensichtlich eh schon alles egal schien, saß der große Kerl dann wie ein Schuljunge in der Ecke auf einem kleinen Plastikhocker und schaute aus dem Halbdunkel zu uns herüber.

Unser spendabler Freund wollte sich einfach ein bisschen extra aufgeilen, und das war ihm eben ein paar Euro wert. So weit, so gut. Merkwürdig war allerdings, dass er, kurz nachdem er Platz genommen hatte, ein gerolltes Schulheft aus seiner Jackentasche zog, es aufklappte und sofort damit begann, sich eifrig Notizen zu machen. Er fotografierte nicht, er filmte nicht - was wir mit Sicherheit auch nicht zugelassen hätten -, sondern es wirkte tatsächlich so, als würde er protokollieren, was live vor ihm geschah. Der Stift, den er verkrampft in seinen Fingern hielt, raste die ganze Zeit wie irre über das Papier. Irgendwann, viel später, hörten wir die Tür zufallen, und unser Protokollant war grußlos verschwunden.

Der enge Raum riecht nach Sperma und nach Ilonas überaus großzügig duftendem Geschlecht. Stevi ist zwar schon zweimal gekommen, kann sich aber scheinbar immer noch nicht beruhigen, jedenfalls steht er ihm schon wieder halb, und er grinst mich entrückt an und kniet sich erneut bettelnd vor Ilona hin, die anfangs ihre Hand zur Hilfe nimmt, noch einen Schluck Bier trinkt und sich dann den ehrlicherweise ziemlich dicken, aber auch ziemlich schlagseitigen Schwanz in ihrem Mund zurechtschiebt. Sie saugt und lutscht so professionell, dass Stevi sich schon nach wenigen Minuten zum drittenmal in sie entleert. Ilona wischt sich mit dem Handrücken über den Mund und lächelt zufrieden.

»So, Männers, nun aber sind dä hunnatfünfzig doppelte gefickt.« Wir lachen höflich mit ihr, und ich halte es jetzt doch für angebracht und lege noch einen Fünfziger, den ich aus meiner am Boden liegenden Hose angele, neben Ilona aufs Sofa.

»Waas, du etwa jetzt wolle noch einmal?«, stöhnt sie gespielt überfordert und zeigt auf den Schein.

»Nee, nee«, grinse ich. »Ich möchte einfach, dass du uns in guter Erinnerung behältst.«

»Ihr seit brave Junges!«, lacht sie zurück. »Noch eine Bier vor dem Fahrt?« Wir nicken. Sie geht nackt, wie sie ist, zum Kühlschrank und kommt mit zwei Plastikpils wieder. Wenn wir nicht gerade für Geld gefickt hätten, könnte man glauben, wir wären alte Freunde, die nur ein wenig freizügiger als andere miteinander umgehen. »Kommt ihr bitteschön öfter!«, lockt sie und wackelt dazu fast ein wenig zu professionell mit ihren Brüsten. »Trucker nix immer gute Kundschaft«, erklärt sie etwas ernster.

»Unser Freund hat vorhin was von Spezialbehandlungen gesagt«, hake ich neugierig nach. Ilona überlegt einen Moment. Dann steht sie auf, stellt sich über einen handelsüblichen roten Wassereimer, der mir vorhin schon aufgefallen war, und wäscht sich mit einem kleinen blauen Waschlappen, den sie immer wieder in den Eimer taucht, ihre Frucht. Das macht sie so natürlich und ungezwungen, als wären wir gar nicht im Raum. Stevi schaut ihr ganz unverblümt zu und spielt schon wieder an seinem Krummen. Schließlich beginnt sie grinsend zu erzählen: «Der nix ausziehen. Ich nix ausziehen. Ich immer nur Finger dick mit Muschiwasser voll und alles in Gesicht von Mann verteilt. Und ich machen«, sagt sie grinsend und zeigt uns das internationale Zeichen für Geld, indem sie ihren Daumen am Zeigefinger reibt. Ich schaue kurz rüber zu Stevi, der erschrocken aufgehört hat, seinen Schwanz zu massieren. »Wir machen so lange, bis ganze Gesicht schön glänzen.«

»Ähm«, stammle ich irritiert und frage: »Reicht das denn überhaupt? Ich meine, wo holst du das denn alles her?« Sie lacht spitz.

»Schon jahrelang kommen. Hat gesagt, hat nix vorher so feuchte Muschi in ganz Europa gefunden.« Das war mir vorhin gar nicht so aufgefallen, aber vielleicht lag es auch daran, dass der Patient kurz vorher die ganze Überproduktion aufgekauft hatte.

Stevis Schwanz ist jetzt so klein wie eine Kirchenmaus. Er sitzt etwas bedröppelt auf dem Einbaubett.

»Aber das wird doch gar nicht besser bei dem.«

»Ja, komisch, aber klebt nix an Geld«, erklärt Ilona, während sie sich ihr Kleid überstreift. »Als er kam erste Mal, da war Haut wie süßes Kinderpopo, heute nix. Kommt von Müll. Aber er immer wollen Spezialbehandlung. Und wenn er sagen hilft, warum ich soll sagen anders?«, lacht sie laut.

»Und was ist das für Müll?«, frage ich.

»Den Halberstädter Kummerberg gab es schon, da war ich noch ganz klein«, erklärt Stevi, während er sich eilig anzieht. «Ich erinnere mich, dass bis spät in die Nacht und den ganzen Tag über die Laster durch Halberstadt rollten. Die hatten ja damals noch keine Umgehungsstraße«, fährt er fort und hilft jetzt auch mir in die Klamotten. »Das Geheimnis war, dass der Müll eigentlich gar kein Ostmüll war. Nach der Grenzöffnung stellte sich heraus, dass schon seit Mitte der

Siebziger Westmüll über die Transitstrecke bis hierher gefahren wurde – gegen kostbare Devisen. Die haben den Müll direkt an der Grenze auf die guten alten Ludwigsfelder Laster umgeladen. Die hatten dafür sogar einen extra Grenzübergang.«

Nach Stevis Grenzmüllexkurs schiebt uns Ilona freundlich, aber bestimmt aus ihrem Wohnwagen. Sie winkt uns sogar noch hinterher, als wären wir zu Kaffee und Streuselkuchen bei ihr gewesen.

»Noch Bier und ein paar Jäger?«, frage ich Stevi grinsend.

»Abgemacht!«, erklärt der gute Kamerad.

»Bei mir oder in Halberstadt?«, frage ich, die Betonung auf »bei mir«.

»Okay«, lacht Stevi und wendet den Golf. Ich drehe mich noch einmal um. Der Wohnwagen hinter uns wird rasch kleiner.

Helen entdeckt das erste Stockwerk

Erster Advent. Bald beginnt Helens letztes Halbjahr am Gymnasium. Um einen Studienplatz hat sie sich noch nicht bemüht, ich glaube noch nicht einmal, dass sie bisher überhaupt einen Gedanken daran verschwendet hat, was genau sie studieren möchte oder könnte. Das hätte ja alles noch ein, zwei Jahre Zeit, sie möchte erst einmal die Welt kennenlernen, erklärt sie mir betont gleichgültig, als ich sie danach frage.

Warum sich ihre momentan favorisierte Welt nun ausgerechnet bei mir auf dem Sofa gegenüber dem Klappsessel abspielt, bleibt ihr Geheimnis. Ich werde den Teufel tun, ihr davon abzuraten, denn meine kleine Welt ist dank Helen deutlich attraktiver geworden. Während ich meine Krücken im Flur abstelle, kann ich es gar nicht erwarten, sie wiederzusehen.

Dreieinhalb Stunden Krankenhaus. Einmal im Monat Wundinspektion durch die Chirurgen, intensive Reinigung durch die Krankenschwestern und anschließend in großer Weißkittelrunde Besprechung neuer Maßnahmenkataloge – der Heilungsprozess soll endlich richtig Fahrt aufnehmen. Wie bei jedem der vergangenen medizinischen Boxenstopps schaute ich wieder einmal nur in strahlende Gesichter.

»Poleposition!«, erklärte lachend der Oberarzt nach einem flüchtigen Blick ins ausgeputzte Innere.

»Wie viele Runden noch?«, fragte ich zurück. Alle lachten. Schulterklopfen.

Helen ist nicht im Wohnzimmer, aber aus der Etage über mir höre ich Geräusche.

»Helen?«, rufe ich. »Helen!« Aber keine Antwort. Sie ist wohl zum Baden noch oben gegangen. Unten in die Küche hat mir Dad nach Koblenz eine Dusche mit integriertem Boiler reingestellt. Praktisch. Wenn Helen morgens duscht, verlasse ich dafür sogar meinen Sessel und esse meine Brötchen ausnahmsweise mal am Küchentisch.

Der Fernseher läuft. RTL 2, ein Sender, den ich nie absichtlich einschalte. *Frauentausch*, *Die Kochprofis* und *Big Brother* finden ohne mich statt. Jetzt am Nachmittag läuft die Wiederholung eines Helptainment-Formats mit Bärbel Schäfer. Bärbel spielt die Rolle der Erlöserin. Wenn wirklich nichts mehr geht, kommt Bärbel. Früher, als sie noch Fettleibige und Sexverkrüppelte oder beide in Personalunion interviewte, mochte ich die Walküre mit Strohfrisur gern, aber seit sie Michel Friedman geheiratet hat, nicht mehr. So abgezockt wie der ist, wird er ihr ganzes Selbstbewusstsein runterrocken. Bärbel muss jetzt sicher täglich Dutzende Wortgefechte mit Michel führen: über die beiden gemeinsamen Kinder, über Politik und über die Frage nach dem besten Italiener der Stadt. Bärbel hätte einen ruhigeren, besonneneren Typen verdient. Aber wahrscheinlich bin ich einfach nur neidisch auf den Vielsprecher, und das gefällt mir ganz und gar nicht.

Die Kokserei – ich habe das schon früher bei zwei Kameraden auf Stube beobachtet, die wesentlich simpler gestrickt waren als Friedman. Die haben an dem Abend einen solchen Scheiß erzählt, da stimmte nichts mehr, alles völlig zerquirlt. Die schrien plötzlich jemanden an, als wäre sonst etwas passiert, oder umarmten, umgekehrt, jemanden, den sie gerade erst kennengelernt hatten, wie einen alten, besonders guten Bekannten. Peinlich. Was muss da erst bei Friedman alles passiert sein? Der hatte ja sogar noch genug Geld, seine verkoksten Fantasien in die Tat umzusetzen: Zwangsprostituierte, nicht nur eine, sondern gleich im Dutzend, dazu eimerweise Trüffelspaghetti und eisgekühlten Moët bis zum Abwinken. Kokain ist doch ein Scheißdreck. Gehirnerweichungsmittel für egozentrische und übersättigte Charaktere aus allen gesellschaftlichen Schichten. Ich bleibe bei Adelskronen und West, greife nach der Fernbedienung, zappe und bleibe auf DMAX hängen.

DMAX, »Fernsehen für die tollsten Menschen der Welt. Männer«. Eigentlich doch die perfekte Michel-Friedman-Bühne, aber im Moment sehe ich nur einen Mechaniker, der seine Hände so tief in Maschinenöl badet, dass die glänzen wie Michels Haupthaar. Der gut gebaute Blaumann erklärt, dass dieser Helikopter – er macht eine ausholende Geste hinter sich zum Fluggerät – aus sage und schreibe dreitausend Teilen besteht. »Dreitausend« dehnt er so lang, das auch noch der dümmste DMAX-Zuschauer erkennt, dass der Muskelhandwerker gerade die Entdeckung seines Lebens gemacht hat. Ich bin erst einmal nur verwundert, dass es nicht noch viel mehr Teile sind. Aber was soll's, der Hubschrauber ist eh nur eine langweilige Zivilmaschine. Ich schmeiße die Fernbedienung auf das Beistelltischchen und schaue hoch an die Zimmerdecke. Was macht Helen bloß so lange da oben, überlege ich angestrengt, obwohl erst wenige Minuten vergangen sind, seit ich meine Krücken abgestellt habe.

Wann war ich das letzte Mal oben? Seit meiner Rückkehr aus Koblenz sind das ehemalige Schlafzimmer der Eltern, das Badezimmer mit Wanne und Doppelwaschbecken und das Zimmer, in dem ich aufgewachsen bin, verwaist. Anfangs schaffte ich die Treppe nicht, später habe ich es nicht mehr versucht.

Ein paar Monate vor dem Afghanistaneinsatz sind die Eltern ins Haus der Großeltern gezogen. Dad fuhr mit seinem Golf und nahm jedes Mal drei, vier Kisten mit. Umzug auf Raten. Er tat sich sichtlich schwer mit dem Ortswechsel. »Einen alten Baum soll man nicht verpflanzen«, ich glaube das gilt auch schon für Dad.

Mutter hat die Spritkosten seiner zögerlichen Harzumzugsfahrten einmal gegengerechnet und kam zu dem wenig erstaunlichen Ergebnis, dass ein Umzugswagen für alle Kisten deutlich preiswerter gewesen wäre. Die meisten der sperrigeren Möbel meiner Eltern stehen immer noch hier. Teils, weil Mutter den Neuanfang konsequent nutzte, sich neu einzurichten, teils, weil Dads Golf einfach nicht für Möbeltransporte taugen wollte.

Als die Eltern mich fragten, ob ich das Haus nicht gemeinsam mit Bessy bewohnen möchte, fiel mir nichts ein, das hätte dagegen sprechen können, zumal sie mir eine fast symbolische, wirklich preiswerte Miete anboten, die sie mir zudem erst nach dem viermonatigen Afghanistaneinsatz berechnen wollten.

Bessy schlief eh schon die meiste Zeit bei mir, und so begann sie auch sofort Pläne zu schmieden. Mit Mutter fuhr sie mindestens einmal wöchentlich ins nahe liegende IKEA. Die beiden freundeten sich regelrecht an. Einige der IKEA-Möbel stehen heute noch originalverpackt oben. Mutters Einkäufe hat Vater in der Zwischenzeit längst zusammengeschraubt. Er hat sich extra einen Akkuschrauber mit Imbusaufsätzen gekauft, um die IKEA-Schrauben nicht mit dem beiliegenden Imbushaken einschrauben zu müssen.

Bessy wollte bis zu meiner Rückkehr ihre persönlichen Sachen einräumen und uns das Haus »von oben bis unten schön machen«. Dass uns der Zitronenmann einen Strich durch die Rechnung machen würde, konnten wir nicht ahnen. Natürlich war klar, dass so etwas passieren könnte, aber ich hielt mich für unverwundbar, und sogar Bessy war ohne Angst.

Bessy fuhr zweimal mit dem Zug zum Lazarett nach Koblenz. Sie übernachtete bei der Frau eines Koblenzer Soldaten, der ein Zimmer weiter an einem wirklich unangenehmen Keuchhusten laborierte. Das Keuchen war Tag und Nacht bis auf den Flur zu hören. Das Einzelzimmer war sicher ein schwacher Trost für den total abgemagerten Kameraden. Hervorgerufen wurde die starke Bronchialschädigung angeblich von chemisch kontaminiertem Sand, der beim Ausheben einer Grube für eine afghanische Schule freigelegt und zu spät als gefährlich erkannt wurde. Ganz sicher waren sich die Ärzte nicht mit der Diagnose. Proben ergaben keinen eindeutigen Befund. Vielleicht spielten bei dem auch einfach nur die Nerven verrückt.

Bessy zahlte für eine ermäßigte Rückfahrkarte 153 Euro. Ehepartner bekommen von der Bundeswehr für solche Fahrten einen großzügigen Zuschlag, aber wir waren nicht verheiratet. Bessy saß dann stundenlang am Bettrand, schaute verzweifelt und erzählte vom Fortgang der Wohnungseinrichtung. Ich döste von den vielen Schmerzmitteln meistens in einer Art Dämmerschlaf oder konnte vor Schmerzen kaum sprechen und biss verzweifelt die Zähne zusammen. Schmerzen machen ungesellig. Ich wollte allein sein. Ein Gefühl, das ich, bis ich Helen kennenlernte, nicht mehr losgeworden bin. Ich weiß, dass das Bessy gegenüber nicht fair war, aber auch ich kann die Zeit nicht zurückdrehen.

Mutter berichtete mir bei ihrem letzten Aufräumbesuch – sie kommt einmal im Monat und erledigt, was Kanell nicht schafft –, dass Bessy ihr damals unter Tränen erzählt habe, wie ich sie beim zweiten Besuch in Koblenz angeschrien und übel beschimpft hätte. Ausgelassen hatte Bessy, dass ich sie schon nach wenigen Minuten inständig bat, mir ganz vorsichtig einen zu blasen, denn ich war damals fest davon überzeugt, es wäre das Einzige, das noch gegen die Schmerzen helfen könnte. Sie nickte zerstreut, begann aber sofort mit einem haarklein ausgeschmückten, eineinhalb Stunden andauernden Vortrag über die Umgestaltung unseres Hauses. Ich fragte mich die ganze Zeit nur, wann sie mir endlich die Schmerzen raussaugen würde. Selbst als ich anschließend noch mit ihr in einem mitgebrachtem IKEA-Katalog allerlei Einrichtungsgegenstände auswählen musste, war ich noch voller Hoffnung.

Angeschrien habe ich sie erst nach einer weiteren quälend verbrachten Stunde mit dem Für und Wider eines Bestecks für 14,99 mit durchbohrten Plastikgriffen, an denen man die Messer, Gabeln und Löffel an einem Ständer aufsortieren kann. Sie verließ nach einer Minute völliger Stille mit hektischen Flecken im Gesicht das Zimmer, ohne sich noch einmal umzudrehen, geschweige denn, sich zu verabschieden. Zunächst rief sie noch alle zwei Tage an, aber ohne je wieder über die Wohnungseinrichtung zu sprechen. Die Anrufe kamen wieder aus ihrer alten Wohnung in der Stadt, und schließlich war es auch damit vorbei.

Ich denke, dass Bessy in Koblenz mit ihrem Gerede von der Wohnung und mit dem IKEA-Katalog nur meine Gedanken von der Verletzung weg auf unsere gemeinsame Zukunft lenken wollte. Heute tut es mir leid, dass ich das nicht gleich verstanden habe. Mehr aber auch nicht.

»Helen, badest du?« Ich stehe an der Treppe und rufe hinauf. Das Treppenhaus haben Dad und ich vor einigen Jahren mit hellen Nut- und Federbrettern verkleidet. Ich streiche mit der Hand über die nachgedunkelte glatte Oberfläche. Eine schöne Arbeit. Wir wechselten uns ab, einer sägte die Bretter, wo der andere zuvor angezeichnet hatte, um sie anschließend mit den 4er-Staba-Krallen zu vernageln. Brett für Brett und Wand für Wand. Mutter war begeistert. Und wir waren begeistert, dass Mutter begeistert war.

Mutters Meinung war schon immer für fast alle Entscheidungen Dads maßgeblich. Ist Mutter zufrieden, ist Dad zufrieden. So einfach ist das. Ein Verhaltensmuster, das ich auch an mir beobachten konnte. Später übernahm Bessy nach und nach Mutters Rolle. Sie fällte die Entscheidungen. Sogar, wann wir zusammen ins Bett gingen und wann nicht. Aber ich war ja zufrieden, ihre Lustanfälle hatten lange Zeit noch eine anständige Frequenz.

Bessy hatte viele Freundinnen – alte Schulkameradinnen

und Mitarbeiterinnen aus dem Steuerbüro, in dem sie arbeitete. Beim selben Berater, der heute noch für Berger abrechnet und mit dem Bessy vor Kurzem ein loses Verhältnis angefangen haben soll. Meine paar Freunde, die nicht beim Bund waren, hatten sich nach und nach verabschiedet. Die Erfahrung machen die meisten Soldaten früher oder später: Man bleibt unter sich. Kann sein, dass in den Achtzigern die Anfeindungen durch die Pazifisten sogar noch wesentlich größer waren. Das war, bevor Til Schweiger im Flecktarn in die Lindenstraße zog und Joschka Fischer Außenminister wurde.

Als Soldat hat man den ganzen Tag Kameraden um sich, alles ist unkompliziert und einfach, ich würde sogar »natürlich« sagen. Für jedes Problem gibt es jemanden, der schnell eine vernünftige Entscheidung fällt und die Verantwortung übernimmt. Niemand muss großartig herumfragen, wer zuständig ist. Nichts wird unnötig doppelt und dreifach gedacht, die gemeinsame Sache kommt voran. Mein Bedürfnis nach größerer Gemeinschaft war für mich zur vollsten Zufriedenheit erfüllt. Jedenfalls brauchte ich die Jungs privat nicht auch noch um mich. Das wurde für mich und Bessy langsam zum Problem, denn ich war am liebsten nur mit ihr allein.

Ich las Bessy alles von den Lippen ab. Die Erfüllung ihrer Wünsche hatte ich mir zur ständigen Hausaufgabe gemacht. Wunsch erkennen. Lage sondieren. Ziel in Angriff nehmen. Ich war stolz auf mich, denn es funktionierte: Ihre Wünsche gingen in Erfüllung. Wünschte sie sich beispielsweise ein Wochenende in Hamburg, buchte ich diskret ein romantisches Zimmer in einem guten Hotel, wühlte mich im Internet durch unzählige Hamburger Abendunterhaltungsprogramme und besorgte Karten für ein Konzert ihrer Lieblingsband *Nine Inch Nails*. »Tough an' manly«, wie Sänger Trent Reznor seine krasse Truppe mal selbstverliebt beschrieb. Passte eigentlich gar nicht richtig zu Bessy, die mutierte regelrecht, wenn sie die ersten Takte dieser rüden Räuberbande hörte. Metamorphose zum Bösen. Das beherrschen zwar auch Männer, aber bei Frauen erscheint es mir wesentlich perfekter und absoluter.

Erst wenn sich Bessy freute, wenn sie glücklich war, wenn ihr etwas gefiel, war ich auch mit mir zufrieden. Ich glaube, ich wurde richtig süchtig danach, es war so einfach. Selbst Bessys Orgasmen wurden mir wichtiger als meine eigenen.

»Schon zurück?«, ruft Helen fröhlich von oben runter. »Warte, ich komme gleich!« Ich schaue kurz in die Küche. Die IKEA-Töpfe hat Bessy damals schon an einer IKEA-Chromstange neben dem Herd an IKEA-Schweinehaken aufgehängt, und da hängen sie noch immer. Nur die Pfannen hat Kanell irgendwann genervt in den Schrank geräumt, die fielen ihm beim schnellen Handabwasch einmal zu oft vom Haken ins Spülbecken.

Ich setze mich kurz auf einen der vier Ivar-Stühle. Ein Ärgernis, denn sie sind zu breit für den Küchentisch meiner Eltern; so steht einer immer über Eck. Auf dem Tisch liegt ein leerer Pizzakarton von Helen. Die Sonne scheint durchs Fenster, und der Karton fängt an zu vibrieren, als einer von Bergers Lastern vorbeirattert. Ich probiere einen Schluck aus einer halb leeren Adelskronen. Der Pizzageschmack hängt noch am Plastikhals. Helen ist eine Schnutentrinkerin, sie legt immer beide Lippen gleichzeitig um den Pullenhals. Süß.

Irgendwas Nasses tropft auf meine Stirn.

»Na, eingeschlafen?« Ich öffne die Augen und schaue direkt in Helens Smaragde. Sie küsst mir die Stirn, und noch mehr kalte Tropfen fallen aus ihrem nassen Haar herab.

»Schau mal, krass oder?« Sie kommt um den Stuhl herum und dreht sich einmal um sich selbst. Außer einem sehr kurzen silbernen Abendkleid, das Bessy sich einmal in einem Katalog für die Silberhochzeitsfeier der Eltern bestellt hat, hat Helen nichts an. »Da hängen noch jede Menge mehr so Sachen herum, ganz schön cool deine Mutter.« Dabei streicht sie sich verführerisch mit den Händen entlang ihrer Hüftlinie und geht in einer Art zeitlupenartigem Laufstegmodelgang rüber ins Wohnzimmer.

Ich schaue ihr nachdenklich hinterher. An ihrem Po sitzt das silberne Nichts nicht so eng wie bei Bessy. Wir hatten damals sogar Streit, weil Bessy es auch nach der Feier noch gerne anzog, wenn sie mal abends mit Freundinnen ausging. Dafür war es mir aber deutlich zu sexy. Natürlich zog Bessy es trotzdem an.

»Pass auf, das wird hinten ganz nass.«

»Davon geht es nicht kaputt, das trocknet wieder«, erklärt Helen. »Toni, meinst du, ich kann mir von den Sachen mal welche leihen?«, ruft sie aus dem Wohnzimmer herüber.

»Die gehören nicht meiner Mutter, da wohnte mal eine Studentin zur Untermiete.« Helen steckt fragend den Kopf zurück in die Küchentür. Ich ringe um eine Erklärung: »Die hatte Mietschulden und ist bei Nacht und Nebel verschwunden.«

Helen macht einen Freudentanz.

»Cool!«, kreischt sie und ist schon fast wieder auf dem Weg nach oben. »Neue Unterwäsche. Ein paar Schlüpfer könnte ich gebrauchen, das sieht ja alles noch aus wie neu, und da ist noch eine ganze Schublade voll von da.« Ihre Stimme überschlägt sich. »Auch die T-Shirts und Pullover sind klasse.« Ich stehe mühsam auf.

»Nun warte doch mal«, sage ich unwillig und versuche einen zweiten Anlauf, »lass doch den Kram, das ist doch gar nicht dein Stil.« Sie bleibt auf dem Treppenabsatz stehen und schaut mich merkwürdig an.

»Warum reagierst du denn so gereizt?«

»Ich bin doch nicht gereizt«, antworte ich genervt und ärgere mich, dass sie da einfach ohne mich zu fragen herumgewühlt hat. Für mich war das Thema Bessy abgeschlossen. Ich habe in der letzten Zeit immer weniger an sie gedacht. Selbst Mutter, die Bessy sehr mochte, hat irgendwann nicht mehr nach ihr gefragt.

Ich bereue, dass ich Kanell nicht längst mal gebeten habe, die Sachen in Kisten zu verstauen und in den Keller zu bringen.

»Warum vermietest du die Räume nicht einfach neu?«, fragt Helen, die sich mittlerweile in dem kostbaren Kleid auf die staubigen Treppenstufen gesetzt hat. »Wäre doch cool, dann hätten wir ein bisschen Unterhaltung und du mehr Kohle.« Ich antworte nicht. »Wäre doch lustig. Oder soll das da oben nun verrotten?« Pause.

»Tu, was du nicht lassen kannst«, erwidere ich ein bisschen zu giftig.

»Alter Griesgram!«, lacht sie mich aus, erhebt sich und

eilt nach oben. »Warte mal, ich zeig dir mal ein paar geile Klamotten, wird dir gefallen!«

Helen steht nackt in einem Berg von Wäsche vor meinem Sessel. Mit fast jedem Teil, in das sie hineinschlüpft, verbinde ich Erinnerungen an Bessy. Die Schmerzen im Bein werden mit jedem neuen String größer, aber auch mit jeder Bluse, mit Bessys dunkelgrüner Sommerjacke und mit ihren kurzen, leichten Röcken. Helen ist begeistert. Selbst als sie die BHs, die mindestens eine Nummer zu groß sind, einen nach dem anderen anprobiert, juchzt sie vor Freude und wackelt mit ihren kleinen Dingern. Als sie sich dann noch das Höschen aufreizend tief zwischen die Backen zieht und die dazugehörigen dunkelroten Strapshalter umbindet, die ich mit Bessy in Hamburg in einer Edelboutique gekauft habe – »Boah, schau mal, wie so eine Edel-Bitch aus 'nem Gangster-Rap-Video!« –, sticht mir etwas ganz tief in die offene Wunde. Ich kann ein Stöhnen nicht unterdrücken und wühle auf dem Tischchen neben dem Sessel nach den MSTs.

»Hol mir doch mal ein Glas Wasser«, zische ich zwischen den Zähnen hervor. Helen wackelt in Strapsen in die Küche. Bessy war schüchterner. Als wir unser kleines Erotikpaket im Hotel auspackten, ging sie mit den Wäscheteilen sogar extra ins Bad und zog sich dort um. Nach einer endlosen Zeit kam sie ganz unsicher wieder heraus und achtete mit bohrendem Blick darauf, wie ich reagieren würde. Sie hatte sich den Mund rot nachgezogen und ihre Wimpern akkurat getuscht.

Ich atme tief durch. Helen gibt mir das Wasser und fragt

mitfühlend: »Tut's dolle weh? Kanell müsste ja bald auftauchen.« Ich nicke, schlucke die Pillen und schließe die Augen. Ich atme tief, so wie ich es in den vielen schmerzdurchwachten Nächten gelernt habe. Es hilft.

Aber nur so lange, bis Bessy plötzlich auftaucht. Sie hat sich die Haare gelb gefärbt und trägt zitronengelbe Wäsche. Selbst ihre Fuß- und Fingernägel sind zitrusgelb angemalt. Ich schaue ihr ängstlich in die gelben Pupillen. Bessy beugt sich zu mir herunter und schaut mich vorwurfsvoll an.

»Warum hast du mich nicht mehr lieb?«, flüstert sie mir leise und immer wieder ins Ohr. Ihr Atem riecht durchdringend nach frisch geschnittenen Zitronen. Dann wird alles dunkel.

Shilohs Keller

»So einen bekommst du heute nirgends mehr zu kaufen. Und wenn doch, musst du unverschämt viel Geld hinlegen.«

Ich verlagere mein Körpergewicht vorsichtig auf das gesunde Bein. Vor mir steht Shiloh in Strickjacke über dem Unterhemd, ausgeleierter Unterhose und Puschen. Hier unten, in seinem niedrig gebauten Keller, stoße ich auch in gebückter Haltung fast an die Decke. Shiloh steht stolz inmitten von Unmengen hoch gestapelter Maschinen, Werkzeuge, Kästen und Kästchen. Mit ausgestrecktem Arm hält er mir einen Schraubenzieher unter die Nase. Der Türrahmen, an den ich mich gelehnt habe, drückt unangenehm in den Rücken. Ich bemühe mich trotzdem, einem völlig unspektakulär aussehenden Schraubenzieher die verlangte Aufmerksamkeit entgegenzubringen.

Unter Shilohs buschig gewachsenen Augenbrauen glänzen die sonst oft trüben Augen voller Sammlerstolz, und seine Stimme vibriert: »Durchgehende Chrom-Vanadium-Klinge, Sechs-Kant-Ansatz, Lederschutzkappe!« Mit dem knochigen Zeigefinger fährt er am Schrauber entlang und streicht zärtlich über den ledernen Ring am Griffende. Hier, in diesem tristen Keller, hat Shilohs Hingabe schon etwas Bizarres.

Geschätzte hunderttausend Nägel und Schrauben für unterschiedlichste Aufgaben und Zwecke liegen gut sortiert in hölzernen Setzkästen. Eine ganze Wand, hoch gestapelt bis unter die Decke.

»Schau hier, Toni, es gibt sie noch, die guten Dinge!« Dabei greift er mit spitzen Fingern in eines der tieferen Fächer, hält mir was kleines Glänzendes unter die Nase und schaut mich über sein Brillengestell hinweg prüfend an. Ich löse mich von der Wand, beuge mich vor und werfe einen genaueren Blick drauf. »Eine schaftlose Sechskantschraube mit Feingewinde in poliertem Edelstahl.« Klingt gut. Ich bin beeindruckt. »Die besitzen in der Sortierung nur ganz wenige Spezialgeschäfte in Süddeutschland. Ich habe davon vierzehn verschiedene Größen!«

Am Morgen beim Lottomann habe ich mit Shiloh verabredet, mir auf meiner selbst verordneten Nachmittagsrunde noch einmal diesen speziellen Sternkopfschrauber auszuleihen, um die schon wieder wackelige Lehne meines Kippsessels festzuziehen.

»Hier, aber pfleglich behandeln.« Ich will ihm das Werkzeug mit dem seltsam birnenförmigen Holzgriff aus der Hand nehmen, aber Shiloh lässt nicht locker. Unter strengem Blick sagt er: »Wiedersehen macht Freude!«

»Logisch«, antworte ich unterwürfig und warte geduldig, bis er die drei Schlösser des Shiloh'schen Kellerbaumarktes wieder fest verschlossen hat. Als ich mich vorsichtig und unter Schmerzen die kurze Steintreppe hochwuchte, staune ich über die klapprigen dünnen Beinchen vor mir. Shilohs Unterhose hängt im Schritt weit durch. Das fadenscheinige Textil wäre ganz sicher nichts für Manufactum. Ein schlabbriger dunkler Hodensack schimmert durchs Gewebe. Und der hängt so schwer im Feinripp, dass es aus meiner Position aussieht wie ein kleiner Extraarsch.

Der deutsche Doppelarsch. Aber wahrscheinlich gibt es ihn überall auf der Welt. Sicheres Schicksal für jeden, aber, was soll's? Wie sagte Schumacher noch? »Wahrscheinlich betrachten wir den menschlichen Körper zu sehr als Maschine. Vielleicht liegt das an unserer deutschen Mentalität.«

Ich konzentriere mich wieder auf mein deutsches Bein, Treppensteigen ist eine säuische Angelegenheit. Oben angekommen, muss ich, eingeklemmt in einer Ecke zwischen Autoradio- und Ventilatorensammlung, noch etwas von einem Rehrücken in Rotwein probieren. Shiloh hat mir mit einem akkubetriebenen Bratenschneider aus seiner Elektromessersammlung eine Scheibe auf den Zinnsammelteller geschnitten.

»Kartoffeln?«

Aber bevor die Kelle aufs Zinn runtersaust, halte ich die Hand drüber: »Nein, bitte keine Kartoffeln, an denen habe ich mich im Camp übergegessen. Dazu gab's fast täglich Kohlrouladen oder Klöpse.«

Ich schmatze die Soße und schlecke höflich mit der Zunge über meine Lippen. Das habe ich in einem Vorbereitungsseminar für Afghanistan gelernt. Damit zeigt man einheimischen Gastgebern, dass es schmeckt.

»Wunderbar, nicht so eine Einheits-Maggi-Tunke. Echt lecker.« Shiloh hat sich inzwischen an den Tisch in der hinteren Ecke der kleinen Küche gequetscht und lötet irgendwas zusammen. Die Dämpfe des Lötfetts vermischen sich mit dem Bratengeruch.

Das Fenster zum Garten ist schon ganz beschlagen. An

der Scheibe klappern leise Dutzende von verschiedenen Meisenknödeln im Wind. Am Beliebtesten scheinen mir die drei links unten zu sein, jedenfalls sitzen und hängen da viele Meisen dran und picken sich satt. Gemütlich. Ich werde angenehm müde und stecke mir eine Zigarette in den Mund. Shiloh gibt mir Feuer aus einem der vielen Standfeuerzeuge, die sich auf der Fensterbank stapeln. Passend zum Rehrücken ist das ovale Ding verziert mit barocken Jagdszenen. Shiloh meint, dass der Feuerstein schon etwas schlapp ist.

»Muss ich gleich mal einen neuen einsetzen.« Und schon wühlt er in diversen Schubladen nach seiner Feuerzeugzubehörsammlung. Es ist so warm in der Küche, dass mir schwindelig wird. Aber mehr wie so ein angenehmes Zuhausegefühl.

»Gutes Fleisch, hat mir Berger Junior gestern mitgegeben. Hat wohl zu viel geschossen, der fleißige Bursche. Der alte Berger war ja nicht so fürs Waffengeschäft. Zweimal verwundet wurde der Gute. Schultersteck im Ersten, und beim Volkssturm im Zweiten ging's durch die Lunge. Aber die Bergers sind nicht totzukriegen, hat der Alte mit 93 noch auf seinem Sterbebett hochmütig erklärt«, erzählt Shiloh. »Hättest du früher mal erleben sollen, da sind die Wildschweine im Herbst noch in Herden ganz dicht bis an die Berger'schen Zäune rangekommen. Die Viecher spüren den Winter kommen. Damals, als sie noch nicht am Berg arbeiteten. Aber da bist du zu jung für«, winkt er ab, um sich von den vielen Worten zu erholen.

Shiloh war schon beim alten Berger beschäftigt. Stolz erzählt er, dass er sich in einem der massiv gebauten Berger'-

schen Gebäude ein eigenes verglastes Büro und drei Räume für Maschinen und Werkzeuge eingerichtet hatte. Damals arbeiteten die meisten aus unserer Straße noch auf dem Tongrubengelände. Jetzt muss Junior auch schon so an die sechzig sein, und Shiloh ist längst in Rente. Nur noch ein paar gelangweilten Polen bleibt die Aufgabe, die Bauschuttlaster nach festem Schüttplan auf den Berg zu dirigieren. Dass sich tief darunter mal eine traditionsreiche Tongrube befand, wissen nur noch die wenigsten.

Ich schmatze an einem etwas zäheren Stück herum und frage: »Sag mal, hat dir Berger eigentlich mal gesagt, wie hoch der Berg noch werden soll?« Keine Antwort aus der Lötecke. Nur ein unwilliges Grunzen. Die Verbindung zu den Bergers ist nie ganz abgerissen, noch heute geht Shiloh einmal wöchentlich morgens los und kommt erst am Abend wieder. Ich vermute ganz stark, dass er über die Jahrzehnte auch dort ein Ordnungssystem installiert hat, das nur er verstehen kann. Will Berger nun irgendeine Änderung an einem seiner Gebäude durchführen, dann fragt er vorher zwei Personen um Rat: einmal seine uralte Mutter, die im Stammhaus wohnt, und eben Shiloh, der genau weiß, welches Rohr und welche Leitung wann wo verlegt wurde und wie und mit welchem Werkzeug am besten ranzukommen ist.

Bevor Shiloh mit mir in seinen Keller gegangen ist, hat er mir einen kleinen Holzkoffer, wie man ihn für Bocciakugeln verwendet, in die Hand gedrückt. Dazu sagte er mit gesenktem Kopf, und ich bilde mir ein, sogar etwas linkisch: »Für Helen. Nur eine Kleinigkeit.« Für Bocciakugeln ist der Koffer allerdings deutlich zu leicht.

Als ich aufgekaut habe, nehme ich den Koffer für Helen, schiebe den Sternkopf in die Jacke und greife die Krücken. Beim Tschüssagen wirkt Shiloh erschöpft. Ich denke, wer sich so viele Dinge merken muss, der hat schon ohne Arbeit einen anstrengenden Tag.

Am Wasser

Während ich mühsam Shilohs Hütte verlasse, biegt gerade wieder holterdiepolter eine von Bergers Lasterkolonnen um die Ecke. Steine und Sand purzeln bis auf den Gehweg. Aber das hat für uns hier auch etwas Beruhigendes. Die Straße wirkt belebter.

Hinter der Kolonne, voll im Staub, fährt Berger in seinem dunklen Phaeton. Der wuchtige Volkswagen ist genauso lehmverschmiert wie die Laster. Auf der Beifahrerseite gleitet die getönte Scheibe runter, und Berger beugt sich vom ledernen Fahrerplatz rüber.

»Na, du Frontschwein, wie sieht's aus an den vorderen Linien?« Beim Sprechen klebt Berger der perlmuttfarbene Filter einer Edelkippe zwischen den Lippen. Sieht fast lässig aus. Nicht nur sein Auto, auch die unverschämt dichten Haare sind voll von angetrocknetem Lehm.

»Shiloh ist drinnen.«

Er nickt wissend: »Ja. Gut, gut.« Ich fische mir eine Kippe aus der hingehaltenen Schachtel Davidoff One – vorsichtig eine von ganz außen, an denen in der Mitte klebt Lehm.

»Komm doch mit hoch.« Während er spricht, hupt er mehrfach und blickt rüber zu Shilohs Hütte. »Seit Tagen schon streunt mir eine Horde ziemlich dicker Keiler übers Gelände. Die könnten wir von der Veranda aus wegknallen. Dazu trinken wir was und quatschen.« Der Sechzigjährige tätschelt mir väterlich die Hand, die ich im Fensterrahmen des Phaeton abgestützt habe.

»Weiß nicht«, antworte ich wahrheitsgemäß und sauge an der Zigarette.

»Hat deinem Vater auch Spaß gemacht«, sagt Berger. »Ich war richtig neidisch, als der Alte mal die Gewehre aus seinem Waffenschrank geholt hat und mit deinem Vater loszog.«

Dad hatte beim alten Berger eine kaufmännische Ausbildung gemacht. Der Senior hielt große Stücke auf ihn. Wäre Berger Senior 115 geworden, hätte ich sicher auch dort anfangen müssen, aber nach dessen Tod schied Dad bald aus dem Familienunternehmen aus. Junior erleichterte ihm den Abschied mit einer erstaunlich großzügigen Abfindung, die es Dad erlaubte, bei sparsamer Haushaltung in den vorzeitigen Ruhestand zu gehen.

Großvater und den alten Berger verband eine feste Freundschaft, deren besonderer Klebstoff die Deutschreligiosität war. Ich erinnere mich, dass Berger Senior manchmal bei den Großeltern im Harz zu Besuch war, und dass die beiden dann in der Stube wichtige Termine besprachen oder stundenlang über Papieren saßen, während Oma mich zur Seite nahm, damit ich die beiden nicht störte. Ein gemeinsamer Spaziergang mit den alten Herren war da schon etwas Besonderes. Berger war großer Naturfreund und Pflanzenkenner, Opa ergänzte das durch seine Ortskenntnisse. Für mich war das, auch wenn ich Mühe hatte, Schritt zu halten, immer ein echtes Abenteuer.

Berger Senior erklärte mir mehr als einmal, was ich doch für einen klugen Vater hätte und dass ich ihm immer ein guter Sohn sein müsse. Ich musste es ihm mehrfach in die Hand versprechen, und ich glaube, dass ich es eingehalten habe. Meine Entscheidung, zum Bund zu gehen, blieb der einzige, wenn auch tief greifende Konflikt zwischen Dad und mir.

»Lecker, dein Wild«, lobe ich Berger Junior. »Shiloh hat mir was davon angeboten.« Während der gerade schwer bepackt aus der Tür kommt und umständlich an seinen fünf Schlössern hantiert, schaut mich Berger nachdenklich an.

»War dein kleiner Äthiopier heute schon da? Ich fahre Shiloh nachher wieder runter, komm doch einfach mit uns hoch. Mutter würde sich bestimmt freuen. Da könnt ihr Kriegsgeschichten austauschen.« Dabei zwinkert er mir verschwörerisch zu. Er selbst ist kinderlos geblieben; sicher waren die Berger'schen Weiber auch deshalb immer ziemlich vernarrt in alles, was sich nicht schnell genug auf den Roller flüchten konnte.

Mannomann, was haben die gerne an mir rumgedrückt, wenn Vater am Wochenende außerplanmäßig nach oben musste. Die hektischen Anrufe ganz früh am Samstagvormittag kamen zum Leidwesen meiner Mutter öfter vor. Der alte Berger hatte Freitagabend Stammtisch unten in der Stadt. Erfuhr er dort vertraulich beim Bier, dass Montag eine Buchprüfung anstand, hatte Vater wieder Wochenenddienst. »Bring doch ruhig deinen kleinen Gelockten mit«, baten ihn die Bergerfrauen.

Bei den Deutschreligiösen sorgte der Tod des alten Berger für große Betroffenheit. Besonders deshalb, weil daraufhin auch Berger Junior bei ihnen ausschied. Man gab Mutter Berger die Schuld. Vater schimpfte zu Hause mehr als einmal über sie, weil es ihm wieder nicht gelungen war, Junior zur Nachfolge des Alten zu bewegen. Vater fühlte sich unwohl in seiner Kronprinzenrolle. Aber Junior, der früher zu den aktivsten Deutschreligiösen gehörte, steckte einfach auf, und Vater wurde neuer Obmann.

Als Heranwachsender schlich ich oft heimlich hoch zu den Bergers. Da gab es diesen Teich in einer tieferen Senke, versteckt zwischen einigen stattlichen Kieferngruppen. Auf einem meiner Streifzüge hatte ich entdeckt, dass man die Juniorchefin dort nachmittags beim Nacktbaden beobachten konnte. Ich war da vierzehn und sie wohl knapp vierzig.

Hannah Berger blieb oft minutenlang und völlig nackt bis zu den Knien im Wasser stehen. Am frühen Nachmittag schien die Sonne fast direkt zwischen ihren Beinen hindurch. Zwar musste ich ordentlich die Augen zusammenkneifen, aber dieses diffuse Schauspiel kam mir jedes Mal paradiesisch vor. Ebenso geschwungen wie kraftvoll und kantig: Hannahs Prachtpo. Sofort höchstbewundert. Das Schönheitsideal eines Vierzehnjährigen ist so dehnbar wie ein knackiger Käse auf einer heißen Ofenplatte.

Nach einer zögerlichen Annährungsphase, die wohl einige Tage dauerte, wurde von Hannah ein verstecktes flaches Wiesenstück hinter Büschen zu meinem Ausbildungslager erkoren. Einen ganzen Sommer lang erfuhr ich dort alles und noch ein bisschen mehr, was man von einer älteren Frau zu erfahren wünscht. Mut und Angriffslust wuchsen mit jedem Tag am Wasser.

Hannah Bergers Lieblingsstellung wurde von ihr ein wenig albern der »Jacques-Cousteau-Orgasmus« genannt. Wie sie mir erklärte, benannt nach einem französischen Meeresforscher, der in ihrer Jugend eine erfolgreiche Dokufernsehserie hatte. Die Jacques-Cousteau-Nummer begann damit, dass sie ihre Taucherbrille aufsetzte und den Schnorchel in den Mund nahm.

Sehr groß, völlig nackt und 75, für mich damals perfekt verteilte Kilo schwer, robbte sie auf dem Bauch liegend so weit in den Teich, bis ihr Kopf samt Schultern und Armen unter der Wasseroberfläche lag. Zeitgleich zog sie die Knie an, was ihren Kopf noch tiefer ins Wasser drückte, bis nur noch das Schnorchelende herausschaute. So bekam ich ihre mächtig gespannten Gesäßbacken präsentiert, die sie dann auch noch lockend hin und her schwenkte. Sie hatte erkannt, dass ein junger Bursche zu viele Eindrücke auf einmal nicht verkraftet. Die größten Hemmungen hatte ich tatsächlich immer dann, wenn sie mich mit ihren erotisch schelmischen Blicken verunsicherte. Da konnte mir in wenigen Sekunden alles zusammenbrechen. Aber wenn ich ihr nicht direkt in die Augen sehen musste und nur noch diesen gewaltig wackelnden Riesenpo mit seinen verheißungsvollen Duftschlitzen vor mir sah, wuchs ich über mich hinaus. Wenn ich in Hockstellung ihren hingestreckten Arsch mit aufgerecktem Schwanz und neugierigen Fingern erforschte, röchelte sie so lustvoll durch ihren Schnorchel, dass ich mein Rohr immer mal wieder für Minuten aus einer ihrer Öffnungen herausziehen musste, um ihre Tauchexpedition nicht vorzeitig abzubrechen.

Frau Berger hatte mich in diesem Sommer so gut trainiert, dass ich schon bald auf jedes ihrer Zeichen zu reagieren wusste. Riss sie sich beispielsweise irgendwann Taucherbrille und Schnorchel vom Kopf, bedeutete das, dass sie jetzt noch maximal zwei Minuten unter Wasser bleiben konnte, und ich rammelte sofort wie wild los. Um ihren Kopf herum brodelte alles wie wild, das Wasser schien tatsächlich zu kochen.

Manchmal, wenn ich sie auf den letzten Metern doch noch verloren hatte, ließ ich mich mit offenem Mund direkt auf ihre Perle fallen und stach zusätzlich wie ein Wilder abwechselnd mit allen Fingern in ein wunderbares Gemisch aus Glitschigkeit und frisch gespritztem Saft. Vorbei war es erst, wenn sich die Berger ins Wasser gleiten ließ und ihr heller Po endgültig im Teich verschwand. Ich stand dann so lange nervös wie ein begossener Pudel am Strand, bis sie wieder auftauchte, grinste und mir mit beiden Händen Küsse zuwarf oder kokett applaudierte. Dann hielt ich mich für den glücklichsten Mann der Welt.

Im folgenden Sommer erschien sie nicht mehr am Wasser. Berger hatte den Teich geschäftstüchtig an den örtlichen Angelverein vermietet, der Hechte und Aale einsetzte. Ich trainierte dann noch ein paar Wochen für den Angelschein, bin aber immer wieder an der Wurftechnikprüfung gescheitert.

»Deine Frau wieder im Tauchurlaub?«

»Jo«, antwortet Berger, während wir beide Shiloh beobachten, der endlich mit dem Abschließen fertig zu werden scheint und sich anschickt, seine Werkzeugkoffer so auf dem Gehsteig zu platzieren, dass er sie anschließend mit zwei Händen bis zum Phaeton tragen kann. »Sechs Wochen Kenia. Ich weiß gar nicht, wie man es so lange unter Wasser aushält, aber sie freut sich jedes Mal schon Wochen vorher so sehr darauf, und ich kann mich ein bisschen mehr auf neue Projekte konzentrieren.«

Als Shiloh am Phaeton angekommen ist, lässt Berger die Heckklappe ganz langsam hochswingen. Shiloh schaut missmutig auf diese neueste automobile Innovation und sortiert zögerlich seine Kisten ein.

»Also, wie sieht's aus, zwei Stunden Zeit?« Während ich noch unschlüssig und entscheidungsschwach am Wagen lehne, hat Berger schon meine Krücken ins Auto bugsiert und schiebt mich vorsichtig auf die freie Rückbank: »Langer Radstand! Da würdest du fast mit Rollstuhl reinpassen. Kostet was extra. Als Fahrer hab ich ja eigentlich nichts davon, höchstens an den Rastplätzen. Da müsste ich mir schon ein paar schnittige Hüpfdohlen extra einladen, um den Platz da hinten voll zu nutzen.« Shiloh kramt unterdessen in seiner Aktentasche und schimpft leise vor sich hin.

»Mensch, Shiloh«, lacht Berger, »schon wie ein alter Grummelgreis. Wenn dich der Alte so sehen könnte.«

Shiloh schaut nur kurz hoch und sagt viel zu ernst: »Wünsch dir nicht, der könnte noch irgendwas sehen, der würde sich umdrehen da unten in seinem Loch.«

Berger klopft ihm versöhnlich auf den Oberschenkel: »Ist doch gut. Die Zeiten ändern sich, da muss man sich einfach mit verändern.«

Shiloh wühlt und grummelt weiter: »Alles nur Sprüche. Nur lockere Sprüche.«

Platzgreifend gleitet der klavierlackschwarze Phaeton über die Straße. Unter den breiten Reifen knirschen Sand und Steine. »Ping« macht es jedes Mal, wenn ein Kiesel wie ein Geschoss von der Reifenkante weggeschleudert wird.

Vor uns fahren zwei offene, hinter uns ein geschlossener Kipplader. Als Berger am Ende der Straße um die Kurve fährt, geht es frontal auf den enormen Schuttberg zu.

»Mensch, Berger«, sage ich und klopfe ihm mit meiner Krücke sachte auf die Schulter, »das ist ja wie der Turmbau zu Babel. Pass auf, dass dir die ganze Chose nicht beim nächsten größeren Gewitter aufs Dach knallt.« Berger lacht.

Doch bevor er noch was erwidern kann, geht Shiloh dazwischen: »Alles gut verdichtet und stabilisiert. Jedenfalls bisher.« Wieder ein böser Blick rüber zu Berger, und dann beginnt das Aktentaschengewühle von Neuem.

Hinter uns hupt es ungeduldig. Das muss ein neuer Fahrer sein, der das Auto vom Chef nicht erkannt hat. Berger zeigt sich allerdings im Moment noch ungerührt. Fast am Ende der Straße, dort, wo das weitläufige Grundstück beginnt, direkt gegenüber dem in der Regel nur nachts verschlossenen Drahtgittertor, lässt Berger den Phaeton auf dem Seitenstreifen ausrollen und den Laster vorbei. Die Scheibe gleitet herunter, und ungefähr auf gleicher Höhe, mitten in einer mächtigen Sandstaubwolke, deren Ausläufer ins offene Fenster wehen, winkt Berger dem Beifahrer anzuhalten. Der muss ihn jetzt auch erkannt haben, jedenfalls bremst der wuchtige Wagen so abrupt ab, dass die abgedeckte tonnenschwere Ladung ihn sekundenlang gefährlich nachschwingen lässt.

»Mensch, Scheibe runter!«, schreit Berger und unterstützt die Aufforderung mit zackigen Handzeichen. »Fahrt nicht vorne rauf! Ihr müsst hintenrum und dann den kurzen schmalen Weg hoch. Da werdet ihr eingewiesen.« Berger winkt den Wagen weiter, greift nach den Kippen, zündet sich eine an und reicht die Schachtel dann großzügig nach hinten: »Aber aus dem Fenster, Toni, die Ascher sollen sauber bleiben.«

»Meinste, das hilft noch was?«, werfe ich ein.

»Nicht frech werden, Jungsoldat«, lacht er und gibt dann einem imaginären Chauffeur Anweisung weiterzufahren.

»Mensch, Berger, du fährst doch selbst!« Jetzt lacht sogar Shiloh kurz meckernd auf. »Immer der, vor dem das Lenkrad hängt.« Berger stutzt für den Bruchteil einer Sekunde und drückt dann so heftig aufs Pedal, dass wir ordentlich in die Polster gedrückt werden.

Links neben der Einfahrt, ein paar Meter die Straße runter, steht eine einsame Bushaltestelle. Mitten im Nichts. Wir haben etwas weiter unten eine eigene; diese hier macht einen sinnlosen Eindruck. Momentan allerdings erkennt man hinter den staubverschleierten Glasflächen ein junges Pärchen, noch im Schulalter. Sie lehnt ein wenig unglücklich an der Glasinnenwand, während er sich mit dem Unterleib eng an sie quetscht. Obenrum sind beide heftig am Knutschen. Berger hupt übermütig dazwischen. Das Paar schaut erschrocken um die Ecke. Als sie den Phaeton erkennen, streckt der Junge beide Stinkefinger Richtung Berger.

»Na warte«, lacht der nur, »du kommst auch noch und fragst um eine Anstellung.«

»Seit wann stellst du denn wieder Leute ein?«, frage ich prüfend von hinten.

»Wer weiß, wer weiß«, unkt Berger daraufhin mehr zu sich selbst als zu mir.

Wir fahren in der Staubfahne des vorbeigelassenen Lasters. Erst passieren wir das Tor, dann kommt Bergers kleines Pförtnerholzhäuschen. Er drückt so kräftig aufs Pedal, dass hinter uns ordentlich Schotter wegspritzt. Ein paar Kiesel prasseln ans Pförtnerhäuschen. Da rührt sich aber nichts. Man sieht nur ein paar Stiefel hervorlugen, als wäre es ein gottverlassener mexikanischer Grenzposten.

»Das ist noch der Nachtdienst«, erklärt Berger lakonisch, »sein Bruder hat heute abgesagt. Der sitzt da nur symbolisch am Platz.«

»Polen?«, frage ich.

»Ja, Geschwister. Absolut zuverlässig. Nur bei Geldangelegenheiten würde ich heimlich Kameras installieren«, sagt er lachend und schüttelt sein staubiges Haar.

Shiloh holt sein Werkzeug aus dem Kofferraum. Berger wartet neben dem Auto und schaut ein wenig nachdenklich zum Berg. Der ist jetzt bestimmt schon 60 Meter hoch. Die vordere Flanke, die zu Bergers Haus und den Hallen hinzeigt, ist in weitem Bogen eingedellt, wie mit einem gigantischen Grapefruitlöffel ausgeschabt. Auf dem oberen Grad, im glitzernden Licht, ziehen die Laster lange Staubwolken hinter sich her. Im Halbrund des Berges sammeln sich die Geräusche.

»Warst lang nicht mehr hier, oder?« Ich nicke, obwohl ich weiß, dass mir Berger den Rücken zukehrt. »Schau, wenn die frische Grasaussaat am Hang fest verwurzelt ist, beginne ich mit der Installation der Sitzbänke.« Er zeichnet mit dem Finger große Halbkreise in der Luft.

»Du meinst das wirklich ernst mit dem Amphitheater, oder?« Fast ein wenig entrückt steht Berger da und schaut.

»Toni, du weißt ja, wie gerne Hannah taucht.« Ich nicke

vorsichtig, während mir Berger seinen Arm um die Schulter legt. Würde er jetzt noch ein wenig fester zudrücken, könnte man das als Würgen durchgehen lassen. Egal, ich habe ja meine Krücken und stütze ihn, so gut es geht, mit ab. Das Morphium gibt mir die nötige Geduld und das Stehvermögen.

»Einer unserer ersten Griechenlandurlaube war das wohl. Hannah war wieder mal durchgehend im Wasser.« Ich schlucke heftig. »Tauchen, tauchen, tauchen, mir hing allein das Wort schon zum Halse raus. Und diese ewig langen Wartezeiten.« Shiloh flucht irgendwas in den Kofferraum hinein und spuckt dann gut hörbar zur Seite hin aus. »Du altes Dreckschwein«, lacht Berger. »Na gut, jedenfalls ist mir das irgendwann tierisch auf den Sack gegangen, und da habe ich, weniger aus Lust, als einfach nur, um Hannah mal ein bisschen zu ärgern, eine Tagesfahrt nach Epidauros gebucht. Nur für mich. Und was du hier siehst … Denn dieser Ausflug damals hat mein Leben verändert.« Er wischt sich mit dem Ärmel die Augen. Ich schaue ihn fragend an. »Komm«, sagt er nur, »die Zeit nehmen wir uns noch. Kannst du ein paar Schritte mit da hinaufgehen?« Ich schaue in die angezeigte Richtung, überlege kurz und nicke vorsichtig.

»Wenn es nicht einmal um den Berg herum geht oder bis oben rauf.«

»Nee, nee«, sagt Berger und nimmt meine Hand, als wären wir fünf Jahre alt und ich seine kleine Freundin.

Er geht direkt auf den Hang zu und führt mich einen kleinen Pfad hinauf, der mitten durch die frische Aussaat führt. Die Steigung ist gerade so steil, dass ich es schaffe, das Bein nachzuziehen, ohne dass die Muskeln die Wunde zusammenpressen. Das wäre der heikle Moment: Entspannt man die Stelle anschließend, fließt es nur so raus aus dem Bein. Alles reißt von Neuem auf, und die mühsamen Heilungsprozesse könnten dann wieder mal für die Katz sein. Auf der anderen Seite werden die Ärzte nicht müde zu betonen, wie wichtig es sei, in Bewegung zu bleiben.

»Wenn ich es da hoch geschafft habe, würde ich aber danach gerne noch bei Mutter Berger reinschauen«, bringe ich vorsichtig vor.

»Kannst du doch, kannst du doch, deshalb habe ich dich doch überhaupt überredet mitzukommen. Mutter will dich unbedingt sehen, sie will dir irgendetwas geben oder was mit dir besprechen. Jedenfalls bedrängt sie mich schon eine ganze Weile damit.«

Über uns kreist elegant ein Mäusebussard und stößt seine klagenden Schreie aus. Ein zweiter kommt hinzu. Die Kreisbahnen der eleganten Jäger werden enger. Wir schauen fasziniert nach oben. Das Gelände hier bietet Kleinsäugern wenig Deckung, und die, die nicht schnell genug in ihren Bau kommen, haben das Nachsehen. Von oben betrachtet scheint der Tisch jedenfalls reich gedeckt zu sein.

Berger zieht mich weiter. Immer höher den kleinen Pfad hinauf. Alle paar Meter brauche ich halbminütige Verschnaufpausen. Schließlich hat Berger irgendeinen idealen Punkt erreicht. Er dreht sich um, schaut, prüft und setzt sich umstandslos auf die frische Aussaat. Ich tue es ihm nach, nur wesentlich umständlicher. Hier oben ist es merkwürdig still. Nicht die Abwesenheit von Geräuschen macht die

Ruhe aus, sondern die erstaunliche Distanz zu ihren Verursachern. Unten meckert Shiloh vor sich hin, aber selbst das klingt hier nah und rein.

»Auf wie viel Tonnen Müll sitzen wir hier eigentlich?«, frage ich Berger, bekomme aber keine direkte Antwort.

»Mensch, Toni, das ist kein Müll, das ist mein Lebenstraum. Wenn du so alt bist wie ich, dann achte darauf, dass dir ein großer Traum geblieben ist. Den dann zu verwirklichen - wunderbar.« Er legt erneut seinen Arm um meine Schulter. Ich weiß nicht, was ich ihm darauf erwidern soll, also richte ich meinen Blick in die trübe Ferne.

»Toni, das hat doch mit Müll nichts zu tun, das hier ist einzigartig. Schau dir bloß mal den Blick an.« Dabei zeigt er hinüber zu den Kirchtürmen der Stadt, hinweg über die trockenen Felder, bis hin zu den kleinen Ortschaften auf der anderen Seite.

»Ich bin damals in Griechenland an einer gottverlassenen Haltestelle in diesen gottverlassenen wackeligen Bus gestiegen und hatte Hannah lediglich einen Zettel hingelegt, dass ich den ganzen Tag über unterwegs sein werde. Versteh mich richtig, ich hatte damals überhaupt keine Erwartungen mehr an irgendwas. Komplett abgeschlossen. Aber in einer merkwürdig unaufgeregten Art und Weise. Den Portier hatte ich nach einem Tagesziel gefragt, und der Hotelmanager hatte mir später mit glitzernden Augen erklärt, wie glücklich ich mich schätzen könnte, denn genau heute Abend wäre eine von wenigen Aufführungen im antiken Amphitheater von Epidauros. Der letzte Tag des Sommerfestivals. Der Preis klang gerechtfertigt, also kaufte ich die Tickets für Bus und Veranstaltung, ohne jemals etwas von diesem Ort gehört zu haben.« Während Berger erzählt, formt er vor sich aus der losen Deckerde eine kleine Pyramide.

»Um es kurz zu machen, die Busfahrt endete auf einem Parkplatz, beschattet von alten Olivenbäumen. Und als ich den Vorplatz des Theaters betrat, war das Liebe auf den ersten Blick. Ein Gefühl, Toni, das kann ich dir gar nicht ausführlich genug beschreiben.« Das emotionale Geständnis scheint ihn selbst ein wenig zu verwirren, jedenfalls fängt er an, meine Schultern zu kneten.

»Das war ein Gefühl wie ankommen, ohne vorher gewusst zu haben, welches Ziel man überhaupt erreichen will. Toni, ich stand da wirklich unvermittelt an der Wiege der europäischen Kultur. Epidauros ist in einen Hang hineingebaut. Ursprünglich bot das Freilufttheater über zehntausend Besuchern Platz. Menschen, die mit großer Begeisterung den Tragödien lauschten. An meinem Abend spielten sie *Die Trojerinnen* von Euripides. In Altgriechisch. Ganz schlicht und ohne Kulissen. Die Schauspielerinnen in schwarzen Gewändern, ihre pechschwarzen Haare zu langen, dicken Zöpfen geflochten.«

Berger legt sich auf den Rücken und erzählt mit geschlossenen Augen weiter: »Kassandra, Andromache und Hekabe. Jedes Wort war zu hören bis hoch in die letzte der steinernen Reihen. Ohne den Sinn zu verstehen, hatte ich trotzdem das Gefühl, etwas in meiner wahren Muttersprache zu hören. Von meinem Platz aus blickte ich auf eine grandiose Berglandschaft. Davor lag im Schatten der beginnenden Nacht ein weites Tal, fast eine Ebene, voller uralter dunkelgrüner Olivenbäume«, schwärmt Berger mit wachsender Erregung. Unten fahren zwei helle Autos vor. Den Kombis entsteigen vier Personen.

»Ich glaube, du bekommst Besuch.«

Berger setzt sich wieder auf: »Drück mir gleich mal die Daumen.«

Ich schaue ihn an: »Für was?«

»Dafür, dass in nächster Zeit ein Traum Wirklichkeit wird.«

Berger steht auf, und wir machen uns auf den Weg nach unten. Während des Abstiegs berichtet er weiter, wie er anschließend, nach einer stundenlangen Vorstellung, die ihm wie Minuten vorkam, in einem kleinen Hotel in der Nähe unterkam, in dessen Restaurant später einige der Schauspielerinnen an einer großen Tafel speisten, und dass er einfach von den Damen dazugebeten wurde.

»Das war für mich ganz natürlich. Als hätte ich, durch unsichtbare Bänder verbunden, schon immer dazugehört. Ich hatte keinerlei Bedenken zu stören. Das Gefühl wurde mir an diesem Abend einfach nicht gegeben. Miranta Papandoníou – den Namen werden ich nicht vergessen.« Berger ist fast nicht mehr zu verstehen. Ich muss mich bemühen, Schritt zu halten.

»Nach drei Tagen in meinem Hotelzimmer, in denen wir nicht für eine Minute hinausgegangen sind, habe ich Miranta versprochen, ein Theater zu bauen, das ihren Namen trägt. Und sie hat es mir damals wirklich geglaubt.« Berger winkt seinen Besuchern und kündigt so unmissverständlich an, dass er auf dem Wege ist.

»Was ist aus ihr geworden?«, frage ich.

»Ich weiß es nicht«, antwortet er fast ein bisschen verzweifelt. »Wenn es den Namen nicht zweimal gibt, was man annehmen kann, dann hat sie einige Jahre, bevor ich sie kennenlernte, für Griechenland den zweiten Platz bei der Miss-Universum-Wahl gewonnen. Zu Recht, sage ich dir. Aber ich habe heute vieles leider auch einfach vergessen. Was mir geblieben ist, ist die Vision von einem eigenen Theater. Mein Epidauros.«

Wir sind fast unten angekommen. Ich gehe hinter ihm her und stütze mich auf seiner Schulter ab, da wendet er den Blick noch einmal zu mir: »Toni, ich hätte gerne mit deinem Vater hier weitergemacht. Das sollte nicht sein. Versprich mir, dass du dich bei mir meldest, wenn du wieder einsatzfähig bist. Es gibt so viel zu tun, da brauche ich jeden Mann, dem ich wirklich vertrauen kann.« Ich nicke nur, aber da schaut er schon nicht mehr her, sondern geht bereits mit schnellerem Schritt und ausgestreckter Hand den Aktentaschenträgern entgegen.

Die Stadtverwaltung erkennt man hierzulande an dem fehlenden Buchstabenmittelteil im Nummernschild. Der Stellvertreter vom Bürgermeister ist auch dabei. Ich winke kurz rüber. Der hatte mich im Namen der Stadt mal zu Hause besucht und mir Genesungswünsche des Bürgermeisters überbracht. Nebst einem Zinnteller mit dem Stadtwappen, heute ein vorzüglicher Aschenbecher.

»Gehst du rüber zu Mama? Ich hole dich nachher da ab. So in zwei Stunden«, ruft mir Berger noch hinterher, während ich bereits den kleinen Pfad hoch zur alten Villa humpele. Länger darf es auch nicht dauern, sonst lässt die Wirkung der Schmerzmittel zu sehr nach.

Da sieht man mal, was Frauen mit ihren feuchtwarmen

Büchsen alles anrichten können. Noch über Jahrzehnte hinweg. Griechische Tragödie auf einem Müllberg in der deutschen Provinz, nur, um eine geheime, längst verschwommene Erinnerung wachzuhalten. Der Berg ist mittlerweile der topografisch höchste Punkt der Stadt. Das muss in dieser flachen Gegend noch nicht allzu viel bedeuten, tut es aber.

Der Pfad, der die sanfte Anhöhe hinaufführt, ist eingefasst von üppig wuchernden Rhododendronbüschen. Bergers Wohn-, Empfangs- und Bürohaus hat das gleiche Schicksal wie seine Haare ereilt: zugestaubt und eingegraut. Überraschenderweise ist Mutter Bergers Gründerzeitvilla davon aber weitestgehend verschont geblieben.

Ich nehme so vorsichtig, wie es die Verletzung erzwingt, die restlichen paar Meter. Für die abschließenden fünf Steinstufen unterfasse ich mein krankes Bein mit beiden Händen und wuchte es Stufe um Stufe hoch. Neben der schweren dunklen Eichentür drücke ich auf den winzigen weißen Klingelknopf, der sich in einem Messingwald versteckt.

Die Villa wurde, wie viele Bürgerhäuser aus dieser Zeit, mit Elmkalksteinen gebaut. Heute sind die Steinoberflächen dunkel ausmineralisiert, wie bei den ehrwürdigen alten Kirchen der Stadt. Für Restaurationsarbeiten fahren die Steinmetze noch heute in den nahen Elm und lassen sich dort die gewünschten Quader brechen. Die frischen Schnittflächen der Bruchsteine leuchten hellgelb in der Mittagssonne. Dicht unter den Wurzeln der Buchenhochwälder schlummert der Elmkalkstein seit Jahrmillionen. Das haben wir schon in der Grundschule gelernt. Selbst die türkischstämmigen Mitschüler marschierten auf Schulausflügen begeistert auf den Pfaden unserer Ahnen, der edlen Brunonen und der stolzen Welfen.

Der Pflegedienst öffnet die Tür.

»Heinemann. Ich bin ein Freund der Familie und würde gerne Mutter Berger besuchen.« Die schlanke vielleicht 45-Jährige tritt zur Seite, lächelt mich auffällig freundlich an und sagt: »Ich weiß, Sie werden schon sehr lange erwartet. Frau Berger spricht in letzter Zeit häufiger von ihnen, besonders, seit der Artikel über ihren Auftritt bei den Linken in der Zeitung stand.«

»Liest sie die Zeitung regelmäßig?«, frage ich nach. Sie erklärt mir, dass es sich dabei eher um Vorlesen handelt.

Der holzvertäfelte Flur ist eng und dunkel. Als kleiner Junge habe ich mich hier immer ein bisschen gefürchtet und war froh, den großen, hell beleuchteten Saal oben zu erreichen. Die Pflegedienstschwester geht vor mir die Treppe hinauf. Ihre weißen Söckchen sind fast bis zur Fessel runtergerollt. Die doppelte Mittelnaht ihres Kittels springt bei jedem Schritt von einer Pobacke zur anderen hinüber. In Gedanken zähle ich den Takt mit. Eins, zwei, eins, zwei. Eindeutig ein Marsch. Aber mir fällt keine passende Melodie ein.

»Soll ich ihnen behilflich sein?« Die Schwester dreht sich auf dem Treppenabsatz zu mir um, als hätte sie meinen Blick auf ihren Pobacken gespürt. Ich lächle sie kopfschüttelnd an. Sie lächelt kurz zurück. Jetzt bin ich sogar sicher, dass sie was gespürt hat. Oben setze ich mich kurz zum Verschnaufen auf das gediegene Ledersofa im Flur. Ich bin total erschöpft von der Kletterei mit Berger.

Den Flur entlang stehen ein halbes Dutzend alter, reich verzierter Vitrinen mit Artefakten der Berger'schen Familiengeschichte: silberne Leuchter, eigenartige Schriftrollen, die mich schon als Kind fasziniert haben, Zinnsammlungen neueren Datums, Vereinswimpel, Urkunden, Schlüssel mit riesigen krummen Messingbärten in Samtschatullen und allerlei Wappen-bemaltes altes Porzellan. Ein kleines Museum.

»Frau Berger bekommt jetzt noch ihr Abendbrot. Wollen Sie so lange warten?«, kommt es höflich aus der kleinen Teeküche neben dem großen Saal.

»Ich würde dich gerne mal über den Küchentisch schmeißen und dich auf mein Nudelholz nehmen«, antworte ich so leise, dass es nicht einmal die Fliege auf meinem Knie gehört haben kann. »Kann ich es ihr bringen?«

»Warum nicht? Aber Sie müssen darauf bestehen, dass sie nicht schon nach drei Löffeln Suppe aufgibt. Wenn Sie mir das versprechen können«, sagt sie, während sie den Kopf rückwärts aus der Tür streckt und lächelt.

Ihr Haar hat sich hinten leicht geöffnet. Ich muss wirklich ein bisschen aufpassen, mich nicht augenblicklich zu verlieben. Ich greife mir umständlich in die Hosentasche, um mir mal kräftig in einen Hoden zu kneifen. Aua. Bis der zugartige Schmerz nachlässt, dauert es erfahrungsgemäß ein paar Minuten, dafür ist das Bild erst einmal gelöscht.

»Kommen Sie?« Ich hatte die Augen kurz geschlossen und schrecke hoch. Beim Aufstehen vergesse ich, die Hand aus der Adidas zu ziehen, und falle wieder zurück.

»Moment.« Die Schwester grinst.

»Mein Ältester trägt diese Dinger auch. Ist Ihnen das denn gar nicht unangenehm, wenn da immer so der Wind seitlich durchpfeift?«, fragt sie mich mit einem entwaffnenden Lächeln und nicht ohne eine gewisse Süffisanz.

»Geht schon«, antworte ich, »ist doch wegen der Verletzung.«

Ich folge ihrem Po, auf dem sich leider ein dunkler String abzeichnet. Bei einer Frau in diesem reifen Alter wäre ein weißer Baumwollschlüpfer ohne Zweifel die bessere Wahl.

»Ist Ihnen warm?«, frage ich die Schwester, während sie die Tür zum Schlafzimmer aufmacht.

»Warum?«, fragt sie lachend zurück. »Finden Sie, ich bin zu dick angezogen?«

»Nur so«, erwidere ich ziemlich einfallslos.

»Frau Berger, Sie haben Besuch.« Ich stehe etwas schüchtern im Schatten der Pflegerin und blicke hinüber auf das breite Bett. Wie in meiner Wohnung hat auch hier die medizinische Rundumversorgung schon innenarchitektonisch eingewirkt: viel Weiß, viel Chrom, alles abwischbar und schnell erreichbar.

»Toni! Komm, mein Strunzkopfle. Lass dich mal anschauen, du armer Schlemihl.« Mutter Berger winkt mich mit ausladenden Händen zu sich. »Eigentlich müsste ich dir ja böse sein. Wenn ich 'ne junge Schickse wie die Anne hier wäre, wärste sicher längst schon mal hier gewesen.«

Anne lächelt und macht sich dran, den Ausziehtisch vorzubereiten, während ich an Mutter Bergers Bett herantrete. Ihre Hand klopft bestimmend auf die Stelle der Matratze, auf die ich mich zu setzen habe. Ganz nahe. Ich gehorche und beuge mich herab, um sie zu küssen. Mutter Berger war da auch früher schon sehr herzlich und umstandslos: feucht mitten auf den Mund, keine halben Sachen. Heute schon weniger unangenehm als früher. Alt ist sie geworden, die Gute, aber immer noch eine Erscheinung, mit der man rechnen muss.

Anne verabschiedet sich leise und empfiehlt sich bis morgen. Ich bilde mir ein, sie hätte mir beim Hinausgehen noch kurz zugezwinkert, aber da kann ich mich in dem Zwielicht auch geirrt haben.

»Mutter Berger, du siehst fantastisch aus«, lüge ich ein kleines bisschen, während ich mich vorbereite, ihr die Suppe einzulöffeln.

»Toni, mein Junge, essen kann ich hier den ganzen Tag lang. Und fantastisch habe ich zum letzten Mal ausgesehen, da warst du noch nicht einmal geboren, also lass bitte den Quatsch«, schimpft sie mich aus, aber ich lese an ihren leicht angehobenen Mundwinkeln doch ab, dass ihr die Schmeichelei gefallen hat. Sie gibt dem Hilfstischchen einen sanften Stoß, der ihn in der schmalen Gasse zwischen den wertvollen Persern weit in den Raum hineingleiten lässt.

Mutter Berger trägt ihr langes graues Haar in Zöpfen, die ihr wie ineinander verschlungene Aale um den Kopf ranken. Diese aufwendige Frisur ließ sie schon so anfertigen, als ihr Haar noch viel dicker und glänzend schwarz war. Bei Bergers kam der Friseur schon ins Haus, als Mutter Berger noch topfit war. Das war damals wohl eine Statusfrage.

Zu meinem Leidwesen wurden meine Haare wie auch die einiger Spielkameraden immer gleich in einem Abwasch mitgeschnitten. Mutter Berger sagte Vater schon am Vortag Bescheid, so gab es für keinen von uns ein Entrinnen. »Sozialfrisur« nannte Vater das etwas abfällig, weil immer derselbe einfache Schnitt gemacht wurde: vorne eine grade

Linie, zwei Zentimeter über den Augenbrauen, und im Nacken bis zum vorletzten Wirbel ausrasiert, fertig.

Mutter Berger sitzt aufrecht im Bett. Ihr Rücken wird von einer dicken Bettrolle gestützt. Die Zudecke ist dünn, der Raum stark beheizt. Ihre Wangen glühen ein bisschen, als hätte sie Fieber. Vielleicht hat sie aber auch einfach nur ein bisschen zu viel Rouge auflegen lassen. Das Nachthemd wird vorne mit Bändchen gehalten und ist mit zarten Frühlingsblumen bedruckt. Das obere Bändchen ist offen, so dass man die schwungvollen Innenlinien der Brüste erkennen kann. Diese hier hängen erstaunlich voll herab für eine über Achtzigjährige. Sie wölben sich sogar bis weit über den vermuteten Bauchnabel hinaus. Also ausgetrocknet ist Mutter Berger noch lange nicht. Auch wenn Hals und Brust schon sehr zerfurcht und fleckig aussehen.

Während Mutter Berger meine Hand tätschelt, schaue ich nachdenklich auf ihren Busen.

»Na, die Anne gefällt dir, nicht wahr?« Sie legt den Kopf schief. Ich atme tief ein. Der Bettduft steigt mir beruhigend in die Nase. In einer ihrer Cremes muss Rosenwasser verarbeitet worden sein.

Ich schaue ihr direkt in die Augen: »Wie kommst du denn darauf?«

«Tu mir doch nicht so schlau«, lächelt sie mich freundlich an, »oder glaubst du wirklich, ich hätt nich gewusst, dass du der Hannah damals einen ganzen Sommer lang dein Bombele anvertraut hast?«

»Mutter Berger!«, rufe ich entrüstet, und die alten Bilder schießen im Schnelldurchlauf an meinem inneren Auge vorbei.

»Schau doch mal aus dem Fenster. Von hier oben hat man eine wunderbare Aussicht mitten auf den See.« An ihrem Lächeln ist kein Vorbeikommen. »Ach, Jingele, zünde mir doch bitte mal eine Zigarette an.« Ich stecke ihr die Zigarette zwischen die Lippen. Sie nimmt einen Zug und sagt: »Hannah hat das damals gutgetan, und das war auch für den Junior gut. Ich hätte ihm so gerne einen Sohn wie dich gewünscht, aber auch am See hat es nicht sein sollen.« Sie verstummt, für den Moment ganz in Gedanken. »Ich weiß, er wäre ein guter Vater geworden, und es wäre doch in der Sippe geblieben.«

Sie nimmt einen zweiten Zug, drückt die Zigarette schon wieder aus und sagt: »Na, komm mal her, lass dich noch mal drücken, bevor du gleich wieder gehen musst.« Ich beuge mich rüber zu ihr, und sie presst meinen Kopf an ihren Busen. Ich fühle das weiche Fleisch an meiner Wange, während mich die trockene Hand der Alten sanft streichelt. »Schlimm, diese Selbstmordterroristen. Werd bloß wieder gesund, Jingele.« Sie küsst mein Haar, und ich werde ganz schläfrig. Ich lege meinen Arm auf ihre Hüfte und nicke kurz ein.

Von einem merkwürdig vertrauten Kribbeln in den Lenden werde ich wieder in die Gegenwart zurückgeholt. Mit dem Gesicht liege ich nun ein gutes Stück weit unter Mutter Bergers Bluse auf einer ihrer großen weichen Brüste. Die Fäden des Nachthemds sind bis runter zum faltigen Nabel geöffnet und meine Hand liegt nicht mehr auf der Hüfte, sondern direkt auf der anderen Brust. In meine Handfläche drückt die weiche, aber sehr mächtige Brustwarze der Alten.

Aber was noch schwerer wiegt, ich spüre Mutter Bergers knochige Hand seitlich in meiner Adidas. Die Hand streichelt meinen schlaffen Schwanz, und Mutter Berger summt dazu in doppeltonigem Singsang. Fast so, als würden eine Sopran- und eine Altstimme gegenläufig die orientalisch klingende, auf- und abschwellende Melodie vortragen. Sie klingt so glücklich und zufrieden, dass ich nicht wage, mich zu rühren.

Erstaunlicherweise fühle ich mich so entspannt und schmerzfrei wie schon lange nicht mehr. Nach einer Weile zieht Mutter Berger die Streichelhand wieder zurück. Gerade in dem Moment, als sich meine unteren Pumpstationen wider die Natur entschlossen haben, erneut Blut einfließen zu lassen.

»Na, du bist mir aber einer. Jingele, jetzt gib mir mal rasch die Rolle da vom Tisch.« Ich greife verstört danach und reiche sie ihr. Sie wischt sich meine Spritzer ab, die dick und flüssig an ihrem schlaffen Unterarm kleben, und lächelt dabei in sich hinein. »Mach mir doch mal die Bänder zu«, bittet sie mich, und ich folge gehorsam. »Du bist ein liebes Strunzkopfle«, erklärt Mutter Berger und wird dann ernster. »Toni, ich habe noch eine wichtige Sache zu besprechen. Du weißt, dass ich sehr bald sterben muss.« Ich will sofort intervenieren, aber ihr erhobener, jetzt wieder sauberer Arm hält mich davon ab.

»Es gibt etwas zwischen Juniors Vater und deinem Großvater, und es wird höchste Zeit, dass du davon erfährst. Geh doch mal bitte an den Sekretär dort hinten und mach die untere Schublade auf, da ist eine Schachtel drin, auf der schon sehr lange dein Name steht.« Ich schaue sie fragend an und habe sogar für den Moment vergessen, was gerade passiert ist. »Na mach schon«, drängelt sie fast. Im selben Augenblick hupt Berger von unten. Der Termin ist wohl beendet. Ich öffne den Schrank und bringe Mutter Berger die gewünschte Schachtel, die tatsächlich meinen Namen trägt. Sorgsam sind die Umrisse der Buchstaben mit hartem Bleistiftstrich gezeichnet, die Zwischenräume kunstvoll ausschraffiert.

Ich will Mutter Berger das Wisch-und-weg-Tuch abnehmen, aber sie gibt es nicht her und empfiehlt mir, mich doch erst einmal im anliegenden Bad ein wenig frisch zu machen.

Ich lege die stark duftende Seife in die gläserne Muschelschale zurück, ziehe die Vorhaut zurück und seife mir den Schwanz ein. Dann spüle ich mit klarem kühlen Wasser nach. Die kleinen Handtücher sind so angenehm weich, das sie sich fast wie angewärmt anfühlen.

Als ich zurück in ihr Zimmer komme, gibt mir Mutter Berger wieder die Schachtel, aber bittet mich, sie erst zu Hause aufzumachen.

»Dann wirst du einiges verstehen.« Ich setze mich etwas verlegen wieder zu ihr und gebe ihr einen Kuss auf den Mund. Manchmal frage ich mich, was in meinem Leben schiefgelaufen ist. Aber andererseits würde Helen so etwas als eine perfekte, unentgeltliche Lebenserfahrung verbuchen, und Helen kann manchmal sehr weise sein.

Nachdem ich versichert habe, schon bald wiederzukommen, klemme ich mir die Schachtel unter den Arm und stelze umständlich die Treppe hinunter. Der enge Flur erscheint mit jetzt noch dunkler als sonst. Berger muss noch einige Male ungeduldig hupen, bevor ich endlich in seinen

Phaeton steige und Mutter Bergers Schachtel auf Shilohs Holzkoffer abstelle.

»Wir müssen oben am Berg noch was einladen«, eröffnet mir Berger. »Shiloh möchte den Draht noch mitnehmen, der dort eben zusammen mit einer Ladung Bauschutt abgekippt wurde. Macht's dir was aus, wenn's noch eine Minute länger dauert?« Ich winke erschöpft ab.

»Wenn ich nur im Wagen bleiben kann. Ich bin saumüde.«

Milky Ways

»Alle Achtung. Gut gepflegt, die Karre«, lobe ich Kanells Auto, als der gerade ein wenig steif nach links über seine Schulter schaut. An seinem bronzefarbenen Nacken zeichnen sich bis hoch zum Kopfansatz zwei hagere Muskelstränge ab, die man sonst nur von alten Leuten oder von jungen Dürren kennt. Bei meiner Großmutter hießen die »Schienen ins Himmelreich«. Das flüsterte sie mir einmal heimlich beim Brötchenkauf zu, ihren Blick dabei starr an den dürren Nacken eines greisen Kunden vor uns geheftet.

Großmutter flüsterte überhaupt viel. Als Kind habe ich mich vor unbekannten Wörtern manchmal ein bisschen gefürchtet, aber noch öfter war ich davon fasziniert. Heute erkläre ich mir die Schienen ins Himmelreich so: Dem Sterben ging früher nicht selten eine lange Periode der Auszehrung voran. Und so wurden diese immer prägnanter werdenden Stränge leider auch zum untrüglichen Zeichen des nahen Endes ihres Trägers. Aber neulich habe ich festgestellt, dass das nur für Westeuropäer gilt. Äthiopier kommen nämlich bereits mit besagtem Gleiswerk im Nacken auf die Welt: Im Trailer der letzten Maybritt-Illner-Show, Thema Entwicklungshilfe, habe ich das Phänomen schon bei Neugeborenen beobachtet. Und wenn sexy Maybritt moderiert, schau ich mir so was sogar bis zum Ende an.

»Die Kindersterblichkeit liegt bei uns in bestimmten Ge-

genden bei über 35 Prozent«, erklärt mir Kanell mit ruhiger, aber trauriger Stimme, als ich ihm von dem Trailer erzähle. Das spräche natürlich wieder für Großmutters Gleise ins Himmelreich, und ich fahre mir verunsichert mit der rechten Hand in den Nacken. Da scheint aber noch alles gut gepolstert zu sein.

»Dafür haben wir doch einen Reinigungsdienst. Bei über 25 Einsatzfahrzeugen …«, kommt Kanell noch mal auf mein Lob für sein sauberes Fahrzeug zurück, während er den Blinker setzt und mit seinem Pflegedienst-Polo links abbiegt, »… lohnt sich das schon wieder. Ich habe den Putzjob anfangs auch eine Weile gemacht. Keine so schlechte Arbeit. Feste Zeiten, sicheres Geld.«

»Wenn ich Kohle übrig hätte, würde ich dich als Chauffeur einstellen, ich schwöre«, grinse ich und klopfe ihm anerkennend mit der Linken auf seinen schlanken Oberschenkel.

»Mache ich gerne«, sagt er. Und fügt selbstlos hinzu: »Die 100 Euro für heute hättest du dir aber auch schenken können.«

Ich muss an meinen geliebten Mazda MX-3 Youngster denken, Baujahr 1997, ein flaches rotes Prachtstück, das ich gehegt und gepflegt habe. Die Entscheidung, es zu verkaufen, ist mir nicht leicht gefallen. Aber als er nach Koblenz Tag für Tag auffordernd vor dem Haus stand, habe ich es nach einem Monat einfach nicht mehr ausgehalten und ihn online gestellt. Die Türken und die, die am Telefon komisch klangen, habe ich kalt abblitzen lassen. Die Stimme des jungen Mädchens aber gefiel mir, und ich fragte extra, ob sie für sich selbst anrufen würde. Sie bejahte und kam noch am selben Tag. Mir gefiel, wie sie fast liebevoll über die feinen Kratzer der Ledersonderausstattung strich und mich – das Lenkrad zum ersten Mal in ihren kleinen Händen – überglücklich anstrahlte. Sie bot mir mit flehenden Augen und leiser Stimme 1000 Euro weniger an. Ich fing nicht einmal an zu handeln, sondern nahm ihre rechte Hand, öffnete die Finger und legte ihr den tropfenförmigen Edelstahlschlüsselanhänger mit dem eingravierten blauen Flügelsymbol in die Handfläche. Die ungelenke spontane Umarmung war herzlich und ein kleines Trostpflaster. Der Mazda fehlt mir sehr, und ich hatte Tränen in den Augen, als ich ihn auf Nimmerwiedersehen um die Ecke biegen sah.

Wir sind auf dem Weg in den Harz zu meinen Eltern. Ganz früh um acht Uhr morgens tauchte Kanell bereits bei mir auf, reinigte die Wunde mit Kochsalzlösung, machte die Medikamente klar und packte uns noch ein paar Sachen für unseren Tagesausflug ein. Als er dann allerdings auch noch Stullen schmieren wollte, bewarf ich ihn lachend mit Heidebrotscheiben und erinnerte ihn an mein Versprechen, ihn zum Essen einzuladen, wenn Mutter nichts im Haus hätte. Ich will ihr mein Kommen dieses Mal nicht extra telefonisch ankündigen. Mein Besuch steht sowieso längst mal an, und jetzt gibt es mit dem äußerst merkwürdigen Geschenk von Mutter Berger einen zwingenden Grund.

Komischerweise hielt sich meine Neugierde in Grenzen, als ich mit der ominösen Schachtel im Gepäck wieder vom Berg herunterkam. Die eindringlichen Worte Mutter Bergers, als sie sie mir gab, das seltsame Erlebnis an ihrem Bett – ich brauchte einige Tage, bis ich mich überwinden konnte, einen Blick hineinzuwerfen. Ich ahnte, dass ich mit dem Öffnen des Kartons etwas aus dem Gleichgewicht bringen würde, das lange braucht, um wieder zur Ruhe zu kommen.

Kreuzung Adersheim. Ich überlege nur kurz und weise Kanell den Weg nach rechts. So oft, wie ich diese Strecke als Kind schon mitgefahren bin, überrascht es mich heute doppelt, wie viel sich in den wenigen Jahren verändert hat. Die Schlackeberge der Eisenwerke sind viel kleiner, die Ortschaften verwahrloster und die wenigen Menschen am Straßenrand unfreundlich und in sich gekehrt. Aber vielleicht liegt es vor allem daran, dass ich selbst mich verändert habe. Die Perspektive ist eben nicht mehr die eines kleinen Jungen. Ich war damals zum Beispiel ein echter Milky-Way-Fan. Ein Milky Way schmeckte für mich nach Ostern und Weihnachten zusammen. Zuerst lutschte ich so langsam wie möglich die komplette Schokohülle ab. Übrig blieb nur der geschäumte Kern – ganz süß und mit einem Geschmack von Karamell und Vanille –, den ich so lange auf der Zunge liegen ließ, bis er zu einem dicklich-zähen Milchbrei zerfloss. Neulich habe ich mir mal wieder eines von Kanell mitbringen lassen und war von dem kleinen, leichten Etwas wirklich enttäuscht. Dabei bin ich mir ziemlich sicher, dass die heute noch genauso hergestellt werden wie vor zwanzig Jahren.

Möbelhof Adersheim. Kunstfurnier, Chromoptik, Glas und stabverleimtes Buchenholz. Die Wohnzimmerware quillt aufdringlich aus den Fensterfronten. Ich beuge mich zum Äthiopier rüber.

»Wenn du mich da irgendwann mal zum Einkaufen reinhumpeln siehst, dann tu mir bitte was an.« Ich friemel mir eine Flasche Adelskronen aus der Sechserpackfolie. Kanells Blick folgt missbilligend den Bierspritzern.

»Die Möbel sind doch schön. Ich habe hier letztes Jahr eine Veloursgarnitur gekauft. Beste Qualität und auch noch um zwanzig Prozent reduziert.« Dabei klopft er dreimal bestätigend auf das gepflegte Armaturenbrett.

Zwischen einem verwaisten Baumarkt und einer Kunstschmiede für Gartentore taucht eine kleine weiß geklinkerte Moschee auf. Salzgitter-Bad. Alte Kleinindustriestadt. Kanell fährt so ruckelig durch die nichtssagende, schmutzig wirkende Ortschaft, dass ich mein Bein immer wieder neu ausrichten muss. In Salzgitter wohnt ganz sicher niemand freiwillig. In wie vielen Städten es wohl ähnlich aussieht? Obwohl die Zigaretten fast alle sind, beschließen wir, nicht zu halten.

Ich denke an Mutter Bergers Schachtel, die jetzt auf dem Rücksitz liegt. Sie ist gefüllt mit Schriftstücken, ein paar Fotografien und einem Bronzekelch mit festgebackenem weißgräulichem Bodensatz. Obenauf ein paar hellere, frischere Sprengsel. Die Fotografien sind aufgenommen im Schlafzimmer von Mutter Berger. Das erkennt man an der Möblierung und den hölzernen Wandvertäfelungen. Unverkennbar auch der alte Berger mit seinem Furcht einflößenden dichten grauen Backenbart, den glasigen Augen und dem weißen Haarkranz. Auf dem ersten Foto ist er bis auf eine dreiviertellange Unterhose nackt. Er sitzt auf einem Stuhl vor dem breiten Bett, in dem Mutter Berger heute noch liegt, und umschließt mit mächtigen Armen eine zarte Frau im Nachthemd, die seitlich auf seinem Schoß sitzt. Ihre schlanken Beine sind züchtig, fast ängstlich übereinandergeschlagen. An den Füßen trägt sie hauchfeine Riemchensandalen. Überaus bedrückend ist allerdings nicht so sehr der gewaltige Altersunterschied, sondern dass die junge Frau, fast ein Mädchen noch, meine eigene Mutter ist.

Der schwere Kelch mit den Verkrustungen im Inneren macht alles noch unwirklicher. Ich bin sicher, ihn schon einmal gesehen zu haben. Damals muss ich acht oder neun Jahre alt gewesen sein, auf einem Erkundungsgang durch einen dieser düsteren, für uns Kinder unglaublich abenteuerlichen Heidehöfe, in denen die Deutschreligiösen sich versammelten. Plötzlich stand ich ganz allein in einem abgedunkelten Raum, von dem ich sofort wusste, dass er für mich tabu war. Beklommen starrte ich auf einen breiten, kerzenbeleuchteten Tisch, auf dem eben jener Kelch stand. Der Tisch war dekoriert mit einem Arrangement aus kleineren Kürbissen, leuchtend gelbgrünen Maiskolben, dicken, erdigen Kartoffeln, Feldblumen, als armdicke Sträuche gebunden, und einfachen braunen Eiern. Ganz vorsichtig schlich ich dichter heran. Nicht nur die kühne Tat machte mich schwindelig, sondern auch der durchdringende Geruch, der von den milchigen Schlieren im Inneren des Metallgefäßes auszugehen schien. Es roch gewaltig nach den Blüten des Feuerdorns, den wir später in der Schule eben wegen dieses Duftes den Spermabaum nannten. Ich war so aufgewühlt, wie ein Achtjähriger nur sein kann, fest davon überzeugt, einem Geheimnis auf die Spur gekommen zu sein, dessen Entdeckung nicht für mich bestimmt war.

Ich muss kurz weggenickt sein. Was mich aufschrecken lässt, ist ein Druck auf den Ohren, den ich als Kind auf der Fahrt zu den Großeltern immer sehnsüchtig erwartet habe, denn er zeigte mir zuverlässig an, dass das Ziel bald erreicht sein würde. Ich greife nach den Zigaretten und betrachte Kanell. Von ihm geht eine Gelassenheit aus, die mir heute besonders wertvoll erscheint.

Als die von Tannen umschlossene Bergstraße ihren Scheitelpunkt erreicht, lichtet sich der Wald und sichtbar wird eine Abfahrt hinunter ins Tal. Der Ort hat sich kaum verändert, zumindest scheint mir das von hier oben so. Das Gefälle hinunter ist immer noch atemberaubend. Aber selbst mit dem Polo kein wirkliches Problem. Linker Hand liegt auf einem kleinen Plateau der Sandfußballplatz. Vor dem lang gezogenen Vereinshaus erkenne ich das Emailschild wieder, auf dem in fetter Fraktur KAMPFBAHN geschrieben steht. Ich dirigiere Kanell durch den engen Fachwerkort bis zum Abzweig hinunter zum Haus. Vorher lasse ich ihn aber noch an der kleinen Bäckerei anhalten.

Alles scheint wie früher, als ich jeden Ferientag zwischen Eismatscher, Bäckerei und Großeltern wie zwischen einer Auswahl von Schlaraffenländern hin und her pendelte. Was ich zuerst kaum wahrnehme, was aber spätestens beim Betreten der Bäckerei immer deutlicher wird: Alles ist auf eine traurige Art einfach nur älter geworden. Viele Details sind sogar einfach verschwunden, ohne dass sie durch etwas Neues ersetzt worden wären. Die üppigen Blumenkästen hängen leer, nur mehr ein paar vertrocknete Geranien vom Vorjahr warten auf den nächsten Sturm. Die Doppeltonglocke der Bäckerei, die ich oft übermütig durch wiederholtes Türöffnen gleich mehrfach auslöste – was mir strenge Blicke der viel beschäftigten Verkäuferinnen eintrug –, rasselt kaum noch hörbar und altersschwach. Selbst die früher so unendlich lang wirkenden Glasvitrinen sind nur noch mit wenigen der altbekannten Backwaren gefüllt. Die Lücken wurden einfach mit eingeschweißten Supermarktwaren gefüllt. Der Milky-Way-Effekt hat hier, mitten im Zentrum meiner Kindheit, eine geradezu erschlagende Wirkung. Ich bitte Kanell mit müder Stimme, etwas auszusuchen, gebe ihm meine Geldbörse und verlasse hinkend den Laden.

Beim mühsamen Einsteigen in den Pflegedienst-Polo fällt mein Blick auf die Pappschachtel auf dem Rücksitz. Ich weiß noch immer nicht, was ich damit eigentlich hier will. Vielleicht wäre es besser gewesen, noch einmal zu Mutter Berger zurückzukehren.

Mit äußerstem Unbehagen öffne ich die Schachtel und schaue das restliche Dutzend Fotos durch. Auf allen Aufnahmen nur die beiden. Das, was das erste Foto nur andeutete, wird jetzt noch deutlicher. Auf den letzten beiden steht der alte Berger mit etwas Abstand neben der jungen Frau vor dem großen, fast bedrohlich wirkenden dunklen Eichenbett. Sie halten sich an den ausgestreckten Händen. Beide sind bis auf Mutters Riemchensandalen völlig nackt. Der Alte ist bestimmt zwei Köpfe größer und massiv gebaut. Seine Körperbehaarung zieht sich dunkelgrau und dicht vom Bart runter über den ganzen Bauch. Über den Hüften hängen Haut und Fett schon schwer. Die Beine so dick wie die Hüfte meiner Mutter. Sie verdeckt mit dem freien Arm so scheu ihren Busen, dass mir die Luft wegbleibt.

Das Auffälligste an der Aufnahme ist aber das beinahe grotesk mächtige Geschlechtsteil des Alten, das unverhüllt zwischen seinen Beinen baumelt. Die schweren dunklen

Hodenkugeln hängen tief in ihrem faltigen, ledernen Beutel und werden von einem Schwanz mit entblößter, fast hühnereigroßer Eichel verdeckt. Es sieht nicht so aus, als würde hier die Ouvertüre eines frivolen Abenteuers zwischen einem alten Satyr und einer nicht einmal zwanzigjährigen unbedarften Frau dokumentiert. Ich fühle mich an völkerkundliche Aufnahmen der Jahrhundertwende erinnert: stillende Afrikanerinnen mit schweren Brüsten und junge knospende Mädchen neben stolzen nackten Lanzenträgern – in einer Reihe aufgestellt für die ferne europäische Wissenschaft.

Nach dem Fototermin muss es zu einer sexuellen Handlung zwischen den beiden gekommen sein. Dafür ist das Bett im Hintergrund ein deutlicher Hinweis. Aber wer war die dritte Person, die fotografiert hat? Und warum wurde nicht bis zum Akt weiterfotografiert? Oder sind diese Fotos verschwunden? Hat vielleicht sogar Mutter Berger selbst die Bilder gemacht? Ich beginne nachzurechnen: Mutter hat mich mit 21 geboren, muss also mit 20 schwanger geworden sein. Da waren sie und Dad noch nicht verheiratet.

Kanell verlässt die Bäckerei mit einem großen Kuchenpaket und legt es vorsichtig auf die Rückbank. Das Bäckereipapier ist sorgfältig eingeschlagen, ohne dass dafür ein einziger Tesafilmstreifen nötig gewesen wäre. Großmutter stellte den gekauften Kuchen grundsätzlich noch verpackt auf den gedeckten Tisch. Das rührte wohl noch aus einer Zeit, als gekaufter Kuchen ein Luxus war.

»Ja, okay«, antworte ich Kanell auf die Frage, ob eine Platte Zucker- und eine Streuselkuchen ausreichend seien.

Er fährt aufreizend langsam aus der Parklücke, dann weiter die Straße runter und biegt auf meinen Wink hin in die kieselbestreute Einfahrt vor dem kleinen Fachwerkhaus ein. Der dunkelblaue Golf steht vor der Tür.

Wir parken hinter dem getunten Boliden aus Wolfsburg. Ein lupenreiner GTI Colour Concept, Baujahr 95, mit rotschwarzen Recaro-Sport-Ledersitzen mit Sitzheizung und Türverkleidungen ebenfalls in Leder. Ein Alptraum.

Omas alte Rabatten rechts und links der steinernen Eingangstreppe sind längst durch Baumarktverbundsteine ersetzt worden. Früher wuchsen hier Staudenpflanzen und Saisonblumen. Auf der einen Seite Stockrosen, sorgfältig angebunden an grün ummantelten Stangen und gesäumt von zartrosa tränenden Herzblumen. Und natürlich Pfingstrosen in allen erdenklichen Farbschattierungen. Auf der anderen Seite blühten sorgsam gestutzte Rosenbüsche aus England.

Dad kommt hinten aus dem Garten. Er muss unser Auto gehört haben. Lausig rasiert. Auf dem Kopf das alte Basecap, das er nun schon seit Jahren über seinem schütteren Haar trägt. Neu ist nur sein Faible für Obstgehölze. Angefangen hat das mit einem Mandarinenkern, den er im Blumentopf auf der Fensterbank zu einem stattlichen Büschchen hochzog. Als eines Tages eine kleine Frucht dranhing, ist er fast ausgeflippt. Jeder Besucher wurde schon im Vorfeld von Mutter instruiert, bloß unbedingt seine Mandarine zu beachten.

Als sie dann hierher umgezogen sind, begann er sich aus Langeweile um die Obstbäumchen im Garten zu kümmern. Er kaufte Gartenbücher und ist jetzt auch in irgendeinen Obstholz-Gartenzuchtverein eingetreten. Diese Vereinsmeierei hat er, scheint's, von Opa und den Deutschreligiösen übernommen.

Vater lächelt beim Näherkommen. Dann umarmt er mich wie einen alten Kumpel und klopft mir mit beiden Händen auf den Rücken. Unbeholfen.

»Mensch, Alter!«, sagt er und klopft weiter.

»Was geht?«, frage ich stumpf grinsend zurück und entwinde mich nach ein paar Sekunden seiner Umarmung.

Vater trägt beige Cargohosen, aber nichts Militärisches, mehr so nachgemachter Kram vom C&A. Obenrum ein langärmliges schwarzes T-Shirt und da drüber noch ein dunkelgrünes, älteres Fred-Perry-Poloshirt. Dad wirkt wie aus dem Leim geraten. Die Schultern hängen nach vorn.

Ich glaube, Dad hätte sein Leben lang gerne einen richtig guten Freund gehabt, er hatte aber immer nur ein paar »gute Kumpel«, von denen man seltsamerweise nie einen zu Gesicht bekam. Und natürlich seine Deutschreligiösen; die hat er von seinem Vater geerbt. Die Odin-Spießer wird man auch so schnell nicht wieder los. Vielleicht hat er zwischenzeitlich bei den Obstgärtnern noch jemanden kennengelernt.

»Toni!«, ruft Mutter aus dem geöffneten Fenster im ersten Stock und winkt. Ich schaue zu ihr hinauf und sehe für den Bruchteil einer Sekunde in das Gesicht der verstörten Nackten auf dem Foto, erschrecke und winke mechanisch zurück.

»Alles gut?« Mutter nickt, während Dad ein paar Worte mit dem Äthiopier spricht und ihm das Kuchenpaket abnimmt.

»Lassen Sie die Zügel bloß nicht zu locker, der Junge lässt

sich sonst zu sehr hängen.« Einseitiges Gelächter und noch ein bisschen Gärtner-Blabla, während ich mit Mühe die paar Steintreppen hoch zur Haustür hopple.

Mutter wischt sich ihre Hände an Omas Schürze ab. Hätte man auch wegschmeißen können, das olle Ding. Macht alt. Wenn das zur Gewohnheit wird, dann kann man mit fünfzig schnell mal aussehen wie Mitte sechzig; dabei könnte Mutter mit etwas gutem Willen auch für Anfang vierzig durchgehen. Wenn sie nicht gerade Dad im Schlepptau hat, grinse ich in mich hinein, habe dann aber schnell wieder die Bilder aus dem Karton im Kopf und gleich wieder Schwierigkeiten, Mutter in die Augen zu schauen.

Sie legt mir eine Hand auf die Schulter und schaut mir prüfend lächelnd tief in die Augen. »Mensch, Toni, du siehst so abgespannt aus. Was macht denn dein Bein?« Dann wirft sie einen fragenden Blick rüber zu Kanell, auf den sie jetzt einen Schritt zugeht und ihn so herzlich drückt und umarmt, als gehöre er längst zur Familie. Das wiederum bringt Dad auf den Plan, der Mutters Verhalten mit einem Brummen quittiert, während er am Kuchenpaket rumgnibbelt und versucht, etwas über den Inhalt in Erfahrung zu bringen. Kanell scheint die Zuwendung meiner Mutter zu gefallen. Jedenfalls lächelt er sie schüchtern an. Und Mutter lächelt gewinnend zurück. Mutter und Pfleger, das schweißt wohl zusammen.

Mutter ist immer noch sehr schlank. Natürlich ist auch ihr längst ein kleiner Unterbauch gewachsen und an den Oberarmen hängt die Haut schon ein wenig schlaff herunter. Aber dafür sind ihre Ellenbogen erstaunlich glatt. Die dünne Haut, die sie überspannt, ist unbestechlich. Da kann man nicht mogeln. Da traut sich auch kein Schönheitschirurg dran. Ihre Haare sind schulterlang, kräftig und braun. Für ihre Arbeit im Altenheim hatte sie sie extra kürzer schneiden lassen.

Mutter wuchs in einem Kinderheim für Mädchen auf. Ihre Eltern starben bei einem Verkehrsunfall, als sie erst vier Jahre alt war. Sie saß ungesichert auf der Rückbank und blieb wie durch ein Wunder körperlich unversehrt. Als ich in die Schule kam, erzählte ich den Mitschülern, dass meine Eltern bei einem schrecklichen Autounfall verbrannt seien und ich jetzt ganz alleine in einem verlassenen Altenheim von einer uralten, gemeinen Frau aufgezogen würde. Bevor das eines Morgens mit einem Paukenschlag von der Lehrerin zur Lüge erklärt wurde, bekam ich von den Mitschülern aus Mitleid Brot und Obst geschenkt.

»Na los, hau dich hin. Nimm Opas alten Kippsessel. Tu so, als wärst du zu Hause«, sagt Dad bemüht lässig und schmeißt sich selber aufs Sofa, als wäre er geschätzte zwanzig und wir gute alte Stubengenossen. Seit dem großen Bäng hat Dad noch mehr an Souveränität eingebüßt und wirkt oft richtig unbeholfen.

Dad hat sich schon einmal spürbar verändert, aber das war viel früher. Die ersten Jahre meines Lebens war er mein Obermann – der, der alles regeln konnte. Probleme, Schwierigkeiten? Bei Dad Fehlanzeige. Für das wackelige Rad am Roller reichte ihm sein 6er-Imbusschlüssel aus der rostigen Klappkiste. Die glänzenden, öligen Werkzeuge darin waren wahre Schätze für mich. Für die abgebrochene Zinne der Ritterburg brauchte es nur einen winzigen Tropfen aus Dads Leimtube. Für mich war es Dads Zauberpaste.

Dads Dosen mit dem gesammelten Schrauben- und Nägelallerlei waren ein bunt gemischter Kindertraum. Noch faszinierender waren nur die Solitäre, die den Raum zwischen den Dosen füllten: kleine Schalter, Ministecker, bunte, eingerollte Drähte, merkwürdige unbekannte Metallteile und Plastikhaken, die man beliebig verbiegen konnte. Für mich hätte es mit Dad damals immer so weitergehen können. Nur wir beide, sein Werkzeug und die schweren Sammeldosen.

Doch mit der Zeit wurde Dad immer träger, muffeliger und unzufriedener. Bat ich um etwas, half er zwar noch, aber er war unkonzentrierter, ließ sich ablenken und war ungeduldig. Der Zauber zwischen uns verflog.

Das spürte auch Dad, und manchmal bäumte er sich noch dagegen auf und machte von einem Tag auf den anderen bombastische Pläne. Zu einer neuen Kartbahn wollte er mit mir fahren, um, wie er mir in leuchtenden Bildern ausmalte, den ganzen Tag im Parcours zu rasen. Oder wir versprachen uns hoch und heilig, wenn Deutschland ins Endspiel kommen sollte, nach Rom zu fahren. Als Deutschland dann tatsächlich gegen Argentinien im Endspiel stand, gab es natürlich keine Karten mehr. Am Ende fehlte er sogar bei der Fernsehübertragung, und ich schaute allein mit meiner gelangweilten Mutter. Eine Szene, die sich mir eingebrannt hat, fast so, als hätte ich Mutter und mich aus einer neutralen Zuschauerperspektive betrachtet. Die Stimme des Moderators, die Aufregung, »Azzurro« von den Toten Hosen. An diesem Sonntag im Juli 1990 hatte Vater seinen Zauber endgültig verloren. Brehmes Elfmeter verwandelte Deutschland in der 85. Minute in ein Meer aus Jubel und schwarz-rot-goldenen Fahnen, und ich war traurig. Vielleicht hätte Toni

Schumachers Teilnahme im ehrwürdigen Stadio Olimpico Dad und seinen Sohn noch einmal zusammengebracht. Aber Toni war mit Fenerbahçe türkischer Meister geworden. Jetzt war Bodo Illgner die neue deutsche Lichtgestalt.

Auch Mutter begann sich schleichend zu verändern. Im Unterschied zu Dad kämpfte sie noch lange dagegen an – mit einem Quantum zu viel zur Schau gestellter Liebe. Dad wurde gleich eimerweise damit zugeschüttet: Die Küsse nicht mehr hingehaucht, sondern hingeschmatzt. Die Umarmungen nicht mehr annähernd so mitreißend, als dass ich mich am liebsten eifersüchtig eingehakt hätte. Irgendwann schämte ich mich sogar für die beiden, und Dad blieb weiter in seiner Versenkung verschwunden. Das änderte sich erst wieder nach dem Bäng. Zur Lethargie kam nun ein Unbehagen hinzu – wie ein schriller Pfeifton –, eine Verlegenheit, die sich sofort auch auf mich übertrug.

Vater stopft seine Zigarettenmaschine, ein kleines schwarz-weiß-rotes Plastikgerät. Oben wird Billigtabak eingefüllt, seitlich eine Zigarettenhülse aufgesteckt, die dann über den Tabak geschoben wird. Mir kommt das wie falscher Kaviar vor. Dad war früher ein Entweder-oder-Typ, heute stopft er Zigaretten.

Dad hat nicht gedient. Kriegsdienstverweigerung bis zum Oberlandesgericht. Aber nicht etwa schnöde aus Gewissensgründen, sondern als Politischer und mit Unterstützung eines jungen Rechtsanwalts. Die Argumentation lautete wohl ungefähr so: Bundeswehr unter Nato-Oberbefehl. Keine souveräne Streitmacht. Aufgabe nicht mehr vordergründig Landesverteidigung, sondern Durchsetzung der Interessen des atlantischen Bündnisses.

Schlussendlich einigte man sich zähneknirschend und unter Ausschluss der Öffentlichkeit, ihn einfach auszumustern. Dass man ihm unmissverständlich mitgeteilt hatte, dass er sonst mit einer empfindlichen Haftstrafe zu rechnen habe, hat er mir vor meiner Grundausbildung noch stolz erzählt. Heute ist das Thema von ihm auf eine Tabuliste gesetzt worden, die immer länger zu werden scheint.

Dabei hätte er es mit seiner Verweigerung so leicht haben können. Großvater saß ja nicht spaßeshalber oder aus Bequemlichkeit seine letzten Jahre im Kippsessel. Schuld waren die Spätfolgen einer geradezu spiegelverkehrten Ausgabe meiner Verwundung. Also auf der linken Körperseite unter Einbeziehung der Hüfte. Zugefügt von einem 41 Zentimeter langem, aufgepflanzten M1-Bajonett eines amerikanischen Soldaten, hineingestochen in ein jämmerlich feuchtes Erdloch an der Atlantikküste, in dem leider zufällig mein Großvater kauerte und schon seit Tagen »das Ende des großen Schlachtens« erflehte.

»Deschner kommt zur Jahreshauptversammlung«, murmelt Dad in den Raum. Ach ja, denke ich, Hohe Maien ist ja nun auch bald wieder. Das »-haupt-« könnte er sich allerdings mittlerweile getrost sparen. Es sind nicht mehr viele übrig geblieben.

Wer nicht liebt, wird sich des schönen Maien,
so gut er kann, doch leider halb nur freuen.

Goethe hatte wie Wagner und Nietzsche einen Ehrenplatz an der Tafelrunde der Deutschreligiösen.

»Dass sich Deschner noch mal von euch bitten lässt«, erwidere ich nicht ohne ein Grinsen. Voller Respekt aber denke ich an den großartigen Franken, Autor der mittlerweile zehnbändigen *Kriminalgeschichte des Christentums*. Früher war er häufiger Gast in Talkshows, aber die Pfaffen und ihre Helferlein in den Fernsehanstalten luden ihn bald nicht mehr ein, da sie seine mitreißende Sanftheit und, noch schlimmer, seinen Intellekt immer wieder nur mit Grobheiten, persönlichen Beleidigungen und Beschimpfungen beantworten konnten. Der dünne Alte hatte so eine zarte, zerbrechliche Stimme, mit der er über weitere von ihm recherchierte Christenbosheiten berichtete.

In der Mitte des düsteren holzverkleideten Saales steht trotzig der Schwertleuchter der Deutschreligiösen. Wir Kinder sitzen an einem kürzeren Extratisch. Auf der weißen Tischdecke sind frisch geschnittene Birkenzweige ausgelegt. Den ganzen Tag schon schaue ich neidisch auf die Kleidung der anderen Kinder. Deren Hosen und Jacken sehen so wild aus wie das Zeug der Kelly Family. Nicht trachtenartig und noch weniger wie eine Verkleidung. Stolzer, selbstbewusster. Die Gesichter glühen wie an Weihnachten. Die Mädchen sehen mit ihren Haarzopfkränzen aus wie kleinere Versionen ihrer Mütter. Ich verdecke meine einfache Mustangjeans schamhaft, als wäre ich nackt, mit dem Faksimile eines alten Kinderbuchs über die Sitten und Gebräuche der Germanen, das mir ein Freund Vaters am Büchertisch gekauft hat.

In der Dämmerung durchschreitet der hagere Franke das Saaltor, bekleidet mit einem dünnen, knittrigen Stoffmantel, auf dem Kopf eine französische Baskenmütze. Die alte, abgewetzte Aktentasche hängt schwer am dünnen Handgelenk. Dad eilt beflissen auf ihn zu und schüttelt die Hand an der Aktentasche.

Die versprochene »gutbürgerliche Mahlzeit für den Vortragenden« wird ihm nur wenige Momente vor dem Löschen der Saallichter serviert. Mutter schiebt ihm fürsorglich ein paar Kerzen hin, die sein Bratenstück so gespenstisch ausleuchten, dass sich Deschner nur an die hell leuchtenden Heidekartoffeln wagt. Aber vielleicht ist er auch Vegetarier.

Ich klopfe Großvaters Rhythmus auf der Sessellehne. Dib, dedib, dedib, dib ... und immer so weiter. Warum erinnere ich mich ausgerechnet an Deschner so genau? Die ganzen Jahre über sind mir in diesen norddeutschen Flachlandgasthöfen Dutzende skurriler Gestalten begegnet. Echte Germanen mit langen geflochtenen Bärten. Klapperdünne Esoterikerinnen mit nervösem Blick, die schon daran scheiterten, den strengen Walküren zu erklären, warum ihre fünf Kinder nicht nur schlecht erzogen waren, sondern auch noch vier verschiedene Väter hatten. Und natürlich die Politischen, die blassen Scharfmacher mit abgekauten Fingernägeln, gelben Zähnen und Wachturm-Gehabe, denen altgediente Deutschreligiöse schon nach der ersten Brandrede rabiat das Maul verbaten.

»Früher warste gerne mit«, schmollt Dad, während er ungefähr die zwanzigste Tabakladung einhülst. Das erscheint mir in diesem Moment so ärmlich, dass ich meine Wests aus der Tasche ziehe und sie ihm mitten in sein Tabakgeschäft werfe. Aber anstatt sich nun berechtigterweise zu beschweren, rafft Dad sich gerade mal zu einem schüchtern empörten »Hey« auf, dreht dann ein paarmal meine Schachtel in den Händen, zieht sich mit Daumen und Zeigefinger eine heraus, schiebt sie sich in den Mund, steckt sie umständlich an, saugt den Rauch ein und bläst ihn mit Verzögerung wieder aus. Wirklich eine echte Schande der Mann. Ich bin sicher, den kriegt kein Gewehrlauf mehr vom Sofa hoch.

»Brandingers Sippe auch wieder am Start?« Er nickt stolz. Auf die kann Dad nicht verzichten. Die Nordfriesen bleiben immer zusammen und kommen mit einem üppigen Büchertisch. Religiöses, Politisches, Historisches, Verschwörungstheoretisches oder alles gemischt. Neuauflagen, Anti-Atom-Bewegung, Ökologie, aber auch viel Mystik und Esoterik.

Kanell lacht mit Mutter in der Küche, was Dad nervös macht. Der Äthiopier hat eine sonderbar hohe Lache, die man aber dennoch nicht mit einem Frauenlachen verwechseln kann. Kanell hat Schlag bei den Frauen. Laut Helen liegt das an seiner auffällig ruhigen Art. Mutter wirkt in den letzten Jahren immer ruhiger und selbstsicherer. Da ist kein Funken Rastlosigkeit mehr. Fast Zufriedenheit. Mal abgesehen von den mütterlichen Sorgenfalten seit dem großen Bäng.

»Dass der überhaupt noch bei euch vorträgt«, spreche ich mehr zu mir als zu Dad.

Deschner mit hochrotem Kopf, zankend mit den wenigen verbliebenen Kriegsteilnehmern unter den Deutschreligiösen. Veteranen, die einfach nicht wahrhaben wollen, was ihnen der Stargast des Abends da fast flüsternd um die glühenden Ohren haut. Die strenge Holzhand, ein dürrer, asketischer Deutschreligiöser mit schneeweißem Scheitel und ausgeblichenem Janker, lässt nichts auf die guten alten

Kameraden kommen, aber Deschner schimpft munter weiter auf alles Totalitäre. Ganz gleich, ob Vatikan oder Reichskanzlei. Der Kriegsinvalide ist so empört, dass er seine Holzprothese immer wieder auf den Tisch sausen lässt. Strammes schwarzes Leder. Bumm, bumm. Bumm. Wir Kinder starren mit aufgerissenen Augen. Dad ist hilflos. Deschner flattert nervös mit den Lidern. Es scheint fast, als würde er sich über sich selbst wundern, denn dumpfe Argumente kennt er zur Genüge. Die prallen sonst mühelos an ihm ab. Aber die Wucht der Unbelehrbarkeit ist in dieser Runde einfach zu stark und unerwartet. Friendly Fire würde man heute sagen.

»Ja, da staunst du«, sagt Dad. Und ich habe nicht nur keine Lust, ich wüsste auch nicht, was ich ihm antworten soll. In der Stube ist der Möbelhof Adersheim eine Symbiose mit dem traditionellen Wohnstil der Großeltern eingegangen. Der alte Kachelofen steht noch, aber nur zur Dekoration. Daneben, in einer breiten Nische, steht der Schwertleuchter, der nun hier, beim jungen Obmann Heinemann, in Obhut gegeben wurde. Als Kind saß ich oft darunter, berührte ehrfürchtig die scharfe Klinge oder formte aus dem heruntertropfenden Wachs kleine Wachsschwerter.

Keine Thingversammlung ohne das kostbare Stück. In welchem Gasthofsaal man auch zusammentrifft, zentrales Element bleibt die weihevolle Entzündung der fünf Kerzen am ersten Abend. Dazu werden Wagner-Ouvertüren abgespielt. Für diese Einstimmung reicht ein tragbarer Kassettenrekorder. Anschließend folgt das gemeinsam gemurmelte germanische Glaubensbekenntnis. Ich habe es als Kind schon gerne mitgesprochen, ohne den Sinn der Worte zu verstehen. Heute kann ich es emotionsfrei runterrattern, so wie andere ihr Vaterunser.

Ich bin. Ich achte mich und suche meinen Weg zur Wahrheit. Ich bin ein Teil des Alls. Alle Erkenntnis beginnt im Ich. Ich bin das Sein.

Du bist. Du bist nichts anderes als ich; denn alles Leben entstammt der gemeinsamen Urquelle. Du bist Gegensatz und Ergänzung. Ich und Umwelt. Ich und Du. Du bist das Außer-Mir. Zunächst Zustand der Erkenntnis des Tiermenschen. Erst wenn ich den Andern als derselben Urquelle entstammt erkenne, komme ich aus dem Gegensatz, der Kampfstellung zur Gemeinsamkeit.

Es ist. Das All ist in mir und ich bin im All. Ich sage ich. Ich bin Du, so bin ich auch das All. Ich bin nicht nur ein Du. Alle Dinge sind derselben Urquelle entstammt. Es ist kein Unterschied zwischen dem All und der Menschenseele. Der Mensch ist ein Teil des Ganzen – eine Besonderheit.

Deine Tat bist Du.

Das zentrale Einrichtungsstück aber bleibt für mich Großvaters Kippsessel. Mit Blick auf eine Reihe dunkler Original-Kohlezeichnungen von Ludwig Fahrenkrog an der gegenüberliegenden Wand. Fahrenkrog, Hochwart der germanischen Glaubensgemeinschaft, Dichter des Germanischen Glaubensbekenntnisses und hochverehrt vom Großvater, der immer wieder gerne erzählte, dass er ihn als ganz junger Mann noch kennenlernen durfte. Die morbiden Bilder erzeugen bis heute eine tiefsinnige Grundstimmung. Gespräche werden zäher, Geplauder wird sinnloser.

Wir rauchen und sprechen nicht viel. Dad sieht müde aus.

»Wirst du in die Kaserne zurückgehen?«

»Mal sehen«, antworte ich lustlos. »Ich war bei Mutter Berger«, hänge ich noch hintendran, einfach um es loszuwerden.

»Hmm«, brummelt Dad und zieht den Rauch der Zigarette besonders tief ein.

»Mutter Berger hat mir einen Karton in die Hände gedrückt, auf dem mein Name steht.«

»Was für ein Karton?«, fragt er und schiebt seine Selbstgestopften in eine alte, leere HB-Schachtel.

»Liegt im Flur, auf dem Hocker.« Aus der Küche hören wir Mutters helles Lachen.

»Was macht deine Helen eigentlich, seid ihr noch ...?«, fragt er zögerlich.

»Hm«, antworte ich und schließe die Augen, um ein bisschen zu dösen.

Ein vertrautes Geräusch. Dad kratzt sich die Brust. Aber ich meine, dass er nachdenklicher kratzt als früher. Ich reagiere nicht. Kein versöhnlicher Satz. Ich muss jetzt schleunigst hier raus. Dad kann nichts dafür und leidet wahrscheinlich noch mehr unter der Sprachlosigkeit als ich, aber ich kann und will es nicht ändern und rufe nach Kanell.

»Schau doch mit Mama bitte mal die Berger-Kiste durch, solange ich im Hexenstübchen sitze«, bitte ich ihn noch und lasse mir vom Äthiopier, der schnell herbeigeeilt kommt, aus dem Sessel helfen.

»Okay, Chef«, sagt Dad sehr lieb, aber auch sehr hilflos. Ich schaue ihm kurz tief in die Augen und spüre reinste Verwandtschaft. Jetzt, da ich zum ersten Mal daran zweifeln muss, ob Dad überhaupt mein leiblicher Vater ist. Ich gehe ein Stück. Er geht die gleichen paar Schritte. Wir stehen zufällig vereint am Schwertleuchter. Der beste Grund, nun wirklich schleunigst das Weite zu suchen. Dad bleibt zurück. Ich greife mir im Flur den Karton und will ihn in die Stube bringen. Kurz bevor ich zurückkehre, hebe ich allerdings noch einmal den Deckel hoch, schaue auf die oben liegenden Fotos und entscheide mich im Bruchteil einer Sekunde, sie in meiner Jackentasche verschwinden zu lassen.

»Rouladen?«, frage ich Kanell auf dem Weg nach draußen.

»Okay. Aber wollen wir wirklich zu Fuß dort hochgehen?«, fragt er und hakt mich vorsichtig unter.

»Wir sollten es einfach mal versuchen«, grinse ich unsicher zurück, und ein Teilzeitkrüppel und ein Äthiopier machen sich auf den Weg Richtung Harzer Hexenstube.

An den Balken fast aller Fachwerkhäuser bröckeln die Farbschichten. In den letzten fünfzig Jahren hat sich die Straße in mehreren Bauschüben an die Häuser herangeschoben. Durchschnittlich in jedem zehnten Haus reichen die Erdgeschossfenster bis zum Boden. Aber die Lädchen, die dahinter früher ihre Waren ausstellten, sind bis auf wenige Ausnahmen längst geschlossen. Großmutter wechselte früher noch aus Fairnessgründen jeden Tag von einem der drei

Bäcker zum anderen, obwohl sie ganz sicher ihren Favoriten hatte. Genauso verfuhr sie auch mit den Getränkelieferanten, den Blumenläden und den Fleischern. Heute wären ihr diese Entscheidungen abgenommen.

Ganz egal, von welchem Punkt des Ortes aus man hinauf in den Wald wandert, man braucht dafür kaum mehr als fünf Minuten. Vorausgesetzt, die Beine sind gesund. Als Kind bin ich hier jeden Pfad Hunderte Male aufgeregt vorausgeeilt. Zur Kaiserquelle, zum Wassertretbecken, am Waldfriedhof vorbei hoch zum Pavillon, die steile Abgunst hinauf ins Viertel der Österreicher – Nachfahren jener fleißigen Bergleute, die hier vor über hundert Jahren erfolgreich angesiedelt wurden – und, an Autoreparaturwerkstatt und Tankstelle vorbei, auf den schattigen Minigolfplatz. Dort hat Dad am Ende immer heimlich die grünen Pappen vertauscht und mich damit zum Sieger gemacht.

Die Einfassungen der Straßenbäume sind hier großzügiger als anderswo. Früher pflanzten Anwohner immer noch ein paar Blümchen mit hinein. Stiefmütterchen, Primeln und kleine Rosenbüsche. Heute sind sogar die Rabatten vor ihren Häuschen ungepflegt, verwildert oder kurzerhand mit Verbundstein zugepflastert worden.

Großmutter grüßte auch Fremde und hielt mich an, es ihr gleichzutun. Das wäre man den gut zahlenden Kurgästen schuldig. Aber heute ist im Ort niemand unterwegs, den Kanell und ich freundlich grüßen könnten. Die Kurgäste sind verschwunden, der Harz wurde entkurt. Daran sind weniger die Giftstoffhinterlassenschaften des Bergbaus schuld als die Gesundheitsreform. Die Anlagen, die Thermen und Solebäder stehen leer. Jetzt hofft man, dass dem modernen

Altenheim, in dem Mutter arbeitet, weitere folgen werden. Über die letzte Großinvestition wäre der örtliche Bürgermeister fast gestolpert: Eine Werbeagentur aus Hamburg entwickelte ein neues, ziemlich verschwommenes Logo und stattete die alten Wanderwege mit einem farblich abgestuften Leitsystem aus. Auf dem Marktplatz steht nun ein virtueller Infotainmentcontainer, der bisher vor allem durch technische Pannen aufgefallen ist.

Das Tageslicht bricht sich in der ungeputzten Scheibe einer Gaststätte. Ich entdecke den ausgestopften alten Fuchs innen auf der Fensterbank. Ein Glasauge fehlt, das andere quillt aus seinem strohigen Inneren. Das Fell ist stumpf, das Rostrot von dreißig Jahren Tageslicht und Zigarettenrauch fast verblichen. Früher, als die Scheibe noch geputzt wurde, war ein Besuch beim Fuchs fester Bestandteil meiner täglichen Erkundungsgänge. Manchmal habe ich ihm sogar heimlich Nüsse hingelegt. Außen auf den kleinen hölzernen Vorsprung. Am nächsten Tag waren sie immer verschwunden. Zwischen den Fenstern hängen die rostigen Halterungen eines Doppelkaugummiautomaten. Das Inlet fehlt. Es gab Kauware für 10 Pfennig und Mädchenschmuck in durchsichtigen Plastikkapseln für 50 Pfennig. Manchmal brachte ich Mutter stolz eine mit.

Ein paar Neuerungen entdecke ich doch. Ein wulstiger Blumentopf aus Plastik, wo der alte aus Ton im Winter geplatzt ist, weil der Besitzer, der ihn sonst im Spätherbst reingeholt hat, verstorben ist. Eine wetterbeständige PVC-Platte, wo früher jährlich der alte Lattenzaun nachgestrichen wurde, und anstelle verspielter Vorhänge und Übergardinen flächige Rollos in mediterranen Farben. Wären sonst noch

Menschen unterwegs, könnte der Pulloverwechsel der Hausherrin, den wir im Vorbeigehen beobachten, schnell Tagesgespräch werden, aber die Straße ist zu einer bloßen Durchfahrtsstraße geworden.

Ich bleibe vor dem Fotogeschäft stehen und schaue in den flachen Schaukasten an der Außenwand. Hier wurden fast wöchentlich durchnummerierte Fotos ausgestellt, aufgenommen bei öffentlichen Veranstaltungen im Ort. Das Fotopapier ist gewellt, und ein paar Aufnahmen sind längst nach unten in den Rahmen gerutscht. Die Farben sehen wie ausgewaschen aus. Man erkennt eine Walpurgisfeier auf dem Marktplatz zwischen Eisdiele und Bergkirche. Weiße Baumarktpavillons, Festzeltgarnituren aus Echtholz auf grün lackierten Eisengestellen, Schminktische und Hexentanzgruppe. Platzkonzert des Taubenborner Musikzuges. Großes Höhenfeuerwerk und Fackelmarsch mit der Maienkönigin zum Bergtheater. Es gibt keinen Hinweis auf das Veranstaltungsjahr. Gesichert ist nur, dass die Fotos bereits in der Baumarktära aufgenommen wurden.

Kanell schaut in eine geschlossene Bäckerei. Er steht dicht vor der Scheibe und schirmt seinen Kopf mit den Händen gegen das Sonnenlicht ab. Im Schaufenster liegt eine einsame zusammengetrocknete Party-Brötchensonne auf einem ausgestanzten Papierdeckchen. Die Tchibo-Regale stehen noch, und auch der lange Kühltresen mit den wischfesten Kunstfurnierholz-Applikationen fand keinen neuen Besitzer. Ich erinnere mich noch an die alte Einrichtung. Die dunkelkrustigen Brote lagen in hölzernen Wandkiepen. Der Kühltresen war chromgerahmt und rechts und links, weit oben über den Verkäuferinnen in gestärkten Bäckereiuniformen, hingen blaulichtige Brutzel-Lampen, in denen Fliegen und Wespen geräuschvoll zu Tode kamen.

Auf der Straße duftet es wie mitten im Wald. Feucht, harzig und nach Pilzen. Es ist kühl. Die kalte Luft sinkt nachts von den Hängen ins Tal. Ich schließe die Augen und atme so tief in die Lungenspitzen, dass mir schwindelig wird.

Wir erreichen das Hexenstübchen. Kanell schaut hinauf. Oben an dem holzverschalten Fachwerkflachbau wurde irgendwann ein geschnitzter, bunt bemalter Fries befestigt. Hexenflug und Szenen aus dem Bergbau. Zwergenkönig Hübich und seine fleißigen Steiger. Über allem das »Glück auf« mit Schlägel und Eisen. Sorgsam eingeschnitzt und golden ausgemalt. Gleich im Eingang hängt ein gerahmtes Plakat: 1990 gab es hier ein Deutschlandtreffen der Gartenzwerge.

Krüppel und Äthiopier sind besondere Gäste. Aber hauptsächlich, weil sie die einzigen sind. Die kräftige Wirtin grüßt und poliert weiter ihre Gläser.

»Rouladen?«, rufe ich rüber. Nach dem bejahenden Nicken quetsche ich mich hinter den Tisch auf die Bank und bedeute Kanell, sich mir gegenüberzusetzen. »Bier?« Kanell nickt. »Und zwei Pils. Null fünf.« Ich lehne mich zurück, strecke die Füße aus und stelle laut fest: »Gar nicht so schlecht, der Harz. Hat sich ja kaum was verändert hier.«

Ich trinke noch zwei weitere Biere. Kanell macht schon nach der Hälfte des ersten schlapp. Er müsse noch fahren, ist die lasche Begründung. Man kann sagen, wir sind in den letzten Monaten so etwas wie Freunde geworden, aber ich glaube, echte Freundschaft lohnt sich trotzdem nicht für uns. Kein Grund, traurig zu sein. Kanell und ich leben einfach auf zwei weit voneinander entfernten Planeten.

Spätestens im Camp habe ich mich dem Lager derer angeschlossen, die behaupten, dass nur gleiche Interessen verbinden. »Gegensätze ziehen sich an« hat für mich nur etwas mit dem Verhältnis zwischen Männern und Frauen zu tun. Und auch da, bin ich mir ziemlich sicher, dient es nur als Entschuldigung für diese andauernden Missverständnisse. Helen ist dafür das beste Beispiel. Manchmal stockt mir der Atem, wenn ich daran denke, was sie so über einen Tag verteilt von sich geben kann. Ich habe mir während der Zeit mit Helen feste Gesten angewöhnen müssen: ein wissendes Nicken, lang anhaltend hochgezogene Augenbrauen oder ersatzweise ein alles offen lassendes Schulterzucken.

Kanell hat Schweiß auf der Stirn. Entweder war die Roulade zu viel für seinen Afromagen, oder ich hänge mich zu sehr an seinen Arm. Jedenfalls sind wir beide sehr satt und müde. Zurück geht es jetzt noch langsamer. Schlendern wäre aber sicher das falsche Wort, dafür bewegen wir uns zu unrhythmisch durch das menschenleere Städtchen.

Ich fühle in der Manteltasche die Fotos aus der Kiste und bin froh, sie doch noch herausgenommen zu haben. Wir verschnaufen vor einem Haus, dessen Dachstuhl schon vor einiger Zeit ausgebrannt sein muss. Die klaffende Wunde ist notdürftig mit einer dicken Plastikfolie abgedeckt, die an mehreren Ecken schon wieder schlaff herunterhängt. Es ist nahezu windstill. Die wenigen Geräusche hallen durch das enge Tal. Irgendwo hackt jemand Holz, ein Raubvogel schreit klagend hoch am Himmel.

Die Ruine bietet einen wirklich trostlosen Anblick. Die Fenster sind entweder während des Feuers gesprungen oder nachträglich eingeschmissen worden. Um das festzustellen, müsste man näher herantreten und schauen, ob die Scherben innen oder außen zu Boden gegangen sind. Im Garten liegen zersprungene tönerne Gartenzwerge. Eine abgebrochene dickliche Hand hält eine kahle Stange in die Höhe, an der vielleicht mal eine kleine, beleuchtete Bergmannslaterne gehangen hat. Der kleine Teich dahinter, einst sorgsam von ausgewählten Erzsteinen aus der nahen Grube umrahmt, ist angefüllt mit geplatzten Mülltüten, aus denen alter Unrat quillt. Es riecht intensiv nach kaltem Rauch und Jauche. Die Bewohner der angrenzenden zwei- und dreistöckigen Häuschen haben sich mit kesseldruckimprägnierten Zaunelementen aus dem Baumarkt beholfen, die den Blick notdürftig versperren.

Vor unserem Haus setze ich mich auf die zweite Stufe der Steintreppe und warte. Kanell, dem jetzt auch noch die Nase läuft, sucht im Wagen, in einem der beiden Aluminium-Pflegedienstkoffer, nach irgendeinem Spray. Als er es gefunden hat, setzt er sich zu mir und drückt sich ein paar Stöße aus der kleinen Flasche in seine Nasenlöcher. Dabei zuckt er jedes Mal schnaufend zurück und niest wie ein Baby. Ich grinse ihn an und lege eine Hand auf seinen Oberschenkel. Er lässt mich nicht nur gewähren, sondern lehnt sich auch noch an meine Schulter.

Mutter steht schon an der Treppe, als ich mich, halb an Kanell und halb am hölzernen Handlauf, nach oben ziehe.

»Soll ich helfen?«, fragt sie mit zittriger Stimme.

»Nee, geht schon«, antworte ich ihr, ohne sie direkt anzuschauen, aber aus den Augenwinkeln erkenne ich bereits eine Anspannung, die mir noch von ihren ersten Besuchen im Krankenhaus sehr vertraut ist.

»Papa musste noch mal weg«, erklärt sie mir merkwürdig fahrig, als ich endlich oben angekommen bin, und dann bestimmter an den Äthiopier gerichtet: »Wollen Sie sich nicht ein bisschen in der Stube ausruhen?« Und im Nachsatz: »Das muss doch alles sehr anstrengend für Sie sein.«

Als Kanell nickt und sich wortlos Richtung Wohnzimmer auf den Weg macht, lege ich noch im Flur meinen Arm um Mutters Schultern, und wir gehen gemeinsam in die warme Küche.

»Alles okay bei dir?«, frage ich sie mitfühlend, und wir setzen uns auf Großmutters gemütliches Küchensofa, gegenüber vom stillgelegten Kohleherd.

»Ach Junge«, schluchzt Mutter plötzlich los und legt ihre Hände vors Gesicht, um ihre Tränen zu verbergen. Ich drücke sie an mich, aber sie sagt nichts. Eigentlich gibt es ja auch nichts zu sagen, was ich mir nicht selbst längst zusammengereimt hätte.

Brutkunst

Eigentlich müsste ich mal dringend auf die Toilette, aber beim Hinsetzen in den Kippsessel sind mir die Krücken auf den Boden gefallen. Nach kurzem Zögern greife ich mir eine leere Adelskronen, schiebe die Adidas so weit wie nötig hinunter und drücke die Schwanzspitze auf den Flaschenhals. Ah, das tut gut. Leider merke ich zu spät, dass die Luft, die der Urin verdrängt, nicht entweichen kann. Der Druck steigt bis zu dem Moment, in dem es explosionsartig herauszischt.

»Toni«, ruft Mutter verzweifelt aus dem Nebenzimmer. Gerade ist der alte Berger völlig nackt an mir vorbeigegangen. Vor sich hält er in seinen großen, breiten Händen zwei riesenhafte Penisse, die steif und waagerecht direkt aus seinem Bauch herauszuwachsen scheinen. Der ganze Körper ist dicht bedeckt mit rostroten Haaren, die wundersam leuchten und vibrieren wie die ausgestreckten Tentakel einer Seeanemone. Die Schritte des alten Berger machen keinerlei Geräusche. Als würde er schweben.

»Toni!« Ich sitze still unter dem Tisch und lausche. In meinen Händen halte ich die täuschend echte Nachbildung eines G3. Ein Geschenk der Seeanemone. Mutters »Toni«-Rufe mischen sich mit einem Kichern, das immer lauter wird.

»Den kriegen wir nie wach.«

»Guck mal, der scheint heiße Träume zu haben.« Wieder das Kichern. Noch lauter. Ich lasse das G3 fallen und versuche mühevoll aufzustehen, obwohl ich ganz sicher bin, dass ich noch gar nicht laufen kann. Mutter sagt immer, ich sei ein Spätentwickler, das würde noch kommen, vielleicht erst nach der Pubertät. Ich schlage mit dem Kopf an die Tischplatte. Der Schmerz kriecht von der Schädeldecke direkt ins Bein hinunter, setzt sich dort fest und wird unerträglich.

Mühsam öffne ich die Augen und sehe Kanell, der mir gewandt die Adidas wieder hochzieht. Währenddessen massieren mir zwei vertraute Hände ganz sanft den Nacken. Helens kalte Hände.

Kanell kniet sich vor meinem Kippsessel hin, legt seine knochigen Hände auf meine Unterarme und schaut mir genau in die Augen. Ich schlage mir mit der flachen rechten Hand oberhalb des dicken Verbandes rhythmisch auf den Hüftknochen und versuche mir die Tränen zu verbeißen.

»Buah, schätze, wir müssen da mal reingucken, da stimmt was nicht.« Helen hat aufgehört zu massieren und kniet sich interessiert neben Kanell, wobei sie ihren Kopf vertraut an seine Schulter lehnt. Ich schreie fast, als sie ganz vorsichtig versucht, einen Finger unter den Verband zu schieben.

»Okay«, sagt Kanell, »wir müssen dich jetzt mal für eine Weile wegschießen.« Vor Erleichterung läuft mir das Wasser nur so übers Gesicht. »Die Tiefenreinigung der Wunde ist wirklich notwendig. Aber jede neuerliche Wundreizung braucht natürlich immer eine Weile, um abzuklingen«, doziert Kanell in Helens Richtung. Ich nicke bestätigend und bitte Helen, mir eine Zigarette anzuzünden und in den Mund zu stecken. Kanell schaut zwar missbilligend, sagt aber nichts, während er die Dipidolor-Infusion vorbereitet.

Die Entscheidung über die Verabreichung des starken Medikamentes liegt bei ihm. Wir haben da eine Art Gentlemen's Agreement: Er versucht selbst zu erkennen, wann es wirklich nötig ist, und ich melde mich wirklich nur dann, wenn es mir unvermeidbar erscheint. Ich bin immer stolz, wenn er mich fragt und ich mich überwinden kann, abzulehnen. Der Beipackzettel ist so lang, dass er ungefähr siebenmal gefaltet werden muss.

Helen pfeift angespannt, während sie mir vorsichtig die Kippe zwischen die trockenen Lippen schiebt und mir anschließend mit dem weichen Ärmelstoff ihres Pullovers die Wangen trocken wischt.

»Mach doch mal Musik an. CD liegt schon drin«, bitte ich Helen, und mir gelingt dabei sogar ein kurzes, aufmunterndes Zwinkern. Hoffnung und Vorfreude auf das Dipidolor haben den Schmerz bereits spürbar eingedämmt. Ein Phänomen, das bedenklich stimmt, denn im Umkehrschluss bedeutet es ja, dass reine Willenskraft das Zeug ersetzen könnte, aber diese Erkenntnis ist mir im Moment mehr als schnuppe.

Während Kanell also die Spritze aufzieht, sie gegen das Licht hält, mit zwei Fingerrücken gegen den Zylinder klopft und dann den Kolben einige Millimeter hineindrückt, um mögliche Luftbläschen herauszupressen, singt Eminem: »I never seen no chick like this. This bitch can twist like a damn contortionist.« Helen wiegt ein bisschen mit den Hüften und nickt im Takt mit dem Kopf, während sie Kanell bei der Arbeit zuschaut. Das Dipidolor läuft angenehm kühl im Inneren meines Armes hinauf. Im Mund schmecke ich frisch gemahlenen Koriander. Wie aus weiter Ferne höre ich mich selber lachen. Ich verfolge einen kleinen Lichtpunkt und versuche ihn festzuhalten. Immer wenn ich fast sicher bin, dass ich ihn zu fassen bekomme, ist er schon wieder verschwunden. Ich zeichne mit dem Zeigefinger eine Bahn an die Zimmerdecke: Der helle Lichtpunkt folgt neugierig der imaginären Luftlinie. Auf dem Beistelltischchen neben mir flackern still ein paar Kerzen. Es ist so angenehm warm, dass ich die weiche Wolldecke, die auf meinen Beinen liegt, auf den Boden rutschen lasse. Die Vorhänge vor den Fenstern zum Garten sind noch offen, aber draußen ist es bereits stockdunkel. Es duftet nach Badewasser, frisch geschnittener Ananas und ofenfrischer Pizza. Die perfekte Mischung. Ich lasse beglückt den Kopf zur Seite fallen und atme ganz tief ein.

Die zart muskulösen Pobacken vor dem Sofa sind von einem Flaum feiner Härchen bedeckt. Die Rückenmuskulatur tritt deutlich hervor und läuft in geraden, angespannten Strängen bis hoch zum krausen Haaransatz. Als ich die seltsame Kappe auf Kanells Kopf entdecke, muss ich über die kleine, grelle Lampe lachen, die an der Vorderseite befestigt ist. Ich lächle hinüber zu Helen, die tief in das Sofa hineingerutscht ist und mit beiden Händen ihre Beine weit auseinanderspreizt. Ihre offene Scham ist nicht zu erkennen, denn genau davor kniet der nackte Äthiopier.

Helens Augen sind geschlossen, aber ich bin fast sicher, dass sie zurücklächelt. Kanell taucht gerade seine Hände in eine Schale, die aussieht wie meine silberne Salatschüssel. Wasser plätschert sanft und tropft an seinen Händen herunter auf den Teppich, wo sich dunkle Flecken bilden. Ich erinnere mich nicht, irgendwann schon einmal anmutigere

Bewegungen gesehen zu haben. Mit Feingefühl benetzt Kanell Helens Innenschenkel.

Helen atmet laut, aber regelmäßig. Ich versuche spielerisch, ihrem Atem zu folgen, und nach einer Weile atmen wir tatsächlich vollständig synchron. Vor Freude wird mir ein bisschen schwindelig.

Kanell beugt sich tiefer, und sein Hinterkopf sieht jetzt aus, als käme er direkt aus Helens Unterleib, beinahe wie eine perfekt über einen Globus gespannte Schambehaarung. Ich strecke aufgeregt meinen Arm aus, um in den Lustlocken zu wühlen, aber die Weltschamkugel ist zu weit entfernt.

Ich schließe die Augen und hebe meine Arme in die Höhe. Unter meinen Fingerkuppen spüre ich zarte Haut. Ehrfurchtsvoll streiche ich ganz langsam entlang dieser warmen Epidermis und stoße irgendwo über meinem Kopf an eine weiche, feuchte Masse, in der ich rasch bis zu den Handgelenken versinke. Auf einmal wird mir alles so klar und verständlich, dass Tränen in Bächen über mein Gesicht fließen. Die perfekte Verschmelzung von Glück, Melancholie und Traurigkeit hat in dieser Masse über mir ihr Zuhause gefunden. Aus dieser unfassbaren Weichheit strömt es unaufhörlich durch meine Arme mitten in mein Herz hinein und wird von dort bis in die letzten Winkel meines Körpers gepumpt. Jetzt brauche ich vor nichts mehr Angst zu haben. Ich habe keinen Durst. Ich habe keinen Hunger. Ich friere auch nicht, denn ich bin frei. Meine Hände sind dicke Nabelschnüre, so fest wie stählerne Taue. Meine Hände sind eine direkte Verbindung zu Gott. Gott ist über mir. Gott fließt in mich ein. Und Gott ist weich und voll endloser Kraft. Gott ist ein prall gefüllter Mutterkuchen tief im Leib meiner werdenden Mutter. Mutter – von außen nach innen gestülpt – frottiert mich.

Mich durchfährt ein Schauer, als ich die Qualität des Waldviertel-Frotteehandtuchs erkenne. Bei Übermutter Manufactum bestellt. Das gute Gefühl, ein Schnäppchen zu machen, kennt jeder, aber das Gefühl, etwas zugeschickt zu bekommen, das von keinem Produkt seiner Art mehr übertroffen werden kann, ist damit nicht zu vergleichen.

An den unterschiedlichsten Stellen meines Körpers werde ich von warmen Händen berührt. Eigentlich ist es mehr ein Streicheln. Überall kitzelt es angenehm. An den Hüften, an der Innenseite der Schenkel, auf der Brust. Eine Hand gleitet sogar zwischen meine Pobacken, während eine andere Hand mich beträufelt und die glitschige Nässe dann verreibt. Vorsichtige, sanfte Finger umfassen meinen schlaffen Schwanz, heben ihn an, und weitere Finger beginnen damit, das sensible Niemandsland darunter einzureiben. Ich zucke lachend zusammen und greife mit den Händen nach dem Handtuch.

Kanell liegt nur in Hose auf dem Sofa und scheint zu schlafen, während Helen nur in einem meiner BW-Turnhemden – mein ganzer Stolz, denn die weißen werden heute überhaupt nicht mehr eingesetzt – vor mir steht und lächelt. Helens Schamhaar fehlt. Die Haut sieht ganz glatt aus. Da, wo vorher noch kurze dunkle Stoppeln waren, ist die Haut jetzt noch heller als drumherum. Helens innere Schamlippen, die gut durchbluteten Rouladenstücke, hängen ganz unbehaart nach unten.

Ich strecke meine Arme nach Helen aus, aber sie rührt sich nicht. Erst jetzt bemerke ich, warum sie mich so abwartend anstrahlt: Irgendwie ist es den beiden gelungen, mich ebenfalls komplett kahl zu rasieren. Ich liege völlig nackt da und bilde mir ein, dass mein Schwanz ohne sein dichtes Waldversteck locker fünf Zentimeter länger aussieht. Jetzt finde ich ihn fast ein bisschen gefährlich. Der Gute muss paranormale Fähigkeiten haben. Kaum hat man für den Bruchteil einer Sekunde seiner gedacht, ordert er kanisterweise Blut aus dem Hinterland und beginnt zu pumpen wie ein Uhrwerk.

Ich rutsche hin und her, denn zwischen meinen Pobacken zwickt es unangenehm, die müssen sie also auch rasiert haben. Wie sie da rangekommen sind, ist mir ein Rätsel. Meine Brust glänzt kahl und glatt. Die Brustwarzen kommen mir so unbehaart viel kleiner vor. Meine glatten Beine gefallen mir noch weniger. Ich lege vorsichtig das linke über das rechte. Wie bei Sabine Christiansen.

Warum hat die Christiansen damals eigentlich an Anne Will abgegeben? Altersgründe? Gesundheitliches? Jedenfalls wurde ihre Talkshow von Sonntag zu Sonntag langweiliger. Maybritt dagegen ist immer neugierig und aufgeregt. Sie berührt ihre Gäste, legt beruhigend ihre Hände auf verkrampfte Oberschenkel oder erkämpft sich Redezeit, indem sie ihre Hand auf die Hand des Angesprochenen legt, bis sie ihre mitunter recht ausschweifenden Fragen beendet hat. Dabei ist sie so süß und ansteckend, man kann direkt miterleben, wie die Berührten verzaubert werden.

Kanell verabschiedet sich plötzlich hastig. Er erzählt etwas von einem weiteren Termin, den er beinahe vergessen hätte. Auf meine Frage, ob er noch woanders zum Rasieren bestellt sei, lacht Helen kurz glucksend auf, aber Kanell bleibt stumm. Er legt mir noch die Antibiotika und zwei MST in die Tablettenbox, bringt die Schüssel in die Küche, man hört ihn kurz abwaschen, dann schlägt schon die Haustür zu, und er ist verschwunden.

Helen zieht das Turnhemd aus und tänzelt nackt hinüber zum CD-Regal. Ich zünde mir eine Zigarette an und versuche zu ergründen, wann der Schmerz von Neuem beginnen wird. Das Dipidolor hat längst seinen Wirkzenit überschritten. Nach einer Weile, in der wir beide nicht sprechen, entscheidet sich Helen aus einer Laune heraus für eine CD, von der ich nicht einmal mehr wusste, dass ich sie überhaupt noch besitze. Aus den Lautsprecherboxen klingen Klarinetten, Fagotte und Hörner. Die Melodie ist mir so vertraut wie anderen die Erinnerung an ein kindliches Einschlaflied. Wagners gefühlvolle Ouvertüre zum *Tannhäuser*. Der Sampler war irgendwann Beigabe zu einem größeren Weihnachtsgeschenk der Eltern. Wagner-Ouvertüren: *Lohengrin*, *Meistersinger*, *Fliegender Holländer* und natürlich *Rienzi*. Helen gefällt es. Und mir gefällt, dass es Helen gefällt.

Helens Unterleib vibriert synchron zu Richards Streicheraufwallungen und den blechernen Stößen seiner Bläser. Aufgegeilt von den Gralsfantasien des altersschwachen Wagner geht sie in die Knie und stößt und stößt mit vorgestrecktem Becken in meine Richtung. Ihre Hände liegen um ihren Hals, so, als wolle sie sich selbst erwürgen. Ihr Gesicht läuft rot an, der Unterleib ruckt immer schneller. Aus Viertel- werden Achtel-, aus Achtel- Sechzehntelnoten. »Bamm, bamm. Bamm, tabamm bamm.« Ich erigiere und dirigiere meinen Fleischspieß mit gleicher Begeisterung.

»Unter dem Sofa. Ein Geschenk von Shiloh. Wollte ich

dir neulich schon geben, aber ich muss eingeschlafen sein.« Helen kniet und beugt sich vor, um unter das Sofa zu spähen. Ich sehe Bergers Frau am Teich. Die Taucherbrille fehlt, aber die gleiche erwartungsvolle Körperhaltung. Grund genug, mich vorsichtig hochzuwuchten und zu ihr rüberzurobben. Meine Hände greifen ihre Pobacken, teilen sie grob und schaffen Platz für mein Gesicht, das ich ohne weitere Umschweife auf ihre stramme Spalte senke. Helen kreist sofort rhythmisch mit den Hüften. Das gefällt auch Wagner. Jedenfalls lässt er jetzt alle Hemmungen fallen und schmeißt erneut alle seine Bläser ins Gefecht. Fast ein bisschen zu früh, aber ich gebe mir Mühe und blase die kleine glänzende Trompete so heftig, als wäre es die dicke Tuba. Nass und warm. Dann nasser und wärmer. Als Helen ganz aufgeregt quietscht und dann in sich zusammensackt, rutsche ich augenblicklich zurück zum Sessel, hieve mich hoch und halte mir die Handinnenflächen vors Gesicht, um daran zu schnüffeln. Es riecht vertraut, ersehnt, rosig, fruchtig. Wagner sei Dank. Tannhäuser zum Gruß.

Götterdämmerung jetzt auch draußen auf der Straße. Um halb elf gehen die Lichter aus. »Bamm, tata tabamm. Bamm, tabamm. Bamm.«

Helen kommt wieder unter dem Sofa hervor und hält Shilohs Holzkoffer stolz in den Händen. Sie stellt ihn auf den Tisch, lässt den einfachen Messingblechverschluss hochschnellen und greift hinein. Zum Vorschein kommen vier in Seidenpapier eingewickelte runde Objekte. Vorsichtig packt sie das erste aus. Ein Avocadokern. Weitere drei kommen hervor.

»Schau bloß!«, stößt Helen begeistert hervor. »Ein ganzes Avocadogelege.« Ich lächle sie an und greife nach den Zigaretten. Wirklich erstaunlich, dass sich Shiloh, der alte Wunderling, von einigen seiner wohlgehütetsten Schätze trennen konnte. Denn natürlich besitzt er auch eine der schönsten Avocadokernsammlungen der Stadt. Aufgereiht in seinen Fensterbänken und auf dem Fußboden an der Heizung, reibt er sie regelmäßig mit echtem Avocadoöl ein, damit sie nicht schrumpeln.

»Die sind ja wunderschön. Das sind die schönsten, ich schwöre es dir.« Die immer noch nackte Helen reiht die Rundlinge vorsichtig auf dem Teppich auf und legt sich dann rücklings darauf. Zeitlupenartig und mit angespannter Wirbelsäule bewegt sie die Kugeln. Anschließend macht sie eine Brücke und versucht ihren Hals so weit zu überdehnen, dass sie die Kugeln unter sich erkennen kann.

Wirklich erstaunlich, die Kerne liegen immer noch in einer geraden Reihe unter ihr. Wagner verstummt. Lässt aber schon Sekunden später Bernard Fokkes Geisterschiff über den Himmelsee reiten. Düster, impulsiv und stürmisch tönt es aus den Lautsprecherboxen. Helen erhebt sich, dreht sich theatralisch ein paar Mal um die eigene Achse, um dann abrupt abzubrechen, die Kerne aufzusammeln und nebeneinander auf die Kante des kleinen Beistelltischchens zu legen.

»Als ich klein war, hab ich mich zu Ostern immer auf meine Osternester gesetzt. Gleich draußen im Garten. Mein Vater hat sich immer totgelacht. Besonders einmal, als ich fest davon überzeugt war, dass ich die kleinen Stoffkükchen, die er mir heimlich untergeschoben hat, wirklich selbst ausgebrütet hätte.« Helen schaut weiterhin versonnen auf die Kerne.

»Würdest du mir einen reinstecken? Ich bin mir sicher, danach keimt er viel besser.« Als ich mich schon erheben will, um ihr bei dem Experiment zur Hand zu gehen, hält sie mich zurück. »Warte, das geht vielleicht auch so«, sagt sie und positioniert sich mit dem Becken über einem der Kerne. Hoch konzentriert senkt sie sich ab, spreizt die Beine zum Spagat, bis der Kern ihre Schamlippen öffnet und tatsächlich ohne große Umstände in ihr verschwindet. Mit dem zweiten wird es allerdings schwieriger. Jedes Mal, wenn sie sich absenken will, flutscht der erste Kern gleich wieder raus und zieht, während er über den Boden kullert, eine milchig trübe Spur hinter sich her.

»Das klappt nicht«, stöhnt Helen verzweifelt, »du musst mir doch helfen.« Helen hat sich schon so sehr in das Huhnsein hineingedacht, dass sie ihre eigenen Hände ganz vergisst. »Besser hinten rein. Da ist es zwar enger, aber eigentlich ist da doch unbegrenzt Platz«, sagt sie und legt sich bäuchlings aufs Sofa.

Das Babyöl, das Kanell sonst für meine Wundränderpflege verwendet, ziehe ich in einer Spritze auf, die ich Helen ohne Nadelaufsatz in den Anus drücke. Eins-, zwei-, drei-, viermal. Zusätzlich schmiert sie, nun doch zu ungeduldig und ihr Huhnsein für einen Moment vergessend, eine satte Handvoll aus dem Panthenol-Cremetopf zwischen ihre schweißglänzenden Backen. Ihre Körperwärme verflüssigt den Großteil sogleich. Der Sofabezug zeigt eine große, kreisrunde dunkle Verfärbung. Ich bin mindestens halb so aufgeregt wie sie. Was sich Helen in ihren Unterleib schiebt, kann sie am besten beurteilen, einen Anus habe ich aber selber, und ich wage mir nicht vorzustellen, wie sich da Avocadokerne zu Hause fühlen sollen. Doch sie reckt mir zu allem bereit ihren Po entgegen.

»Los!«, faucht sie angespannt. Ich setze den kleinsten Kern mit der Spitze auf ihren Schließmuskel und drücke ein wenig. Sie drückt mit ganzem Körpereinsatz mutig dagegen. Nichts tut sich.

»Fester!« Ich drücke fester. Nichts passiert. Helen zieht eine ihrer Hände unter dem Bauch hervor, greift nach hinten und drückt unterstützend auf meine Hand. Der Muskel dehnt sich und dehnt sich. Helen schreit laut und drückt noch einmal mit aller Macht auf meine Hand, und tatsächlich verschwindet nun der Kern. Es läuft dick und ölig aus Helens Poöffnung, die jetzt einige Millimeter offen steht. Helen macht ruckende Fickbewegungen.

»Los, weiter!«, ruft sie heiser. Ich greife mir den nächsten Kern, setze ihn wieder mit der Spitze an und drücke ganz fest zu. Diesmal höre ich keinen Mucks. Der Kern trifft auf seinen Vorgänger, das spüre ich deutlich. Helens pumpender Arschmuskel ist jetzt ganz straff um den zweiten Kern gedehnt, der aber immer wieder herausflutscht.

Sicherheitshalber drücke ich mit zwei Fingern den ersten Kern noch weiter hinauf. Helen bleibt stumm. Nur ihre Finger arbeiten wie verrückt an ihrem Perlenrüssel. Sie zieht und drückt ihn, wie ich es sonst noch nie bei ihr gesehen habe. Als der zweite Kern fast in ihr verschwunden ist, bäumt sie sich plötzlich auf und schreit anhaltend und spitz. Erschrocken schiebe ich zwei Finger rechts und links hinein, um den Kern zurückzuholen.

»Weiter, weiter!«, empört sie sich, als sie spürt, was ich vorhabe. Schweiß läuft ihr in feinen Fäden an den Wirbeln herab. Wagner hat sich als Untermalung nur ein paar sanft wogende Streicher ausgedacht. *Rienzi*. Traumhaft schön.

Der dritte Kern will einfach nicht rein. Diesmal ist es keine Frage der Schmerzfähigkeit, eher ein anatomisches Problem.

»Fick ihn rein!«, wispert Helen ganz leise.

»Was?«, frage ich unsicher.

»FICK DIE KERNE EINFACH WEITER REIN. Bitte.«

Ich schaue runter auf meinen weit abstehenden Schwanz und überlege. Aber als ihr Becken zu kreisen beginnt, greife ich es mit beiden Händen, setzte die Eichel an und schiebe das Köpfchen in Richtung Kernegrund. Helen fängt an zu brüllen, stößt mich aber nicht weg. Im Gegenteil, sie drückt fest und willensstark in meine Richtung. Ich schiebe mich Zentimeter für Zentimeter in sie hinein, doch der oberste Kern plumpst heraus, und ich spüre, dass ich mich bereits seitlich am zweiten Kern vorbeimogele. Jetzt stoße ich immer wilder drauflos, und als ich spüre, dass ich in kürzester Zeit heftig kommen werde, stimme ich einfach in Helens Geschrei ein.

Als wieder Ruhe eingekehrt ist, klappt Helen augenblicklich erschöpft zusammen. Ich lege ihr die verbliebenen zwei Kerne vorsichtig in die offenen nassen Hände. Sie greift blind zu und lässt die beiden Nachzügler in der warmen Tiefe zwischen ihren Hahnenkämmen verschwinden. Ich decke Helen mit meiner Wolldecke zu, ziehe mir die Adidas und ein T-Shirt über, lösche das Licht bis auf eine Kerze und lege mich mit einer Zigarette in meinen Kippsessel.

Am frühen Morgen wache ich auf. In der ganzen Wohnung ist das Licht an. Helen ist verschwunden. Ich schaue in der Küche nach, da liegen aber bloß ein verbogener Löffel und ein Korkenzieher in einer Lache auf dem Fußboden. Ich bücke mich vorsichtig runter, tauche meinen Finger in die Nässe, führe ihn an die Lippen und schmecke Blut.

Atemloser Spind

Den ganzen Tag kein Lebenszeichen von Helen. Nicht dass sie sich sonst täglich gemeldet hätte, und es ist auch nicht das erste Mal, dass sie am nächsten Morgen schon weg ist, ohne mir eine Grußbotschaft zu hinterlassen, das ist einfach nicht ihre Art. Aber am Abend fange ich an, mir echte Sorgen zu machen.

Das Küchenszenario, das Blut, der Korkenzieher. Ich habe heute kein Wort mit Kanell darüber gesprochen, aber jetzt halte ich es nicht mehr aus und muss ihn anrufen. Doch auch Kanell war noch nie bei Helen und kennt ihre Adresse nicht. Als ich eine Handynummer anrufe, die Kanell sehr lange suchen musste, erklärt mir eine Computerstimme, dass der Teilnehmer vorübergehend nicht erreichbar ist.

Was weiß ich überhaupt von Helen? Warum habe ich nie nachgehakt? Mir krampft sich das Herz zusammen. Ich setze mich unsicher auf Helens Sofaplatz in der vagen Hoffnung, dass mir hier irgendein vergessenes Detail einfällt, das mir weiterhelfen könnte, aber die Unruhe wird nur noch drängender.

Helen. Wie kann es überhaupt möglich sein, dass weder Kanell noch ich weiß, wie Helen mit Nachnamen heißt? Das kommt mir auf einmal so unglaublich unwirklich vor. Was, wenn sie nie mehr auftaucht und ich nie erfahren werde, was in dieser Nacht mit ihr geschehen ist? Vielleicht hat sie noch irgendwelche Besucher eingelassen. Quatsch. Ich muss jetzt erst einmal ruhig und objektiv alle Fakten zusammenfassen, die Situation analysieren und dann eine Lösung finden.

Ich weiß, dass Helen ein Zimmer bei ihren Eltern hat. Sie hat keine Geschwister, zumindest war nie von welchen die Rede. Ihr Vater hat eine Freundin, das hat sie mir einmal erzählt, aber was könnte mir das jetzt helfen?

Vor ein paar Wochen kam sie her, blieb zwei Tage, wollte noch länger bleiben, aber sie hatte nichts zu lesen und wollte schnell noch was von zu Hause holen. Sie fuhr mit dem Bus und war eineinhalb Stunden später mit vollem Rucksack zurück. Die Mutter hatte ihr ein pfundschweres Stück fertig geschmorten Rinderbraten in Soße mitgegeben.

Eineinhalb Stunden, das sind, wenn man eine halbe Stunde Aufenthalt einplant, eine halbe Stunde Hinfahrt und eine halbe Stunde zurück. Wenn Helen einmal umgestiegen ist, inklusive fünf Minuten Wartezeit, was sehr knapp bemessen ist, dann wären das für die Hinfahrt zwei Busfahrten zu jeweils zwölfeinhalb Minuten. Zwei Minuten je Haltepunkt macht zwischen sechs bis acht Stationen. Aber, verdammt noch mal, ich weiß ja nicht einmal, in welche Richtung sie gefahren ist.

Ich lege mich auf das Sofa und denke angestrengt nach. Die Zahl der örtlichen Gymnasien würde ich auf zehn schätzen; selbst wenn ich alle anrufen würde, gibt es sicherlich mehr als eine Helen, und außerdem erscheint es mir unwahrscheinlich, dass man mir überhaupt eine Auskunft über ein bestimmtes Mädchen geben wird.

Krankenhäuser. Auch davon gibt es wenigstens so viele wie Gymnasien. Gedankenverloren wiege ich das kühle

Messing-Abus-Schloss in der Hand, das Helens Spindabteil verschließt. Ich drücke den Daumen so fest auf den zackigen Schlitz, dass ich die Konturen fühlen kann. Der passende Schlüssel hängt an Helens Bund, den sie auf dem Küchentisch liegen gelassen hat. Helen hat viele Plätze für ihre Schlüssel. Einmal, als sie den Bund morgens im Briefkasten wiederfand, stieß sie einen solchen Freudenschrei aus, dass man sie noch bis zum Lottomann hörte. Ich lege meine Schlüssel immer auf die Kiefernholzablage im Flur. Ihn dort zu finden hat bei mir leider noch keine vergleichbare Freude ausgelöst.

Ich lehne schon eine ganze Weile mit meiner Stirn an der kühlen Spindwand. So ganz in Gedanken versunken spüre ich plötzlich eine feine, schnell kräftiger werdende Vibration. Einer von Bergers Lastern fährt gerade die Straße herunter. Als er ungefähr in Höhe meines Hauses sein muss, fängt das Innere des Spindes merkwürdig an zu summen. Während ich mir gerade mühsam zu erklären versuche, wie das sein kann, schießt aus den Lüftungsschlitzen ein Luftstoß direkt in meine Nase. Ich bin sofort hellwach. Noch während ich ein paar der aufgewirbelten Staubteilchen abhuste, fühle ich eine starke Erregung aufsteigen, denn mir wurde gerade etwas sehr Vertrautes, Dumpferotisches durch die Nase direkt ins Gehirn geschossen: eine verdünnte Dosis Helen aus dem Inneren ihres Spinds.

Mit dem davonfahrenden Laster verebben die Schwingungen. Die Ruhe ist jetzt doppelt spürbar. Noch ganz benommen sauge ich mit der Nase weiter Spindluft an. Obwohl es im Zimmer angenehm warm ist, fangen meine Beine wie vor Kälte an zu zittern. Ich fühle mich gerade so wie morgens beim Aufwachen, wenn ich versuche, einen schönen Traum noch ein bisschen länger lebendig zu halten. Hoffentlich werden heute besonders viele Bauschuttladungen bei Berger angeliefert. An manchen Tagen fahren die Wagen beinahe im Minutentakt die Straße hoch, um ihre Ladung auf dem schnell wachsenden Schuttberg abzukippen.

Die Minuten vergehen. Wenn Stille wirklich jemals greifbar war, dann jetzt. Vor mir taucht Toni Schumacher auf, er kommt mit hängendem Kopf zurück in die Kabine und lehnt sich mit geschlossenen Augen an seinen Spind. »Konzentrieren, abschalten, tausendmal. Echte Größe ist Selbstbeherrschung.« Ich muss lächeln, Kraft strömt in mich ein. Man darf niemals aufgeben, nur so zeigt man echte Größe. Ob auf dem Platz, in der Kabine oder hier an Helens Spind. Ich werde ganz ruhig und warte einfach. Ganz egal, ob Bergers Laster in wenigen Minuten oder erst in Stunden kommen.

Der Dreiabteilspind stand eine ganze Weile auf Abruf im Keller. Es brauchte dann noch zwei Schwingschleifer und etliche Sandpapierblätter, bis unter einer dicken Schicht Altlack glänzendes Metall zum Vorschein kam. Leider war der Flugrost noch schneller wieder da, als die Schleifarbeiten voranschritten. Ich habe letztlich einfach irgendwann Klarlack drübergerollt, um die Sisyphosarbeit zu beenden.

Als dann Helens Welt in Form von hingeworfenen Bekleidungsstücken, Cremetuben, Bürsten, defekten MP3-Playern, Notizbüchern, Knäueln von Halsketten und Armbändern, überquellenden Portemonnaies voller unbrauchbarer Plastikkarten, Stapeln von Zeitschriften aus Probeabos, einer Plastiktüte voller grauer Vogelfedern, einem angefangenen 24er-Gebinde Feiglinge, einer Packung Hundekauknochen und einer wachsenden Anzahl Shiloh-Flummis über mich hereinbrach, habe ich bald resignierend eines der drei Spindabteile an sie abgetreten. Helen freute sich sehr über meinen Vorschlag. Auf sie muss es fast wie ein Antrag oder etwas Ähnliches gewirkt haben. Zu meiner Überraschung hing dann allerdings wenige Tage später das fabrikneue Abus-Schloss an der Tür, und Helens Sachen lagen nach wie vor überall herum.

Das Summen und Vibrieren beginnt so unvermittelt wie zuvor. Diesmal ist es schon deutlich spürbar, noch bevor das Dröhnen der schweren Dieselmotoren zu hören ist. Ich presse meine Nase sofort so fest an die Lüftungsschlitze, dass es weh tut, und pruste schnell alle Luft aus, die ich noch in den Lungen habe. Als auch der Fußboden anfängt zu vibrieren, umklammere ich den breiten Spind mit ausgestreckten Armen. Jetzt bloß nicht mehr zwischenatmen. Und da saust es schon aus Helens Spind heraus. Ich inhaliere mit weit aufgeblähten Nasenflügeln, was das Zeug hält. Als wirklich nichts mehr hineinpassen will, halte ich den Atmen an. Und während mein Kopf fast zu platzen droht, schießen meine Riechzellen ihre Informationen sturmgewehrfeuerartig an die schönsten Plätze meines Gehirns. Was für ein unglaublicher Flash.

Wie in Zeitlupe verliere ich mein Gleichgewicht und versuche noch, meine enge Spind-Umklammerung zu lösen. Das Krachen ist gar nicht so laut, da der Spind auf mich und nicht auf den Fußboden fällt. Gott sei Dank liegt direkt unter mir einer von Helens Wäschebergen. Dennoch ein alptraumartiger Schmerz. Um mich herum ist alles totenstill. Ich spüre, wie mir irgendetwas sehr Feuchtes seitlich an beiden Beinen hinunterläuft. Blut? Bin ich verletzt? Wie gelernt, schreie ich nicht gleich nach dem Sani, sondern analysiere erst einmal die Lage. Ich bewege mechanisch meine Zehen und Fingerspitzen. Auf jeden Fall schon mal keine Querschnittslähmung.

Etwas Warmes hat sich zwischen meinen Beinen angesammelt. Als ich darüber nachdenke, was das sein könnte, steigt mir ein vertrauter Geruch in die Nase. Beim Umfallen, die Lungen randvoll gepumpt mit Helens Spindduft, muss ich gewaltig ejakuliert haben. Trotz meiner hoffnungslosen Lage empfinde ich fast so etwas wie Stolz. Mir kann nichts und niemand mehr etwas anhaben. Ich warte einfach auf Kanell.

Ein Traum wird wahr

Die Telefone klingeln fast ununterbrochen. Je eins irgendwo unter den Bergen an Unterlagen auf den beiden Schreibtischen, eins in Bergers Hosentasche und noch eins in seinem Mantel am Hakenboard innen an der Tür. Aus der Hosentasche summen in Endlosschleife ein paar Takte der *Rienzi*-Ouvertüre, aus dem Mantel glockt eine digitalisierte Kuckucksuhr. Die beiden Tischapparate melden sich im Standard-Telekomsound. Sinfonie der Geschäftigkeit.

Berger öffnet zwei Schranktüren, hinter denen ein einfaches altes Waschbecken zum Vorschein kommt. Aus dem darüber aufgehängten Plastikschränkchen mit dem Rote-Kreuz-Aufkleber zaubert er eine Flasche Gorbatschow-Wodka, dann greift er sich die beiden Kristallzahnputzgläser aus ihren verchromten Halterungen rechts und links vom Waschbecken und schenkt jedes drittelvoll ein.

»Warum nicht«, beantworte ich seinen fragenden Blick und greife nach dem lässig hingehaltenen Hochprozentigen. Am geschliffenen Rand klebt so etwas wie Zahnpasta. Ich nehme einfach die gegenüberliegende Seite und trinke auf ex. Berger gießt sein Glas mit O-Saft aus einem billigen Ein-Liter-Tetrapack auf.

Das knapp dreißig Quadratmeter große Büro ist an drei seiner vier Wände mit breiten Fensterfronten ausgestattet. Hell und freundlich. Dennoch fühle ich hier etwas, das sich am ehesten als Endzeitstimmung beschreiben lässt. Alles ist so unaufgeräumt, als wäre eh bald alles egal. Architekturmodelle kämpfen mit Aktenordnern um das letzte Plätzchen auf dem Tisch. Epidauros gegen Stadtverwaltung. Sogar die einfachen Holzstühle sind bedenklich hoch beladen mit randvollen Leitzordnern. Alles, was größer ist als DIN A4, wurde nur halbherzig zusammengefaltet und ragt oft etliche Zentimeter heraus.

Da sah meine Schreibstube im Campcontainer deutlich aufgeräumter aus. Neulinge staunen immer, wie viel da im Computerzeitalter noch abgeheftet wird. Ich stelle mir das Gesicht meines Kompaniechefs vor, würde der unvermittelt hier ins Büro hereinplatzen.

Dankend decke ich mit meiner flachen Hand das Glas ab, als Berger nachgießen will. Draußen fahren drei Laster im Konvoi den staubigen Pfad hoch zum Plateau. Berger greift nach einem Fernglas, das auf einem Stapel Papier auf der Fensterbank liegt. U-Boot-Kommandant auf Feindfahrt. Aufrecht. Ganz nah an der Scheibe. Routiniert.

»Pavel und seine Jungs«, sagt er bestätigend. Seine Hand tastet nach einem der klingelnden Telefone auf dem Tisch. Als er es aufgespürt hat, hebt er nur kurz den Hörer an, legt sofort wieder auf, und die Leitung ist frei. Er tippt eine lange Nummer ein. Rechts den Hörer, links immer noch das Fernglas. Dann dreht er sich, bis die Spiralschnur fast komplett überdehnt ist. Hörer am Ohr. Fernglas wieder an den Augen. Jetzt fast schreiend: »Pavel?« Pause. »Ja, macht dann Feierabend. Ihr staubt sonst alles ein.« Pause. Blick ins Rohr. Und lauter: »Weiter rechts! Hinten den Hang runter ... Ja, genau!«

Berger legt das Fernglas rechts von sich auf einer von acht kastenartigen Vitrinen ab, die fast die gesamte Fensterbank zu den Parkplätzen hin einnehmen. Unscheinbare, einfache, ungebeizte Kiefernholzrahmen, verglast und mit einem feinmaschigen Drahtgeflecht bespannt. Circa 1 Meter 50 hoch, 50 Zentimeter breit und 50 tief. Berger schiebt an einem der Kästen eine Glasscheibe hoch, greift hinein und rückt einen grünen Zweig zurecht, der in einem wassergefüllten Glaszylinder steckt.

»Brombeerblätter?«, frage ich ihn.

»Ja, hat Shiloh gestern noch alle ausgewechselt. Die Nachzuchten sind jetzt groß genug, die werden nächste Woche abgeholt.«

»Lohnt sich das denn?«, frage ich mehr höflich als neugierig.

»Nicht wirklich, das ist vor allem Tauschhandel. Ich bekomme für hundert Stück ein paar exzellente Exemplare der Malaiischen Riesengespenstschrecke. Fast 100 Gramm schwere Weibchen«, erklärt er mit hörbarer Vorfreude.

Berger lässt nun vorsichtig eines der Wandelnden Blätter auf seinen Handrücken krabbeln und dann noch eines. Die sehen sehr zahm und anhänglich aus. Bizarre Wesen, aber voller Anmut. Berger setzt beide auf seinem Hemd ab, indem er die Hand ganz nah an den Stoff heranführt und geduldig wartet, bis die Urzeitwesen zaghaft Beinchen für Beinchen überwechseln. Fast klettenartig bleiben sie dort hängen. Berger ist jetzt ganz ruhig und entspannt. Die Hektik, die ihn noch Minuten zuvor umgab, ist wie weggespült.

»Shiloh pflegt die sehr gewissenhaft. Ich fürchte, der weiß da mittlerweile fast mehr drüber als ich«, grinst Berger. »Mir fehlt die Zeit, aber ich mochte die Sammlung einfach nicht auflösen. Schau doch mal«, sagt er, und schon wechseln zwei weitere, leuchtend grüne Prachtexemplare auf sein Oberhemd.

Die ersten beiden sind bereits an seinem Kragen angekommen und machen sich weiter auf den Weg nach oben.

»Hannah hat unsere ersten beiden aus irgendeinem Tauchurlaub im Gepäck mitgeschmuggelt und dann die Lust dran verloren.« Zeitlupenartig kriechen die Nächsten auf Bergers behaarten Handrücken. Manche sogar pärchenweise. Er hält ganz still und schaut konzentriert über den dünnen Rand seines Brillengestells.

Nach und nach wird Berger zu einem Baum mit wandelnden Blättern. Ein besonders neugieriges Exemplar erobert sein Brillengestell und zwängt sich sportlich dahinter. Berger lacht. Ich lache mit. Halb, weil es wirklich zum Lachen ist, halb, weil der Wodka in meinem Hirn angekommen ist und sich dort gerade mit dem MST vermischt.

Berger geht jetzt von Kasten zu Kasten und öffnet eine Glastür nach der anderen.

»Die bleiben immer am Mann. Wirst sehen.« Wieder zwei neue aufs Hemd. »Die suchen immer den höchsten Punkt. Deshalb hauen sie auch nie ab. Am Kopf ist ja bekanntlich Schluss. Da geht's nicht weiter.« Zwanzig bis fünfundzwanzig Blätter hängen schon an seinem Oberkörper. Die dichten, immer staubigen Haare glänzen grün. Alles bewegt sich in Zeitlupentempo. »Na komm, nimm auch ein paar«, lockt er froh. »Ist das nicht toll?« Ich strecke vorsichtig meine Hand aus, und sofort macht sich das lustige Laub auf den Weg meinen Arm hinauf. Ich grinse, weil es so kitzelt. Berger grinst, weil es so kitzelt. Dann lachen wir beide aus vollem Hals und müssen aufpassen, dass wir keines zerdrücken. Falls das bei den platten Dingern überhaupt möglich ist.

Die Telefone klingeln weiter unaufhörlich. Draußen donnert eine entfernte Gewitterfront, aber über dem Berger'schen Anwesen scheint die Sonne, so als könnte nichts diesen besonderen Flecken Erde trüben. Heute ist Bergers großer Tag. Die Tageszeitung hat mehrfach berichtet, ganz sicher auch, weil Berger die Artikel mit ganzseitigen Anzeigen begleitet hat. Als Überschrift immer ganz groß: »EIN TRAUM WIRD WAHR!« Korrekterweise hätte es heißen müssen: »Mein Traum wird wahr!« Sein geliebter *Parsifal* soll heute direkt vom Grünen Hügel hierher kommen. Große Teile des Orchesters, die Sänger, der Dirigent, ein gewaltiges Ensemble.

Getränkewagen stehen im Halbkreis vor dem Berg. Es ist gerade einmal früher Nachmittag, und ich zähle schon über zwanzig Helfer, die unaufhörlich irgendetwas aus anfahrenden Fahrzeugen schaffen. Gerade wird eine ganze Wagenladung Getränkekisten ausgeladen. Andere bauen eine moderne Bühne mit meterhohen Scheinwerfertürmen auf. Edle Imbisswagen aus Hannover kommen angefahren und suchen noch einen günstigen Platz in der Wagenburg, die sich schon seit Stunden formiert. Zwischendrin hastet Shiloh mit hochrotem Kopf über den Platz, Kabelrollen über den Armen und ein Klemmbrett zwischen die Zähne geklemmt.

Doch Berger hier oben in seinem Büro nimmt von alledem nichts mehr wahr. Erst als es draußen gewaltig zu blitzen anfängt, schaut er kurz irritiert aus dem Fenster. Oben auf der Bergspitze steigen bündelweise Raketen auf. Eine Fehlzündung, verursacht von seiner Pyrotechniktruppe, die schon gestern mit zwei Wagen aus Berlin gekommen ist und die er im besten Hotel der Stadt untergebracht hat. Einfach, weil er das ganze Hotel angemietet hat. Die Musiker sind unter vier Sterne nicht zufrieden. Aber das hätte man Berger gar nicht erst sagen müssen, das ist für ihn eine absolute Selbstverständlichkeit.

»Das zahle ich nicht«, sagt jetzt aber der wandelnde Baum und meint die zu früh gezündeten Raketen.

Mein Bauch wackelt, und ich muss mir die Tränen verbeißen, aber dann sprudelt es doch aus mir heraus. Berger lacht mit. Ich lache lauter. Auf dem Höhepunkt der gemeinsamen Freude klopft es plötzlich energisch an der Tür. Berger hat die Arme ausgebreitet, um bloß keines der Krabbeltiere unter seinen Achseln zu zerdrücken, aber die meisten haben eh schon seine zerzausten Haare erreicht. Es klopft noch einmal und noch einmal.

»Herein!«, prustet es endlich aus Berger heraus. Die Tür öffnet sich und ein eindrucksvolles Paar steht wie angewurzelt auf der Schwelle. Er, ein dunkler Typ Mitte, Ende vierzig, schwarzes Haar, kräftiger Schädel, leicht abfallende große Nase. Südländer. Sie, jüngeren Datums, rotblond, überaus kräftiger, gesunder Typ, ein echtes Überweib in Jeans. Nicht zur Gesamterscheinung passt ihr spitzer, überaus lauter und hoher Überraschungsschrei.

»Maestro! Mein Maestro! Wie wunderbar! Madame Bianca Klein!« Berger hastet zur Tür, so gut das eben für einen Baummenschen geht. Die beiden weichen zurück.

Links und rechts von Berger wird es Herbst. Die ersten Blätter fallen bereits. Aber Berger ist überglücklich. Er greift nach den Händen der beiden und zieht sie ins Zimmer.

»Um Gottes willen, was ist das da auf ihrem Kopf?«

»Gar nichts, gar nichts, überhaupt gar nichts!«, ruft Berger erfreut. Das erste Blatt wechselt am Schraubstockgriff Bergers hinüber zum Maestro. »Bianca Klein und Maestro Alberto Salvatore! Ich habe es kaum zu hoffen gewagt.« Berger küsst den Meister rechts und links auf die Wange. Als der sich nicht wehrt, wiederholt er es immer wieder, und ich beginne zu verstehen. Der *Parsifal*-Dirigent ist angekommen, und die Dame muss eine der Solistinnen sein. Bergers Traum wird tatsächlich wahr.

»Darf ich vorstellen, mein Amfortas!«, verkündet Berger dramatisch lächelnd. Der gefeierte Dirigent tritt einen Schritt näher, schaut fragend, aber freundlich zu mir und dann wieder zu Berger und streckt mir seine offene Hand entgegen. »Ein deutscher Held«, betont Berger ein bisschen zu euphorisch und erzählt Meister Salvatore meine Geschichte so dramatisch, dass ich am Ende selber staune, wie ich den ganzen Mist überhaupt überleben konnte. Bianca Klein, gerade kein bisschen Diva, ist emsig beschäftigt, das Laub am Boden einzufangen, und ich staune, dass die stramme Jeans über ihrem gewaltigen 44er-Po nicht augenblicklich platzt. Ein mächtiger Arsch. Wunderschön. Ich kann durch den festen Stoff keinerlei Dellen entdecken, die auf Cellulite hinweisen. Das ist bei so einem Mordskaliber wirklich selten. Dieses Gesäß muss nackt fantastisch aussehen. Aber natürlich bemerkt sie meine forschenden Blicke und dreht ihre Fleischpracht aus meinem Blickfeld. Dabei meine ich aber ein Lächeln erkannt zu haben, dem ich unbedingt folgen will. Was für ein Weib. Grandios. Alterslos. Ich habe mich augenblicklich und vom Fleck weg verliebt.

Berger gießt Wodka nach. Der Maestro und die Klein trinken jetzt aus unseren Zahnputzgläsern, während wir auf Kaffeebecher umgestiegen sind. Ich klebe mit meinen Augen so fest an Kundry, dass mir Berger seinen Ellenbogen mehrfach missbilligend in die Rippen stößt. Die Insekten sind mittlerweile alle wieder sicher in den Vitrinen verstaut, und Berger versichert den beiden Künstlern, dass die bevorstehende Veranstaltung optimal arrangiert sei. Und wenn noch etwas fehle, kein Problem, das Zeitfenster sei ja noch weit geöffnet.

Berger steht auf und geht rüber zu einem seiner beiden vollgerümpelten Schreibtische, schließt eine Schublade auf und entnimmt ihr eine einfache Geldkassette, die er mit einem weiteren, kleineren Schlüssel seines beeindruckenden Schlüsselbundes öffnet. Berger holt zwei ordentliche Bündel Hunderter mit Banderolen heraus. Das eine legt er auf den Tisch, das andere legt er ohne viel Umstände neben das Wodkazahnputzglas des Dirigenten. Der steckt die Scheine lächelnd in die Innentasche seines Sakkos und erhebt sich.

Auch ich überlasse Berger sich selbst und besuche noch einmal seine Mutter. Auf dem mühsamen Weg kann ich beobachten, wie sich dem hellblauen Himmel am Horizont, hinter dem nebelverhangenen Harzer Brocken eine dunkle Gewitterfront entgegenstellt. Eine gerade Linie trennt das Blau vom dunklen Anthrazit. Klare Verhältnisse, aber wie lange noch?

»Du bist der deutsche Sohn, du bist auserkoren.« Mutter Berger hat fiebrige Augen. Ihre Stimme flattert. Das lange graue Haar liegt zerzaust, und rote Flecken bedecken den faltigen Hals. »Die Flamme funkelt nur noch ein ganz kleines bisschen. Sie darf nicht erlöschen!«, erklärt sie so eindringlich, dass ich das Gefühl habe, die Temperatur im Raum sinke augenblicklich um mehrere Grad. Zitternd drückt sie meine Hände.

Ich schaue sie fragend an: «Was meinst du mit ›der deutsche Sohn‹?« Sie schließt die Augen und lässt meine Hände los, faltet ihre unter dem Busen. Draußen ruft Berger nach einem seiner Polen. Ein Auto hält quietschend. Ein paar feine Bündel Sonnenstrahlen brechen durch die Schlitze zwischen den zugezogenen dunkelroten Samtvorhängen und spielen mit den Mustern der alten Teppiche. Die Farben beginnen zu leuchten, als wären die Wollfäden eben erst geknüpft. Dieselben Muster waren schon auf den alten Nacktaufnahmen zu erkennen, die dem Kelch beigelegt waren. Ich wäre kaum überrascht, wenn jetzt zwei Hohepriester durch Mutter Bergers Schlafgemach schreiten würden. Bei dem Gedanken muss ich fast grinsen, das geht mir immer so, wenn ich hochgradig nervös bin. »Deutscher Sohn«. Das Bein schmerzt, und mein Schwanz ist so steinhart, dass ich ihn links hoch unter den strammen Gummizug der Adidas klemmen muss.

»Viele, die du noch nicht kennst, haben lange auf diesen Augenblick gewartet«, spricht sie ganz leise, fast flüsternd und immer noch mit geschlossenen Augen. Ich erinnere mich an die weihevollen Vorträge und Rituale in den Heidehöfen bei Kerzenschein. Die gute Alte hechelt. Ihr fehlt die

Kraft, in einem Zug zu atmen. Schwere Verantwortung lastet auf ihrer Brust.

»Mutter Berger«, sage ich beruhigend und lege meine warme Hand auf ihre gefalteten Hände. Aber beinahe brüsk schüttelt sie sie ab, führt den erhobenen Zeigefinger ihrer linken Hand an die Lippen und fordert mich auf zu schweigen.

»Ich weiß, du magst meinen Sohn. Und er mag dich auch. Das ist ein Glück, denn auf euch beide warten jetzt große Aufgaben. Auch sein Samen ist für die Gemeinschaft eingeflossen.« Sie stößt die Worte einzeln hervor und sticht dazu immer wieder mit dem Finger in die Luft. Ich nicke, als sie mich fragt, ob ich mich erinnern kann, dass es bei den Treffen der Deutschreligiösen immer den geheimen »Moment der Wissenden« gab, und mir steigt wieder der intensive Duft des Feuerdornspermabaums in die Nase.

»Check, Check … eins, zwei, drei …« Draußen wird eine Soundanlage eingestellt. Aber ich glaube nicht, dass die Sänger ihre Stimmen heute Abend verstärken. Vielleicht ist ja eine Aufzeichnung geplant, oder Berger möchte noch eine Rede halten. Ich greife mir eine der beiden Pralinen, die auf einem Teller neben dem Bett liegen. Die mit der Mandel obenauf lasse ich liegen. Die Schokolade schmilzt im Mund. Ich wage nicht zu kauen und lasse sie einfach zerschmelzen.

Als ich den Pfad zwischen den Rhododendren zurückhumpele, bin ich erleichtert. So wie man erleichtert ist, wieder in Sicherheit zu sein. Außer Reichweite feindlicher Laserpunkte.

»Wie geht's Mutter?«, fragt Berger beiläufig, als wir am Ende des Pfades aufeinandertreffen. Er legt seinen Arm um meine Schulter und telefoniert. »Ja, unbedingt. Fünf von den ganz großen Zelten zur Sicherheit. Hm. Ich will die alle in zwei Stunden aufgestellt ... Nein, das spielt keine Rolle, das bezahle ich. Und tausend extra, wenn ihr es in einer Stunde ... Okay.« Und schwupp landet das kleine Telefon wieder in seiner Hemdtasche.

Berger kratzt sich mit der Rückseite eines Kugelschreibers rechts neben der Nase. Das macht er schon den ganzen Tag. Es schuppt sich dort auf einer Fläche, ungefähr so groß wie ein Fünfcentstück. Vorhin im Büro sah ich die 44er schon mehrfach fasziniert auf die entzündete Stelle schauen.

»Was ist das da an deiner Nase?«, frage ich. Berger schaut mich nur fragend an und dann hinüber zu den Imbisswagen.

»Hey!«, schreit er. »Die Wasseranschlüsse sind auf der anderen Seite! Das hier sind die Abflüsse!« Und leiser zu mir: »Idioten. Aber überbezahlt.« Dann lacht er und greift in seiner Innentasche nach einem silbernen Jägerflachmann. Ich trinke nach ihm und schmecke den umgefüllten Wodka aus seinem Büro.

»Toni, übernimmst du heute den Eingangsbereich für mich? Ich habe dich abholen lassen, weil ich heute wirklich Leute brauche, denen ich vertrauen kann.« Ich nicke und begleite ihn hinüber zu den Stellgittern, die den gesamten Bereich zwischen Berg und Parkplatz trennen. Eigentlich auch nichts anderes als eine einfache militärische Strategieaufgabe, denke ich, als ich mir einen ersten Überblick verschafft habe. Und auch auf einem Bein keine unlösbare Aufgabe.

»Kann ich ein paar von meinen Jungs dazuholen?« Berger lehnt sich an das kleine Pförtnerhäuschen, das am Vormittag schon zum Kassenhäuschen umfunktioniert wurde und über und über mit »Ein Traum wird wahr!«-Plakaten tapeziert ist. Der Leim schimmert an einigen Stellen noch feucht durch.

»Ja, unbedingt!«, antwortet er, während er mit der Schuhspitze eine Linie in den Kiessand zieht, die wohl die zwei Meter markieren soll, die er für den Einlass vorgesehen hat. »Lass doch deine Jungs bitte gleich Stempelkissen und Stempel abholen. Die sind bestellt, aber noch nicht geliefert worden. Shiloh gibt dir die Adresse. Die Karten sind großteils über Ticket-Online verkauft. Für die Abendkasse stempelt ihr einfach die Flyer«, erklärt er mir und drückt mir sicherheitshalber einen in die Hand, aber die lagen schon zweimal in meinem Briefkasten, und Kanell hatte einen weiteren hinterm Scheibenwischer seines Pflegedienstautos.

Stevi ist eine Stunde später mit zwei rangniederen Soldaten vor Ort, hat bereits Stempel und Kissen im Marschgepäck und an diversen Tankstellen noch 300 Euro in Kleingeld umgetauscht. Ich gebe Stevi drei Hunderter von den zehn, die mir Berger gerade jovial in die Hand gedrückt hat. Stevi hat die Lage schnell überblickt und erarbeitet bereits eine eigene Strategie für den zu erwartenden Ansturm aufs Kassenhäuschen.

»Die Gästeliste ist noch nicht fertig, aber die gibt dir Berger später«, erkläre ich Stevi.

Zwei Busse fahren vor. Der Himmel ist dunkler geworden. Unten am Berg entladen die Polen einen Bully voller Fackeln. Stück für Stück markieren sie damit die Pfade, die fächerförmig den Berg hinauflaufen. So gezeichnet erweckt die sanfte Innenwölbung des Berges tatsächlich den Eindruck eines Amphitheaters.

Der Bühnenaufbau ist, abgesehen von der Technik, an der noch fleißig geschraubt wird, weitgehend abgeschlossen, und auch die Zelte stehen. Die 1000 Euro extra haben sich gelohnt. Die Verleihfirma ist gleich mit einem guten Dutzend Männern angerückt. Allzeit abrufbereite Helfer ohne den täglichen Achtstundenrhythmus. Mürrische unrasierte Gesichter. Tagelöhner. Entsprechend rüde ist der Ton des Vorarbeiters beim Aufbau. Aber der sich parallel ereignende Anschluss der Bierzapfanlagen, inklusive Probelauf, erweist sich für das zusammengewürfelte Team als zusätzlicher Motivationsschub.

Die Klarinetten, Trompeten und Geigen steigen zuerst aus. Pauken und Tuben folgen zum Schluss. Berger begrüßt jeden direkt am Bus, zuerst mit Umarmung, dann, einer frischen Erkenntnis folgend, nur noch mit Handschlag. Hannah hat sich noch nicht sehen lassen. Die Cateringfirma ist in Verzug geraten. Tablettweise werden in einem der Zelte Schnittchen und Salat hereingetragen, können aber nicht abgesetzt werden, weil die weißen Tischtücher noch fehlen.

Berger strahlt. Die Musiker stehen in kleinen Gruppen beisammen. Der Chor erklimmt neugierig den Berg und ignoriert einfach die vorgegebenen Pfade. Der Rollrasen, den Berger auflegen ließ, rutscht bereits an einigen Stellen.

Die Solisten und der Dirigent haben sich entschuldigen lassen. Sie sind noch einmal ins Hotel und werden erst eine halbe Stunde vor dem eigentlichen Konzert erscheinen. Shiloh hat Berger ein Megafon mitgebracht, das aber nicht funktioniert. Jetzt sitzt er in einem der Zelte, die für die Erfrischungen in der Pause vorgesehen sind, und lötet das Megafon, aus dem es dampft und stinkt. Ich setze mich still dazu.

Durch den Zelteingang blicke ich auf Stevi und seine Leute. Ihr Kassenbereich ist perfekt gesichert. Die Kameraden haben bereits mit verschränkten Armen Aufstellung genommen. Stevi sitzt im Häuschen und studiert die handschriftliche Gästeliste. Ein DIN A5-Heft mit etlichen Streichungen und Ergänzungen. Keine leichte Aufgabe. Aber verglichen mit einer komplizierten Gefechtsübung, die etliche Unbekannte berücksichtigen und vorausdenken muss, »Kinderkram«, wie mir Stevi beruhigend versichert hat.

Am Tor kommen tatsächlich noch drei Mülllaster an. Für die Presse, die sich unter die Musiker gemischt hat und deren Appetit für erste Hektik im Cateringteam sorgt, eigentlich ein gefundenes Fressen, aber niemand nimmt Notiz, und Berger eilt geistesgegenwärtig mit zwei Kartons Champagner unterm Arm herbei, damit das auch so bleibt. Die Laster fahren in überhöhter Geschwindigkeit hinter den Berg. Im Zelt knallen die Korken. Die Cellisten stimmen bereits ihre Instrumente, und vom Berg herunter tönt es gespenstisch: »Komm! Komm, holder Knabe! Lass mich dir erblühen! Dir zu Wonn' und Labe gilt unser minniges Mühen!« Dazwischen Bergers krächzende Stimme, der mit dem zwar jetzt funktionstüchtigen, aber elendig schnarrenden Megafon am Berghang steht und seine polnischen Fackelsetzer dirigiert.

Es dämmert. Die Bühnenlichter gehen an. Suchscheinwerfer tasten den grünen Hügel ab. Berger wird von einem der gleißenden Kegel beleuchtet, die staubigen Haare stehen ihm wüst zu Berge. Immer schneller und schriller zischt er Befehle, die niemand mehr versteht.

Zwei weitere Busse mit Berliner Kennzeichen biegen auf das Gelände ein. Vorsichtig tasten sie sich über die frisch mit Kies aufgefüllten Lastwagenfurchen. Ihr Ziel ist der Parkplatz – ein bauschuttverdichteter Acker. In den Naben großer Lastwagenfelgen sind helle Kiefernholzpflöcke verkeilt, zwischen denen Berger weiß-rot gestreifte Signalbänder aufspannen ließ.

Das müssen die Hauptstadt-VIPs sein. An einem der hinteren Busfenster gießt sich eine mittelalte Dame noch rasch ihre Plastiktulpe aus einem Piccolo Moët Imperial auf. Dabei hält sie die Finger abgespreizt, als säße sie in der Paris-Bar und tränke aus Kristall. Ich wette, das noble Vorglühen geht auf Bergers Deckel. Betreuung und Empfang hat er allerdings Hannah übertragen. Und das ist sicher gut so, denn wenn jemand mit dieser sensiblen Klientel auf Augenhöhe ins Gespräch kommen kann, dann sie.

Für meinen Geschmack geht sie dabei allerdings immer etwas zu dicht heran. Unnatürlich verminderte Fluchtdistanz. Noch ungünstiger sicher mit Mundgeruch, den ich aber bei ihr noch nicht bemerkt habe, auch nicht, als sie mich ganz aus der Nähe mit sanfter Stimme gebeten hat, sie doch an die Busse zu begleiten, um ihr die VIP-Info-Packages anzureichen. Ich habe mir also etliche der edlen Papiertüten mit Kordelschlaufen über den Arm gehängt; etwas abseits stehen bereits weitere Kartons mit Nachschub.

Ich schaue neugierig in eine der Tüten und entdecke ein hochwertig gerahmtes Faksimile eines *Parsifal*-Notenblattes, ein Taschenbuch mit dem *Parsifal*-Text und Amazon-Aufkleber und eine CD der Deutschen Grammophon, Karajans legendärer *Parsifal* von 1980. Mir gefällt das Label des alten Hannoveraner Schallplattenhauses sehr. Heute befindet es sich längst im Besitz einer amerikanischen Muttergesellschaft. Deutsche Illusion.

Ganz unten in der Tüte steckt noch eine weitere Flasche 0,2 Moët Imperial im Geschenkkarton mit aufgesetztem Plastikglas, ein schwarzer Knirpsschirm ohne Aufdruck, zwei eingeschweißte Kekse der Marke Dutchy Originals aus dem Hause Windsor und ein Plastiklichtbündel, wie ich es auch bei *Deutschland sucht den Superstar* in den schwenkenden Händen der Zuschauer gesehen habe. Als Letztes entdecke ich noch, flach an der Innenwand der Tüte, ein Faltblatt in Hochglanz. Tatsächlich mit einem Porträt Bergers auf der Vorderseite und einem zweiseitigen Interview, in dem er zu erklären versucht, was es mit dem heutigen Abend auf sich hat. Der Titel, wie kann es anders sein: »Ein Traum wird wahr!«. Untertitel: »Mein Amphitheater - Mein Parsifal«.

Mir zittern die Knie noch ein bisschen mehr als normal, als ich glaube, Maybritt Illner unter den aussteigenden Gästen zu erkennen, aber beim Näherkommen ist die ins Visier genommene Person doch deutlich dicker und älter. Ich hatte mich einfach von dem tiefen Ausschnitt und dem eng um den Hals gebundenen Samtband täuschen lassen. Schade. Vielleicht besser so, ich hätte keine ruhige Minute mehr verbringen können. Aber nun eilt Hannah plötzlich ganz hektisch und ganz nah an die Verwechselte heran, überreicht ihr eine der großzügig gefüllten Tüten und begrüßt die Beschenkte fälschlicherweise auch noch mit »Herzlich willkommen, liebe Frau Illner«. Die Verkannte lässt sich allerdings zu meinem Erstaunen nichts anmerken, bedankt sich artig und folgt dem Berliner Gästezug auf dem mit Fackeln gesäumten Weg.

Bei Weitem nicht alle Berliner sind in festlicher Kleidung erschienen. Das mitgeführte Schultergepäck gibt einen ersten Hinweis, und die gelangweilt-skeptischen Blicke bestätigen es: Fotografen und Journalisten. Überregionale Presse. Die Fackeln lodern immer hektischer, und ein aufkommender kühler Wind bringt Bewegung in die Hauptstadt-Hundertschaft. Fast so, als wäre sie ebenfalls auf Bergers Lohnliste, rutscht in diesem Moment, wie von Geisterhand bewegt, die untergehende Sonne an der künstlichen Bergkante herab. Die Fotografen lassen sich reflexartig zurückfallen, entdeckeln in geübter Schnelligkeit ihre Kameras und digitalisieren den magischen Moment hundertfach.

Noch eine Stunde bis Konzertbeginn. An einem der schneeweißen Bierwagen gönne ich mir rasch ein Frischgezapftes und bewundere einen strammen Po unter knielangem schwarzen Rock, der einer jungen Studentin gehört. Noch bin ich ihr einziger Kunde. Ich bezahle mit einem der Plastikchips, von denen Berger ein ganzes Säckchen voll in der Jackentasche mit sich trägt, und die er überaus großzügig verteilt. Dem Amtsleiter des Bauamtes stopft er gleich beide Jacketttaschen voll. Das metallene Zapfbier lässt sich mit dem gewohnten Adelskronen nicht vergleichen. Aber Gott sei Dank vergisst man so etwas schnell. Nach einer Zigarette und dem Aufwallen einer, allerdings unerwiderten Liebe, stolpere ich Richtung Berghang.

Ich schaue Berger hinterher, der gerade eine kleine Gästegruppe den Hauptpfad hinaufführt. Einige Gesichter kommen mir bekannt vor: angesehene örtliche Unternehmer und ihre Frauen – kräftigere ältere Damen für die Buchhaltung, jüngere schlanke für die Vermehrung der Gene. Berger geht ein wenig unbeholfen mit etlichen Sitzpolstern unter den Armen. Unten am Hang stehen zwei große Gitterkörbe voll davon. Jede Ausgabestelle wird von einer Studentin betreut. Wenn ich alle zusammenrechne, komme ich auf die stolze Zahl von fünfzig Helfern.

Ich beäuge die Junge am linken Korb und biete meine Hilfe an. Wir wünschen »Gute Unterhaltung« und drücken den aufgeregt nach den besten Plätzen schielenden Gästen karierte Klapppolster als Sitzunterlage in die Hände. Auf ihr Studium angesprochen antwortet sie mir mit piepsiger, aber stolzer Stimme: »Architektur, drittes Semester.« Ihre dunklen Haare sind zu einem strengen Zopf zusammengebunden. Der Kopf glänzt pechschwarz im rötlichen Schein eines der Heizpilze, die Berger trotz angenehmer Außentemperaturen neben den Körben aufgestellt hat. Sicher nur, weil sie noch irgendwo herumstanden. Vielleicht aber auch, um ein bisschen Licht zu spenden.

Die flachen schwarzen Schuhe der Polsterausgabestudentin sehen ausgelatscht, fast schäbig aus. Schlecht geputzt obendrein. Obwohl sie mir routiniert immer wieder ihre strahlend weißen Zähne zeigt, bekomme ich schlechte Laune. So etwas kann ich nicht verstehen: Es gehört doch nicht viel dazu, sich eine Schuhcreme bei Schlecker zu kaufen. 99 Cent, viel mehr kann die Tube nicht kosten. Wie nachlässig geht sie dann erst mit den Dingen um, die man nicht auf den ersten Blick in Augenschein nehmen kann?

»Vielen Dank für Ihren Besuch und viel Freude!« Die Studentin stellt sich auf die Zehenspitzen und angelt sich zwei Kissen aus dem Korb.

»Leg dir doch gleich ein paar an die Seite, dann brauchst du dich nicht immer wieder reinbeugen«, schlage ich hilfreich vor, aber sie schaut nur leer und piepst gelangweilt: »Geht schon.« Ich humpele Richtung Kartenhäuschen.

»Toni!« Pause. »Toniii!« Die Stimme kommt mir sehr bekannt vor. Aber ich entdecke in der Schlange niemanden, den ich mit ihr in Verbindung bringen könnte. Zudem bin ich abgelenkt, weil einer von Stevis Schatten sich weigert, Bergers Phaeton mit einem der Polen als Chauffeur durchzulassen. Im Fond erkenne ich den Dirigenten und die 44er.

»Maestro!«, rufe ich Bergers Stimme imitierend und winke das gute Stück durch. Dann schlägt mir auf einmal ganz unvermittelt das Herz bis zum Hals. Ich weiß plötzlich, wem die Stimme gehörte, die mich gerufen hat: Helen! Helen ist hier.

Ich ziehe Stevi kurz hinter das Kartenhäuschen.

»Willste 'ne Nase Koks?«, fragt er mich.

»Du weißt doch, dass ich den Scheißdreck nicht anrühre«, antworte ich ihm abwesend, denn mich beschäftigt gerade etwas viel Wichtigeres. Ich fasse den Kameraden an den Schultern: »Hast du Helen heute gesehen?« Er verneint. Ich schaue ihm noch einmal tief in die Augen.

»Wirklich nicht!«, grinst er. »Und wenn ich sie sehe, binde ich sie für dich fest, versprochen. Aber schau mal lieber, wer da noch anmarschiert kommt!« Sagt's und dreht sich kurz etwas zur Seite, schiebt sich den Aufsatz eines kleinen braunen Glasfläschchen in die Nase und inhaliert geräuschvoll.

Der Biersozi, Katja und mindestens dreißig weitere Parteimitglieder, erkennbar an den roten T-Shirts unter den Blazern, kommen beinahe zeitgleich mit meinen Eltern und den letzten Resten der Deutschreligiösen am Kartenhäuschen an. Im Hintergrund spielt sich gerade das Orchester ein. Ein gespenstisch multiples Raunen und Wispern klingt vom Berg herab. Die Rauchfahnen der Edelstahlgrills steigen jetzt im 45-Grad-Winkel in den Himmel. Der Wind hat deutlich zugenommen. Der Himmel direkt über dem Amphitheater ist zwar noch wolkenlos und klar, aber die dunkle Masse steht jetzt schon über dem nahen Elm. Der versprengte Haufen Deutschreligiöser fällt allein schon durch den schreitenden Gang auf. Sie tragen Naturstoffe, die Frauen dunkle Tücher, nordischen Silberschmuck und aufwendig geflochtenes Haar. Ein bisschen so, wie es die attraktive ukrainische Ministerpräsidentin Timoschenko trägt. Vater scheint wie verwandelt. Selten habe ich ihn so vital gesehen. Er wirkt zehn Jahre jünger.

Mutter entdeckt mich zuerst. Sie winkt und weist andere aus ihrer Gruppe mit stolzen, strahlenden Augen auf mich hin. Sie küsst mich auf den Mund. Vater umarmt mich so fest wie früher nur als Kind. Die anderen stehen dicht um mich herum. Jeder will mich drücken, jeder drückt mich. Holzhand streicht mir mit seinem Lederhandschuh ehrfürchtig übers Haar, als hätte ich gerade Amerika entdeckt und die Indianer den ersten Blonden, der ihren Kontinent betreten hat. Mutter umarmt erst mich und dann eine Walküre nach der anderen.

Glücklicherweise kommen mir die Genossen zu Hilfe, die gerade ganz selbstverständlich ein Plakat entrollen und es aufgespannt auf das Gelände tragen wollen.

SCHLUSS MIT EPIDAUROS!
GIFTTHEATER JETZT STOPPEN!
DIE LINKE

Ich muss mich fast gewaltsam von den Alten trennen und schaue ihnen kurz verwundert hinterher, denn ihr Ziel ist nicht der Berg, sondern Mutter Bergers alte Villa. Die paar Schritte zurück zum Kartenhäuschen tut das Bein schrecklich weh. Ich taste in der Hemdtasche nach einer der beiden MST und schlucke sie schnell trocken hinunter.

»Toni!« Katja küsst mich auf beide Wangen und schmiegt sich ganz kurz an mich. Ich fühle mich fast noch verlorener als zuvor im deutschreligiösen Altenkreis. Ich glaube, Zuneigung irritiert mich oft genauso sehr wie Konflikte.

Stevi verkündet, dass laut Gästeliste alle Mitglieder der Partei DIE LINKE vom Eintritt befreit sind. Die Einladung wird aus den hinteren, jüngeren Reihen höhnisch mit »Schluss mit Epidauros!«-Sprechchören bedacht. Der Vize versichert mir halbherzig, dass er das während der Aufführung nicht zulassen wird, und Stevi und seine Kameraden lassen den roten Zug auf mein Zeichen hin passieren. Katja flüstert mir etwas ins Ohr, was zu leise ist, um es zu verstehen, aber ich ahne ihr Anliegen auch so.

»Meine lieben Freunde! Ich bin glücklich …« Berger hält ein schnurloses Mikrofon dicht an seinen Mund und schaut mit weit aufgerissenen Augen auf die vielen Menschen, die es sich auf dem Rollrasen gemütlich gemacht haben. Hinter Berger sitzen im Halbdunkel die Orchestermitglieder. Ein einzelner Scheinwerfer wirft sein Lichtbündel von der oberen Kante des Berges hinunter auf den viel gescholtenen Mann, der da mit wildem, staubigem Haar und vor Ergriffenheit zitternder Stimme in umständlichen Worten erzählt, dass heute sein Traum wahr geworden ist. Und tatsächlich gelingt es ihm, die Gäste für den Moment auf seine Seite zu ziehen. Berger ist vielleicht kein Verführer, aber er wirkt nie verschlagen oder unehrlich. Giftmüll hin oder her, der Rasen sieht für die Leute aus wie der zu Hause im Garten.

Am Ende klatscht aus Versehen sogar ein Linker, wird aber sehr schnell von den bösen Blicken der Genossen zurechtgewiesen. Die Partei hat selbstbewusst eine große Fläche nahe der Bühne belegt. Die anderen, die sich schon dort niedergelassen hatten, brauchten nicht lange überredet zu werden, sich einen neuen Platz zu suchen.

In die Stille nach dem Applaus hört man von einem der Bierstände laute Stimmen einer Auseinandersetzung. Ich stehe am Rand der Bühne und rufe Stevi an, der verspricht, sich umgehend darum zu kümmern. Mutter Bergers Fenster sind hell erleuchtet, als Maestro Alberto Salvatore unter tosendem Applaus aus dem VIP-Zelt kommt und sich die schmale Treppe hinauf auf die Bühne begibt. Ich humpele zu einem der Bierstände, tausche zwei Chips ein und trage die beiden Biere zu Bergers Golf Cart, das verlassen neben der Bühne steht. Der Sitz ist bequem, und es ist genug Platz, mein Bein weit nach vorne auszustrecken. Die zweite MST spüle ich mit dem ersten Bier hinunter und stecke mir eine von Bergers Davidoff Ones an, die er vorne in der Ablage liegen gelassen hat. Der Meister aus Bayreuth dreht dem Publikum seinen Pinguinrücken zu und bohrt seinen Taktstock in den Sternenhimmel, der sich im selben Moment schwarz zuzieht. Schlagartig wird es um einige Grad kälter.

Die Stille ist atemberaubend. Der Berg, aus dessen hoher Mulde mehr als tausend Zuschauer hinunter auf die sparsam erleuchtete Bühne schauen, flimmert im Licht Hunderter Fackeln. Die düstere Himmelsdecke ist zu einer mächtigen Kuppel aus pulsierenden schwarzen Wolken angeschwollen. Nur ganz weit oben, entlang der Bergzinne, strahlt ein dunkelblaues schmales Band, so zart und fein, dass ich fürchte, es würde schon ein Lidschlag ausreichen, und es wäre für immer erloschen.

Dann weht ein feines Summen von der Bühne zu mir herüber. Die Bewegungen der Musiker, die edelhölzernen Bögen der Streicher – alles schwingt in der verlängerten Bewegung des sich auf- und niedersenkenden Dirigentenstabs. Die völlige Synchronizität ist überwältigend. Die mir immer so anmutig erschienenen Bewegungen soldatischen Marschierens, die gleichzeitig vor- und zurücktretenden ledernen Stiefel: alles nichts.

Die kristallklaren kraftvollen Töne der Hörner und Posaunen folgen dem verführerischen Zirpen der Streicher. Erst gemächlich, dann immer dominanter. Auf dem Höhepunkt ihrer Vereinigung schießt auf einmal das leuchtend blaue Band vom Berg herab über die Zuschauer hinweg, mitten hinein in das überirdische Brausen. Das magische Licht verweilt für einen Moment über dem Orchester. Instinktiv, in absoluter Klarheit, strecke ich meinen rechten

Arm in Richtung Bühne aus. Keine Sekunde zu früh, denn im selben Augenblick strahlt dieses klare Blau über meine Fingerspitzen mitten in mich hinein.

Nun leuchtet auch der Berg dunkelblau, und der Himmel strahlt in tiefstem Orange. Von weit oben beugt sich Mutters lächelndes Gesicht über mich. Riesenhaft. Hell und himmlisch. Ihre Augen unendlich gütig, als sie ihren Mund öffnet und ihre weichen Lippen beschützend über mich stülpt. In Mutters tiefstem Inneren duftet es so wundervoll warm, dass ich beginne, wie ein neugeborener Hundewelpe durch die Nase zu hecheln.

»Mutter!«

»Mein Sohn.« Mutter nimmt meinen Kopf von hinten in ihre kleinen warmen Hände und streicht mir sanft über die Wangen. »Jetzt wird alles gut.« Ich blicke mich erstaunt um und entdecke immer mehr Bekannte. Alle wollen mich im Vorbeigehen berühren und meine Hände schütteln. Da kommt Vater. Selbstbewusst, gelöst, befreit. Er schiebt Mutter Berger im Rollstuhl vorneweg. Auf ihrem Schoß, fest in ihren Händen, hält sie den glänzenden Kelch. Wie in Zeitlupe steigt aus dem Gefäß eine gleißende Lichtsäule hoch hinauf in die Himmelskuppel. Sie wandert erst tastend übers Firmament, ruht dann und beginnt sich in rasender Geschwindigkeit auszudehnen.

Von plötzlicher Erkenntnis übermannt schreie ich: »Die Weltenesche! Die heilige Iriminsul!« Herta Geschwendt streift mich zart mit den Fingerspitzen. Lächelnd schreitet sie an mir vorbei. Die gute Alte ist vollkommen nackt, bis auf einen schmalen Schurz um die schweren Hüften. Ihre riesenhaften Brüste sind so zum Bersten gefüllt, dass sie von zwei kräftigen, vornübergebeugten jungen Männern auf dem Rücken getragen werden müssen. Die zum Zerreißen gespannte Haut scheint fast transparent. Hertas Brustwarzen sind dafür umso kraftvoller. Dunkellederne harte Kegel. Aus den Warzen schießt goldenes Licht und vereinigt sich mit der prächtigen Säule, die aus Mutter Bergers Kelch aufsteigt. Die bizarr feierliche Prozession wandelt Richtung Bühne.

Als Nächstes schreitet Berger junior an mir vorbei. Ebenfalls völlig nackt. Geläutert. Er trägt einen gewaltigen Phallus zwischen seinen haarigen Beinen. Die Haut darüber ist zart wie die eines Neugeborenen. Noch zarter, denn man kann direkt hineinschauen und erkennt, wie er immerfort unfassbare Mengen Sperma pumpt. Es geht kein einziger Tropfen verloren, alles verwandelt sich in Licht.

Hintendran folgen die bekannten Gesichter, die mich durch so viele Heidehofjahre begleitet haben. Jung und Alt, Mann und Frau, Mädchen und Junge - alle nicken mir freundlich zu. Noch mehr Hände streichen über meinen Kopf oder drücken zärtlich meine Schultern. Lippen bewegen sich. Es dauert, bis ich verstehe, was die liebevollen Stimmen sagen. Es sind immer dieselben zwei Worte, die jeder Einzelne weihevoll an mich richtet: »Deutscher Sohn.«

Das Orchester spielt entfesselt. »Durch Mitleid wissend der reine Tor.« Ich schaue ins Publikum. Die vorderste Reihe leuchtet rot. Auch hier völlige Befreiung: Die Genossen, Katja und der Biersozialist stehen aufrecht und halten sich fest an den Händen. Wie miteinander verschweißt. Die Münder sind vor Erstaunen weit geöffnet und gen Himmel gerichtet. Viele Augenpaare verfolgen und begleiten das emporsteigende Licht.

Ich blicke hinüber zur Bühne. Dort versammeln sich die Deutschreligiösen um einen riesigen, feucht glänzenden Stein. Dad fährt Mutter Berger ganz dicht an den dunkelglatten Fels heran. Die Alte streckt ihre Arme aus und stellt den Kelch vorsichtig darauf ab.

Ein solches Glücksgefühl erfasst mich, dass ich vor Aufregung laut schreie. Der Stein ist gar kein Stein. Mitten auf der Bühne, im engen Kreis der Deutschreligiösen, liegt ein gigantischer Avocadokern. Einer nach dem anderen legt seine Hände auf die Außenhaut. Als die letzte Hand ruht, versinkt der Kelch weich in der Oberfläche, der Lichtstrahl löst sich. Erst unmerklich, dann immer schneller, spaltet sich der gewaltige Kern, bis beide Hälften zur Seite klappen. In der Mitte steht, beinahe so, als wäre sie nie weg gewesen: Helen. Lächelnd hebt sie die Arme, ihre Augen strahlen, die Musik verebbt.

Ich starte Bergers Golf Cart und fahre in Höchstgeschwindigkeit Richtung Bühne. Direkt vor den Linken bringe ich das Gefährt zum Stehen. Die Genossen drücken und drängeln hinter dem Elektrofahrzeug, bis die Vorderränder an den Bühnenrand stoßen. Helens gütiger Blick verschmilzt mit meinem. Ich sehe so klar wie noch nie. Helens Arme sinken wie in Zeitlupe herab und mit ihnen der gewaltige Lichtstrahl, den sie mühelos in ihren Händen festhält.

Ich erhebe mich in dem Gefährt, so gut es eben geht, und drehe Helen mein wundes Bein entgegen. Helen strahlt glücklich und voller Liebe. Kaum einen Wimpernschlag später schießt das Licht aus ihren offenen Händen in mich ein. Eine gewaltige Flut von Freude überschwemmt den

Schmerz. Darüber schließt sich die Wunde. Ich bin Amfortas. Das Licht erlischt, der Taktstock sinkt herab, und weit oben an der Bergzinne explodiert ein gewaltiges Feuerwerk.

Ich fahre los. Neben mir sitzt Helen und lacht. Als wir das kleine Kartenhäuschen hinter uns lassen und in die Dunkelheit hinausgleiten, brandet hinter uns tosender Applaus auf. Helen schmiegt sich an mich und lehnt ihren Kopf an meine Schulter. Ich spüre eine so starke Erektion, dass mir das Cart kaum schnell genug nach Hause fahren kann. Helen ist wieder da.

»Toni, wollen wir uns noch eine Pizza holen und ein paar Bier?«

»Oh Vater, lass uns ziehn!«

»Weißt du, die Erbinformationen für Fruchtqualität und Frosthärte liegen auf demselben Chromosom. Das ist nur eines von vielen Problemen«, erklärt Dad. Ich stehe dicht neben ihm an der offenen Schiebetür seines Transporters, den er vor meinem Haus geparkt hat. Aus dem Volkswagen T5 duftet es intensiv blumig nach Zitrusfrüchten. Der Laderaum ist mit einem aufwendigen Regalsystem ausgebaut. Schon was ich auf den ersten Blick erkennen kann, übertrifft meine kühnsten Erwartungen.

Ein perfektes Zuchtlabor: Werkzeuge, Messer und Kannen sind passgenau von poliertem Hartholz eingefasst. Eine fein justierte Karussellmechanik ermöglicht es Dad, jeden der weit über ein Dutzend Regalböden per Knopfdruck in den vorderen seitlichen Fahrzeugbereich zu drehen. Leise surrt der Elektromotor, und Ebene für Ebene bewegen sich die dicht an dicht stehenden Plastiktöpfchen an uns vorbei. In jedem wächst nur eine Pflanze – vom dunkelgrünen Keimling bis zum kleinen Bäumchen.

Die Mechanik der ausgeklügelten Einbauten wirkt wie eine edle Miniaturversion dieser Teppichrollenkarussells, die es in jedem gut ausgestatteten Baumarkt gibt. Die Pflanzen in den Töpfchen tragen enge Manschetten, sind sorgsam verdrahtet oder mit breiten Gummibändchen bandagiert.

»Veredlung«, erklärt mir Dad. Ich denke an meine Verletzung zurück und an die Tausenden von Bandagen, die ich verbraucht habe, und lächle bei dem abwegigen Gedanken, dass auch das vielleicht nur eine Form der Veredlung gewesen sein könnte.

Dad schaut kurz hoch und lächelt stolz.

»Hast du es dir so vorgestellt?«, fragt er mich, boxt mir kameradschaftlich in die Rippen und legt seinen Arm um meine Schulter. Seine Augen glänzen, er dreht sich etwas zur Seite. Aber ich spüre es ja selbst längst, dieses Brennen, als wäre mir ein Staubkorn unters Lid geflogen.

Unser gemeinsam geplantes und selbst entworfenes Zitruszuchtmobil ist fertig. Und so wie es jetzt leibhaftig vor uns steht, ist es ohne Übertreibung weltweit einzigartig. Egal, was in Zukunft daraus werden wird, das kann uns niemand mehr nehmen. Dad und mir ist es gelungen, an etwas anzuknüpfen, das wir beide längst für unwiederbringlich verloren hielten: Der Zauber, der uns in meiner Kindheit so lange verschwenderisch begleitete, ist wieder da. Ich bin wieder zu Hause. Dad ist heimgekehrt. Aber diesmal nicht als väterlicher Obermann, sondern besser: als guter Freund und Kamerad. Dad nimmt den Arm wieder von meiner Schulter und wendet sich verlegen dem Wageninneren zu.

»Weißt du« – Dad beginnt in letzter Zeit viele seiner Sätze mit einem »Weißt du« –, »Zitruspflanzen sterben bei minus 5 Grad, wir brauchen in unseren Breiten aber Winterhärten von bis zu minus 25 Grad.«

Für jedes der Plastiktöpfchen, die dank Wulst und Sicherungsring fest im Regalboden verankert sind, hat Dad in seiner typisch wackeligen Blockschrift ein kleines Schildchen mit Namen und Zuchtdaten geschrieben. So erfahre ich, dass er bereits mit Bitterzitronen, Zitronatzitronen, Clementinen, Satsumas, Minneola, panaschierten Blutorangen, Kumquats, Limetten und noch ein paar unaussprechlicheren Zitrusfruchtarten zu experimentieren begonnen hat.

Die bläulich schimmernden Pflanzlichtröhren, die mit Spezialbatterien betrieben werden und die ich im Internet bei einem niederländischen Hanfzucht-Laden ausfindig gemacht habe, sorgen nicht nur für die nötigen Wachstumsreize, sondern auch für eine dramatische Atmosphäre im Laderaum. Dad beugt sich vor. Er schaltet zusätzlich eine helle Leuchtstoffröhre ein, die eine ausziehbare Buchenholzarbeitsfläche beleuchtet, und schaut durch eine kuchentellergroße Teleskoplupe auf einen der grünen Setzlinge.

»Weißt du, Toni, das hier ist eine drei Jahre alte Bitterzitrone, lateinisch *Poncirus trifoliata*. Sie erträgt Fröste bis minus 30 Grad.« Dad wählt sorgfältig ein geeignetes Obstokuliermesser aus, von denen er eine ganze Sammlung zusammengekauft hat, und macht einen schrägen Schnitt in den Ministamm. »Jetzt könnten wir theoretisch jede Zitrusart aufpfropfen, die wir veredeln wollen. Natürlich sollten wir sorgsam darüber nachdenken, was wir eigentlich erreichen möchten.« Er schiebt einen kleinen Limettentrieb in den vorbereiteten Schlitz, schmiert mit seinem Zeigefinger eine zähe braune Paste auf die Stelle und verbindet sie mit einer Gummibandmanschette, die er zuvor mit einem weiteren Messer auf Maß geschnitten hat. »Weißt du, so machen wir aus einer Bitterzitrone eine Limette. Natürlich nur, wenn alles optimal läuft.« Vorsichtig überprüft er mit der Fingerkuppe die frische Naht.

»Der Züchter, den wir im Alten Land besucht haben, ist in der Lage, von heute auf morgen in kürzester Zeit sagenhafte zweihundert Zitrussorten zu liefern. Das ist heute einmalig in Europa. Die Mittelmeerregion mit einbezogen. Aber wir werden die Ersten sein, die nicht nur Pflanzen weiterverkaufen für Balkone und Gärten. Wenn in Torfhaus alles gut geht, wird dieser Tag in die Geschichte eingehen als Beginn des nördlichsten kommerziellen Zitronenanbaus in ganz Europa.« Er klappt dramatisch das Messer wieder ein und legt es sorgsam in die dafür vorgesehene Regalmulde zurück.

»Weißt du eigentlich, was unser größter Vorteil ist? Wir denken generationenübergreifend. Das ist eine deutsche Tugend, die einmal zu unseren größten Stärken gehörte, die aber heute praktisch ausgestorben ist.« Dads Hände zittern. Ich spüre so viel Kraft und Willen in dem alten Mann, dass ich bereit bin, ihm jedes noch so pathetische Wort zu glauben.

Wann hat es so etwas zum letzten Mal zwischen uns gegeben? Das Ende aller Floskeln. Wir bauen kein Haus, kein Denkmal, wir haben nicht weniger vor, als eine geradezu fantastische Idee in die Tat umzusetzen. Deutschland bietet heute wenig Gelegenheit für Visionen, aber wir haben das Glück, dass wir uns beide für denselben kurzen Moment in einem außergewöhnlichen Schwebezustand befanden. Vielleicht brauchen Visionen als Nährboden oder, besser gesagt, als Freiraum, dieses Gefühl völliger Leere, das sich während der monatelangen Genesungszeit bei mir eingestellt hat. Ja doch, wir züchten Zitronen in Deutschland, kann es denn etwas Verrückteres geben?

Als wir gemeinsam in Torfhaus waren und von der Terrasse des leer stehenden Berghofs Richtung Brocken schauten, weideten zottlige rotbraune Highlands am weiten Hang unterhalb des ehemaligen Hotels. Die Sonne brannte so heiß, dass die armen Viecher sich am Waldrand, im Schatten der Tannen, dicht zusammendrängten. Wir saßen auf der halb eingefallenen Begrenzungsmauer und schwiegen einfach nur. Nach einer ganzen Weile spürte ich mit einem Male eine Leichtigkeit, als würde ich schweben, und dann zogen die vielen Monate seit dem großen Bäng in rasanter Geschwindigkeit an mir vorbei. Die Bilder kamen wieder, die Schmerzen, die Ängste, vor allem aber durchlebte ich eine lange, lange Leere. Mein Dad saß neben mir. Schweigend. Es fühlte sich an, als würde ich ihm alles erzählen, und er sich jedes noch so belanglose Detail aufmerksam anhören. Während der ganzen Zeit fiel kein einziges Wort, und ich habe ihn später nie danach gefragt, aber ich bin sicher, dass er jeden einzelnen Satz verstanden hat. Als wir endlich in der Abenddämmerung aufstanden und ich ihm die Hand reichte, sprach er nach vielen Stunden den ersten Satz: »Toni, genau hier sollten wir Zitronen pflanzen.«

Dann nahmen wir uns in die Arme, und mir liefen die Tränen, als wäre ich wieder sechs Jahre alt. Aber mein Dad war bei mir. Alles war gut.

Ich schaue Dad von der Seite an und erkenne eine tiefe Zufriedenheit. Ein paar Kinder aus der Nachbarschaft sind mit ihren Rollern und Bobby Cars neugierig stehen geblieben und schauen zwischen uns hindurch auf die mobile

Zitronenzuchtplantage. Dad tritt einen Schritt zur Seite, und sein Karussell fährt ein paar Ehrenrunden.

»Wollen wir los?«, frage ich. Dad drückt noch vorsichtig die dunkle Erde im Töpfchen fest, setzt es dann in eine freie Aussparung in einem der Regalböden, lässt den Befestigungsring einschnappen, fährt das Karussell in seine Ausgangsposition zurück und zieht die Schiebetür zu.

Kurz hinter Braunschweig-Süd beginnt ein Eldorado für Sportwagenfahrer. Kilometerweit erlaubt die schnurgerade A 395 Höchstgeschwindigkeiten. Hier ist immer noch Zonenrandgebiet, nur eben mehrspurig ausgebaut. Rumms. Ein flacher Silberner saust mit Tempo 220 vorbei. Die Porschejungs nennen die A 395 ihren »Harz-Highway«. Von Altherren auf chromglänzenden Motorrädern, die in Sippenstärke Richtung Torfhaus vorbeipreschen, wird die 395 »Highway to Harz« genannt.

Am Horizont taucht eine graue Kuppe auf. Der Brocken. Bei gutem Wetter bleibt der flache Buckel fast ein halbe Stunde im Fadenkreuz von Windschutzscheibe und Autobahnleitplanke. Vater klopft mir begeistert auf den Oberschenkel: »Was für ein Anblick. Bis vor tausend Jahren wurde da oben noch Wotan angerufen. Zur Zeit der Herbststürme wütete er von dort mit dem Heer der Verstorbenen durch den Himmel.«

Auf Höhe Wolfenbüttel schlingert der Wagen heftig unter einer seitlichen Böe. Ich schaue nachdenklich auf den weit entfernten Brocken. Alles sieht friedlich aus. Bis zum Herbst ist ja auch noch eine ganze Weile hin.

»Wenn du nicht beide Hände am Steuer hättest, würdest

du jetzt am liebsten noch anfangen, Mundharmonika zu spielen, oder?« Er klopft freudig auf das Lenkrad. »Mensch, das waren noch Zeiten. Das müssen wir unbedingt mal wieder machen: Lagerfeuer, Stockbrot und Mundharmonika.«

Blau, Gelb, Grün, Braun - das Vorharzland hat aufgeflaggt. Blau strahlen der Himmel, das Wasser, aber auch die überdimensionalen Autobahnschilder, gelb blühen die weiten Rapsfelder, grün leuchten die Wiesen und die angegangene Aussaat, und braun ruhen die unbestellten Äcker. Die Lüftung bläst uns den schweren, süßlichen Geruch der Rapsblüte ins Wageninnere. Aber der Duft der Zitruspflanzen bleibt dominant.

Schladen, Vienenburg, Wernigerode. Es wird hügeliger. Dad schaltet vom vierten zurück in den dritten Gang. Aus der Autobahn wird eine Bundesstraße. Wenn man den Brocken schon ganz nah vor sich glaubt, ist er nach der nächsten Kurve schon wieder Kilometer weit entfernt.

Die Straße wird steiler, die Luft frischer. Der Zitronenduft mischt sich jetzt mit dem der nassen Moose und Tannennadeln. Dad zitiert fröhlich die Schilder entlang der Waldstraße. Schöne Worte. Waldgaststätte Marienteich-Baude. Waldgaststätte Radau-Wasserfall. Jugendwaldheim Ahrensberg. Gabbro-Granitsteinbruch GmbH. Dann öffnet sich der Wald, und wir haben ein flaches Plateau erreicht. Ein fantastischer Blick auf den Brocken wird frei, die ersten Häuser und Hütten tauchen auf. Schilderwälder ersetzen nahtlos die Tannenwälder. Bockwurst. Bratwurst. Pommes frites. Heiße und kalte Getränke. Eintopf. Und der größte Windbeutel des Harzes.

Nach einer knappen Stunde Fahrt zieht es ordentlich in

meinem Oberschenkel. Aber eher wie eine unspektakuläre Muskelverspannung.

Im Hochtal zwischen Brocken und Torfhaus steigt der dunkle Rauch der Brockenbahn auf. Zu hören ist sie nicht. Mit zusammengekniffenen Augen wird die Landschaft zur Modelleisenbahnkulisse. Wir steigen aus dem T5, und obwohl die Sonne brennt, lassen wir unsere Jacken lieber an. Das schwarze Leder der Biker ist allgegenwärtig. Entlang der Straße, an der sich die Restaurants und Hütten aufreihen, stehen auf jedem freien Parkplatz ihre PS-starken, lackglänzenden Zweiräder.

Die dem Brocken zugewandte Seite von Torfhaus ist attraktiver. Hier wird noch investiert, renoviert oder wenigstens instand gehalten. Auf der dem Brocken abgewandten Seite aber scheint die Zeit stehen geblieben zu sein. Die hölzernen Außenwände der Gaststätten sind nachgedunkelt. Fast scheint es, als duckten sich die Harzhäuschen ängstlich im Windschatten einer neuen Zeit. »Rinderbrust in Meerrettichsahne, Bohnen, Kartoffeln«, »Gebratene Forelle ohne Gräten« und »Sülze mit Pellkartoffeln und Remoulade« steht mit weißer Kreide auf den Werbetafeln des Hubertus. Im Gastraum hängen Dutzende fotografischer Danksagungen, die Hinterlassenschaft der jahrzehntelang zur Grenzsicherung stationierten britischen Soldaten. Gruppenfotos, Flecktarn im Schnee und dreckige Rugbytrikots auf matschiger Wiese.

Als wir dort das letzte Mal einkehrten, um die Riesenwindbeutel mit Vanilleeis und Kirschen zu essen, schaute sich Dad jede einzelne Aufnahme genau an. Dann erklärte er mir, die Engländer hätte hier früher jeder nur Limies genannt. Das käme noch von Admiral Drake, der seinen englischen Seeleuten Limonen gegen Skorbut gab. Das wäre doch fast Fügung, meinte er: Limonenbäume, wo früher die Limies Rugby spielten. Aber dann wischte er den Gedanken wieder beiseite. Die gezuckerte Sahne kribbelte bereits am Gaumen, und wir mussten entscheiden, ob wir den Rest der Windbeutel einfach stehen lassen, oder ob wir damit die Torfhäuser beleidigen würden. Die gestressten Gesichter an den Nachbartischen bezeugten allerdings, dass es nicht nur uns so ging. Bessy hatte mal eine Flasche Sprühsahne mitgebracht und sie auf ihrem ganzen Körper verteilt. Damals schleckte ich alles brav weg, bis nur noch Stickstoff aus der Dose kam. Hier im Hubertus gingen wir und ließen die Sahne auf den Tellern mit dem altrosafarbenen englischen Dekor zurück.

Unser Ziel, der Berghof, steht auf der dem Brocken zugewandten Seite. Für viele Vorbeieilende einfach eine von vielen hässlichen Ruinen, die sich allerdings auf die falsche Torfhaus-Seite verirrt hat. Für mich und Dad seit jenem Nachmittag unser Rohdiamant.

Wir stapfen durchs hohe Gras um das Haus herum. Dad und ich haben in den letzten Monaten viel über das alte Hotel nachgedacht. »Kennst du das Land, wo die Zitronen blühn ...« – Torfhaus am Brocken, das ist Goethes Zitronengarten! In Zukunft werden die Menschen nach einem Spaziergang auf dem Goetheweg mit einem Korb voller sonnenreifer Zitronen die Heimreise antreten oder am Abend auf der Berghof-Terrasse sitzen und entspannt dem Rezitator lauschen, der aus *Wilhelm Meisters Lehrjahre* vorträgt, während die Silhouette des Brocken langsam in der Dämmerung verschwindet und die zierliche Tannenmeise, auf dem höchsten Ast eines Zitronenbaums sitzend, ein letztes Mal nach ihrem Partner ruft: »Si-si. Si-si. Wize-wize-wize.«

»Wir sollten uns den Berghof mal von innen anschauen.« Dad drückt gegen die hintere Eingangstür, aber die klemmt. Dann stemmt er sich kräftig mit seiner Schulter dagegen, und tatsächlich gibt die Tür mit einem unschönen Geräusch nach. In der ehemaligen Lobby hängt ungefähr jedes dritte Nut- und Federbrett der Deckenverkleidung gefährlich herab. In den Lücken erkennt man die spinnwebigen Streben der Abhängung. Auf dem Fußboden klebt graues Einheitslinoleum. Der frühere Teppichboden liegt unsauber eingerollt entlang der Längsseiten der Halle, die vollgerümpelt ist mit Müllsäcken, dreibeinigen Tischen, zerschlissenen Polsterstühlen und hastig in Umzugskisten gestopften Aktenordnern.

Mitten im Raum stehen noch ein nagelneuer Tapeziertisch samt Kleistermaschine und drei Kisten Raufaser Erfurter Classico. Die lose im Raum verteilte leere Bierflaschensammlung ist beachtlich, aber der Biersozialist hätte dafür sicher nur ein müdes Lächeln übrig. Ein Schachcomputer liegt mit bloßgelegter Elektronik auf einem einfachen Holztisch. Daneben ein paar eingestaubte Harzer Hexen in Blau mit goldenen Sternen, Made in China.

Dad schreckt zurück, als ein paar kleinwüchsige Tauben emporflattern und durch ein zerbrochenes Fenster der breiten Glasfront aufgeregt das Weite suchen. Erst sieht es fast so aus, als würden sie dem Brocken entgegenfliegen, aber sie landen schon nach Sekunden wieder auf dem brüchigen Terassengeländer des Berghofs.

Dad voran, nehmen wir die breite Treppe hinauf ins erste Stockwerk. Hier oben im Restaurant wurden die Gäste bedient, bei guter Wetterlage bis hinaus auf die breite Hochterrasse.

»Ja, hier hätten wir nun den Speisesaal«, kommentiert Dad mit ausholender Geste. Wir schauen aus dem Fenster den weiten sonnenbeschienenen Hang hinunter, und die Vorstellung, Torfhaus zu einem Zitronendorf zu machen und den Slogan »Torfhaus – am Berg, wo die Zitronen blühen« über den Ortseingang zu schreiben, erscheint uns bereits ganz selbstverständlich. Dad legt seinen Arm um meine Schulter. Da wir in etwa gleich groß sind, ist das ohne Verrenkungen möglich. Ich wandere mit den Augen über die vertraute Landschaft und bleibe immer wieder am Brocken hängen.

Ich bin nicht sicher, vielleicht liegt es ja daran, dass ich eine so lange Zeit mit mir allein war. Neues, Fremdes wird mir unerträglich, wenn nicht bald ein Quantum Vertrautheit entsteht. Und Vertrautheit braucht gemeinsame Vergangenheit. Ich habe die Erfahrung gemacht, dass ich etwas, das ich noch vor zehn Jahren uninteressant fand, das aber nicht aus meinem Umfeld verschwunden ist, nach und nach schätzen lerne, einfach weil es Bestand hat. Ich verstehe Dad heute viel besser als früher. Seine Deutschreligiosität ist ein Rendezvous mit etwas zutiefst Vertrautem.

Ich habe mich in Afghanistan jeden einzelnen Tag fremd gefühlt. Nicht unangenehm, einfach eine Tatsache, die ich zu akzeptieren hatte. Nur zufällig hat sich mein eigenes Schicksal mit diesem Land verbunden. War Afghanistan fremd für mich, wird es allen meinen Nachfahren vertraut sein. Durch mich. Ich weiß heute, dass man gerade deshalb immer distanziert und respektvoll gegenüber allem Fremden sein muss. Ist man erst einmal eingedrungen, wird es unweigerlich Teil von einem selbst und allen, die nach einem kommen.

»Wollen wir es beginnen?«, fragt Dad nach einer längeren Zeit des Schweigens. Ich nicke zustimmend, und wir verlassen den verfallenen Berghof wieder durch die Hintertür.

»Ich schaue mal, ob wir noch etwas dichter heranfahren können«, sagt Dad, steigt schwungvoll in unser Zuchtmobil und lenkt es rückwärts die ehemalige Lieferantenzufahrt hinunter. Ich überlege kurz, was wäre, wenn uns jetzt jemand fragen würde, was wir hier tun, aber hier ist weit und breit niemand; dieser Teil der Ortschaft wurde schon vor langer Zeit aufgeben. Selbst wenn, wer sollte sich an ein paar Pflanzen stören, die für Nichtwissende noch so unscheinbar aussehen?

Wir nehmen eine spezielle Grabeschaufel, die normalerweise von Gartenbauern für das Ausheben von Vertiefungen für Holzzaunpfähle verwendet wird. Dank des abgebogenen schmalen Blatts kann man damit ein relativ tiefes Loch graben, ohne allzu sehr in die Breite gehen zu müssen. Also genau das Richtige, um den Wurzeln einer Zitronenpflanze den Platz zu schaffen, den sie brauchen, und sie trotzdem harmonisch in die vorhandene Vegetation einzubetten. Dass könnte schon das erste Erfolgsgeheimnis der Torfhäuser Zitronen sein: Die Pflanzen gehen eine Symbiose mit ihrer Umgebung ein. Sie verdrängen nicht, sie bereichern.

Dad hat an alles gedacht. Als er den ersten Boden Setzlinge aus dem Karussell holt, erkenne ich eingelassene Tragegriffe; so wird der Transport zum Kinderspiel.

»Nimmst du einen Sack Erde mit?«, fragt er.

»Ist das schon die Angemixte?« Er nickt. Wir hatten lange über das richtige Rezept gegrübelt und haben uns schlussendlich von unserem Gefühl leiten lassen. Den sandigen Boden, den wir für einen unverschämten Transportpreis von einer verlassenen Zitronenplantage am Ufer des Gardasees kommen ließen, haben wir mit heimischen Mineralstäuben sowie getrockneten, zermahlenen Moosen und Flechten aus den Wäldern der Umgebung vermengt. Wir werden einen Teil des Aushubs wiederum mit dieser Mischung vermengen, wir nennen es »impfen«.

Die schlanken Gräser biegen sich lautlos im Wind. Wir schneiden sie selbst in der direkten Umgebung unserer Setzlinge nicht herunter. Das garantiert im ersten Jahr, wenn die Wurzeln sich zu kräftigen beginnen und mit dem Erdreich verwachsen, einen Windschutz. Stützhölzchen lehnen wir ab. Deren Kontrolle würde einen zu großen Aufwand bedeuten, und wir würden riskieren, dass Zaungäste aufmerksam werden und unser Experiment mit ihrer Neugierde frühzeitig beenden. Die Highlands brauchen wir nicht zu fürchten. Probehalber halten wir ihnen ein paar Zitronenbäumchen vor die sanften Mäuler, aber sie wenden sich nur angewidert ab.

Als wir am späten Nachmittag oberhalb des Hanges stehen, können wir unser Glück kaum fassen. Von hier oben würde jeder andere nichts Aufregendes erkennen, aber wir sehen überall die Blättchen unserer kleinen Zitronen glänzen. Locker über den ganzen Hang verteilt strahlen sie uns an, als wären sie bereits meterhoch und würden ihre Äste sich fruchtvoll zu Boden biegen. Was für ein Anblick. Die jungen Zitronenmeisen sind bereits flügge und piepsen den Pflückerinnen am Hang ein Arbeitslied. Keine Erntemaschine stört den zwitschernden Vortrag. Die Torfhäuser Zitronen werden von Hand in Weidekörbe gepflückt. Schulklassen aus dem ganzen Land besuchen das Wunder, und regelmäßig erzählen ortskundige Führer den Kleinen an einem alten knochigen Baum, der nur noch wenige Früchte trägt, von einem Vater und einem Sohn, die hier eines Tages die ersten zarten Pflänzchen gesetzt haben, und die dann den ganzen Norden Europas mit ihrem duftenden gelben Zitronenmobil bereisten, und immer, wenn sie einen Ort wieder verließen, wuchsen Jahrzehnte später kräftige, unverwüstliche Zitronenbäume.

»Nach Hause?« Ich nicke, denn unsere Arbeit ist getan. Den Rest erledigt die Zeit. »Wenn denn Wotan will«, fügt Dad vorsichtig hinzu, und ich denke: Warum eigentlich nicht? Dad ist sein treuster Jünger, ein bisschen Dankbarkeit würde selbst einem wütenden Gott ganz gut zu Gesicht stehen.

Zurück vor meiner Haustür spüre ich plötzlich, wie erschöpft ich bin. Meine Knie zittern, und ich schaffe es nicht einmal mehr, den Schlüssel aus der Jacke zu ziehen und die Tür zu öffnen. Aber es dauert nur wenige Sekunden, und schon stehe ich Helen gegenüber, die mich sanft ins Haus zieht und fragt, warum Dad nicht noch auf einen Sprung mit hereinkommen wollte. Dann versenkt sie ihre Zunge in meinem Mund, und ich erwidere den Kuss.

Das Sofa ist noch warm von Helens Körper, ich kuschle mich ganz eng in ihre Decke. Helen schaut mich eine Weile prüfend an, dann holt sie sich einen Stuhl aus der Küche und setzt sich vor mich hin.

Ich lächle dankbar, als sie beginnt, zwei ihrer Finger vor meinen Augen rhythmisch hin und her zu bewegen.

Mein Name ist Harald Heinemann, Freunde nennen mich Toni.

Inhalt

Editorische Notiz
Elemente dieses Romans sind an wahre Begebenheiten angelehnt.
Personen und Handlung sind jedoch frei erfunden.

2. Auflage 2010

Cover: www.studiograu.de
Lektorat: Hendrik Rohlf
Typographie + Satz: Frese, München, www.frese-werkstatt.de
Druck und Bindung: Kösel, Altusried-Krugzell
Printed in Germany

ISBN 978-3-936738-75-9

www.blumenbar.de